新　潮　文　庫

西　郷　札

傑作短編集（三）

松本清張著

目次

西郷札

西郷札

去年の春、私のいる新聞社では『九州二千年文化史展』を企画した。秋には開催の予定で早くからその準備にかかっていた。私は一カ月間つづけて九州中をかけまわり、大学の図書館や寺や古社、旧家をたずね出品資料の収集につとめた。成績はよいほうで、長い出張が終わるころにはだいたいの目鼻をつけて帰ってきた。

出品の中には国宝もあるし、いわゆる門外不出のかけがえのない重要品もあるので、その取扱いや輸送に前もって万全の方法を講じねばならなかった。その計画のため、おおむね出品の決まったところで品目のあらましをリストに作ってみた。するとできあがったその表が一瞥《いちべつ》しただけで予期以上の成果ということがわかった。ことに、切支丹《きりしたん》物では今までにない逸品が見事にならんだ。

「おい、これは何だ、西郷札《さいごうふだ》とは何だ？」

と、とつぜん若い部員がリストを見て言った。四五人の眼がそれを覗きこむと、そこには、

一、西郷札　二十点
一、覚　書　一　点
としてあった。私にもそれはわからなかった。

「誰だい、これを扱ったものは?」

とたずねると、リストを作った男が書類綴《つづ》りを出して繰っていたが、

「あ、それは宮崎の支局から回ったものです。先方から出品を申しこんだことになっています」

と言った。

綴込みの手紙を見ると支局長のE君からで、「宮崎県佐土原町、田中謙三氏より申込み委託を受く。近日発送の予定」としてある。

それにしてもこの『西郷札』というのがわからなかった。名称から見て西郷隆盛《たかもり》に関係あるらしいことはわかるがそれ以上の知識は誰にもなかった。なかには西郷を崇拝する地方の一種の信仰札だろうと言う者もいた。しかし出品を申しこむくらいだからもっと史的価値のあるものだろうと反対意見を出す者もいる。ついに誰かが給仕を走らせて調査部から百科辞典をかりてこさせた。冨山房版の同辞典には次のとおり出ている。

さいごうさつ『西郷札』――西南戦争ニ際シ薩軍ノ発行シタ紙幣。明治一〇、西郷隆盛挙兵、集ルモノ四万。（中略）同年四月熊本ニ敗レ日向《ひゅうが》ニ転戦スルニ及ビ鹿児島トノ連絡ガ絶エタタメ、遂ニ六月ニ至ツテ不換紙幣ヲ発行シタ。コレガイワユル西郷札デ寒冷紗《かんれいしゃ》ヲ二枚合セ、ソノ芯ニ紙ヲ挿ンデ堅固ニシタ、十円、五円、一円、五十銭、二十銭、十銭ノ六種。発行総額ハ十万円ヲ下ラナカツタトイウ。額面ノ大ナルモノハ最初ヨリ信用ガ乏シク小額ノモノノミ西郷ノ威望ニヨリ漸ク維持シタガ薩軍ガ延岡《のべおか》ニ敗レテ鹿児島ニ退却スルヤ信用ハ全ク地ニ墜チ、タメニ同地方ノ所持者ハ多大ノ損害ヲ蒙ツタ。乱後コノ損害塡補《てんぽ》ヲ政府ニ申請シタガ賊軍発行ノ紙幣ノ故ヲ以テ用イラレナカツタ。（津田）

これで疑問は解決した。これは薩軍の軍票のことである。おそらくこの出品者の父祖もこの不換紙幣をかかえて〝多大の損害を蒙った〟一人なのであろう。その子か孫かが家に残っていたものを出そうというのである。西郷ふだと読んだ連中は笑いだした。

この西郷札のことはそれなりに忘れられて、われわれは開催準備に忙殺された。夏も終わり秋風が立っていた。社告も出たし、もう時日がなかった。私は連日、鉄道や運送会社の交渉やら会場の陳列プランに没頭した。社会面では出品の解説めいた記事を連載しはじめた。

ある日、企画部員が笑いながら、

「来ましたよ、来ましたよ、西郷ふだが」

と言って小包を置いていった。宮崎支局から原稿便で着いたものらしい。ちょうど手のあいている時だったので、すぐにそれを開いた。小さい桐《きり》の木箱があり、その中にいわゆる西郷札が入れてあった。百科辞典のいうとおりのものである。長さは四寸ばかり、幅は二寸ぐらいだろう、仙花紙のような薄い質の紙を中に目の粗い寒冷紗が貼《は》り合わせてあった。種類にしたがって黄色や藍色《あいいろ》も昨日刷りあがったばかりのように新しかった。よほど保存を丁寧にしたものと思える。表は地に鳳凰《ほうおう》と桐花を図案し金額と『管内通宝』の文字の下に『軍務所』という印がある。裏に返すと、「此札ヲ贋造スル者ハ急度《きつと》軍律ニ処スル者也、明治十年六月発行、通用三ケ年限、此札ヲ以テ諸上納ニ相用ヒ不苦者《くるしからざるもの》也」とあった。

この西郷札とは別に桐油紙に包んだ分厚い帳があった。これが目録にある『覚書』であろう。菊判ぐらいの大きさだが三百枚ぐらいの和紙を二つに折って綴《と》じ、毛筆で細かい字がぎっしり書きこんであった。紙の色は茶色にすすけていた。

私は一緒に添えてある支局長のEが私に宛《あ》てた手紙を開いた。

「（略）西郷札は田中氏宅に所蔵の分より二十枚ばかり撰って送ります。別に覚書がありますがこれは田中氏の祖父の知人が書いたもので、この人が西郷札の製造にも関係したそうです。小生は内容をみていませんが、田中氏の話では種々経緯がかかれてあって面白いそうです。内容を要摘して目下掲載中の解説記事にでも回したらいかがですか」

もう一度、古い分厚な帳を取りあげて、はじめのほうをめくると別に題名らしいものはなく、

日向佐土原士族　樋村雄吾　誌《しる》す

明治十二年十二月

とあった。

私はこれを家に持って帰って読んだが、思わず夜を徹して読了した。その結果、社会部にも回さず、したがってE君の希望する記事にもならなかった。この内容を宣伝記事の材料にするには忍びなかったのである。

私は近ごろにない興奮に駆られすぐ田中氏宛てに手紙を出した。それは同氏も新聞記事にしてほしい意向があるように思われたのでその断わりと、その『覚書』を自分の手で他の機会に発表したいというその許しを請《こ》うたものであった。まもなく田中氏

からは返事が来て私の身勝手な申し出を諒《りよう》として、いいようにしてくれとあった。『九州二千年文化史展』の開催中は、この『覚書』は西郷札とならんで陳列され、札のほうは珍しがられたが『覚書』には特に注意を向ける者もなかった。

会も無事にすんで出品を田中氏に返す前に私は『覚書』を全部筆写した。こういうしだいで、士族樋村雄吾の手記を発表する段となったが、そのまま現代の活字にするには、もちろんあまり文章が古風であり、明治調の一種の風格はあっても今の世の人には馴染《なじ》めない。

そのうえ、その全文は前にも言うとおり浩瀚《こうかん》だから思いきって縮める必要がある。結局この内容を私の文章に書き改めて、何だか私の『樋村雄吾伝』のような形式となった。といっても別に他の文献を詮索《せんさく》して参照したわけではなく、ただ『覚書』どおりに書いていったにすぎない。

『覚書』の主人公はむろん樋村雄吾自身で『余』という第一人称で書きあらわされている。これも私の書き方では不便なので、樋村雄吾という名前どおり第三人称に改めることにした。

一

前置きが長くなったが、樋村雄吾は日向《ひゅうが》国佐土原に生まれた。佐土原は宮崎市からほど近い。旧領は島津氏の支藩である。父は喜右衛門といい三百石の藩士であった。母は同藩の内藤氏より来てつねといったが不幸雄吾が十一歳の時死去した。ほかに兄弟がなかったから彼は母の愛も同胞の情愛も知らずに育った。喜右衛門は彼が十五歳になるまで後添をめとらなかったので、五年間、彼は父の手一つに育てられ、いっさいの教育も父の手によった。

雄吾が十二歳のとき御一新が行なわれ世は明治となり、それから三年たって突然断行された廃藩置県で父は世禄《せいろく》を失った。廃藩置県は西郷隆盛が中心となったもので、喜右衛門の親藩の当主島津久光《ひさみつ》を激怒せしめたという。とにかくこれによって収入の途《みち》が絶えたので、城下を去る二里の土地に田野を求めて百姓となった。しかし雇人数人を入れて耕作に従わしめたが自らは畑に立つことはなかった。

この年すすめる人があって、父喜右衛門は後妻を入れたが、これが雄吾の第二の母である。この新しい母には連れ子があり、雄吾とは五つ違いの女の子で妹となるわけであった。喜右衛門が後妻をもらったのは、おそらく新しい世が肌に合わず、百姓として余生を楽しむ気持になったからかもしれない。

この母が士族の出でないことは年少の雄吾の眼にも何となくくだけたその物腰でわかった。だいたい、島津領内は士族平民の区別のやかましいところで、近年までその風習が残っていたくらいである。ましてやそのころは、両族の平等結婚はほとんどなかった。それを平民からしかも連れ子まであるものをよんだのは、いよいよ喜右衛門が世を遁《に》げたのか、それともこの後添が気に入ったからであろう。あたかもこの年八月には華士族平民婚嫁《こんか》許可令が出ていた。新政府を嫌った喜右衛門が真っ先に新法令を実行したのは皮肉である。

家の中は何となく艶《なま》めかしくなった。母は父の年齢に合わせてつとめてじみな身装をしたが三十五歳の容色は争えず、また、新しく雄吾の妹となった季乃《すえの》も人が見てかわいいとほめる顔立ちであった。

ずっと女気のない家で育った雄吾はこの二人がきて家の空気が軟らんで楽しかった。しかし、素直にこの感情を二人の前に出すには後ろめたいものを感じて何となく拗《す》ねた態度に出ていた。季乃は雄吾を兄さまといって慕ったが兄から酬《むく》いられるものは邪険な冷たい仕打ちであった。しかし心から冷淡であったかは疑問で後年のことを考えあわせると、いろいろ想像できるのである。

この間『覚書』の原文にはたいした記載はなく、ただ月日が水のように流れている。季乃の美しさは年とともに顕《あら》われて佐土原でも評判となった。雄吾が二十一歳、季乃が十六歳となった正月は、明治十年であった。

早々雄吾は鹿児島の親戚《しんせき》の家に年賀のために赴いているが、これはおそらく表面の理由で実はすでに物騒となった鹿児島の情勢を偵察に出かけたものと見える。来てみると聞いた以上に形勢は緊迫していた。もうこの時は公然と戦争準備をしていたのである。雄吾は倉皇として佐土原に引き返した。この時分父の喜右衛門は病床にあったが雄吾は詳しい報告はせずに、近日西郷先生について上京するからとその許容《ゆるし》を請《こ》うた。喜右衛門は顔を天井に向けたまま、一口もその理由をきかずにうなずいたが、万事はわかっていたのであろう。

雄吾は別間に母を呼んだが、季乃は折りあしくその二三日前から母方の親戚に出向いていたので別れを言うことができなかった。原文には何とも説明がないが、おそらく心残りのするものを感じたであろう。

二月十一日、雄吾は家重代の銘刀をかいこみ鹿児島に駆けつけたが、東上軍の編成の所属は三番大隊で隊長は永山弥一郎であったと彼は誌している。

二

二月十五日、西郷隆盛は政府詰問《きつもん》の理由で寒風の吹く鹿児島を精兵を率いて出発したが、これから先のことは普通の歴史にあるとおりで詳しく書くことはない。『覚書』の筆者もその克明な筆で熊本城包囲から植木方面の戦闘を叙しているが、別段関係もないから略する。ただこの筆者のために彼が勇敢に闘ったことを記しておくことにする。

三月十九日、さしもの薩軍《さつぐん》も田原坂《たばるざか》の険を背面攻撃で官軍に奪われたことが大勢の決する岐《わか》れ目となった。これより人吉《ひとよし》に退きついに日向路《ひゅうがじ》に奔《はし》り、主力が宮崎一帯に集結したときは、もはや鹿児島との連絡は絶えていたのであった。

薩軍が紙幣発行をやったのはそのころである。その製造所を宮崎郡広瀬に置き、造幣局総裁という格には桐野利秋《きりのとしあき》がなったが、工事は昼夜兼行で行なわれ、監督は池上四郎が当たり、実際の仕事は佐土原藩士の森半夢（通称喜助）が運んだ。職人は三十人ばかり使ったようである。兵站方《へいたんかた》に金が少しもないので、この造幣のことは大急ぎですすめられた。

樋村雄吾はこの新設造幣局に所属となったが、それがどんな役目か、彼自身が語る

『覚書』にははっきりしない。しかし森が佐土原藩士だから同藩の雄吾をひき抜いてきたであろうことは想像に難くない。おそらく森の助手のようなことをしたのであろう。

この紙幣の体裁は前に記したから繰り返さないが、薩軍はこれを以《もつ》て近在の商人や農家から必要な物資を得ようというのであった。十銭、二十銭札はともかく、五円、十円という高額札は発行のその日から頭から信用がなく、皆それを受け取ることを渋った。だが薩軍が実際に使用を望んでいるのはこの高額札のほうだから、半分は威嚇《いかく》でこれがどんどん商人たちに押しつけられて食糧や弾薬と変わった。ついには兵士たちは隊を組んで富裕な商家を訪れ、僅《わず》かな買物に十円札を出し、太政官札のつり銭を受け取るという手段をとった。

この紙幣の性格を語るによい材料が明治十年十月の東京曙新聞に出ている。当時の賊軍に対する記事だから少し悪意のあるフザけた報道だが、薩軍紙幣の一端を説明している。

「桐野利秋が日向宮崎にて賊徒が濫製《らんせい》したる金札四百円を投出して歯を染めさせたる城ケ崎の芸妓は兼て去る方より四百円の負債ありしかば右の金札を受け取るや（略）これでよろしく御勘定をと彼の金札を差出したるにイヤ此《この》札ではと貸主が額にしわを

寄せしが、あなたそんなことが桐野さんに知れましたら人切り庖丁の御馳走《ごちそう》がまいりませうぞと、おどしつけられ、不用の札と承知しながら、命惜しさに勘定をすましたりといふ（略）」

この紙幣はどのくらい刷られたか、ちょっとはっきりしたことはわからないが二十数万円ぐらいではなかろうか。確かな文献を知らないからわからないが『覚書』ではそのくらいの数字になっているし、明治十年八月二十四日の大阪日報は「賊は贋札紙幣を凡《およ》そ二十四万余円製造したる由《よし》なるが、その中《うち》、十四万円を流通し、残り十万円はも早使ふ能《あた》はず、そのまま積重ねてあるといふ」とのせているから、まず大差ないであろう。その「残り十万円はも早使ふ能はず」とあるのは、おそらく軍務所のある宮崎が危険となって立ち退《の》かねばならなかったからであろう。七月十日日向小林が敵の手に落ち、次いで二十日都城が陥落すると、宮崎は直接脅威を受けることになったので本営を延岡に移し造幣所も閉鎖となった。

しかし官軍の追撃は急速で二十八日早くも大淀川《おおよどがわ》南岸に到達し、翌日はこれを渡河して宮崎にはいり旧県庁を占領した。薩軍は戦闘しつつ佐土原、高鍋《たかなべ》、美々津《みみつ》と退却をつづけついに延岡の北郊長井村に本営をおいた。これが八月十四日のことで、官軍も各道より集まった諸軍と合して延岡にことごとくはいったのであった。

十五日は長尾山一帯の戦闘で、熊本以来最大の激戦といわれる。官軍は長井村を衝《つ》くため隣接の熊田を奪おうと兵を稲葉崎にすすめたが猛烈な薩軍の抵抗に会い、一時は危険であった。この日は西郷自ら陣頭に立って指揮し桐野、別府、村田、池上、貴島などの本営付の諸将がみな第一線に働いたから薩軍の士気大いに揚ったという。樋村雄吾は西郷のいる和田峠付近で闘っていたが一弾は彼の右肩を貫いたため倒れ、後退して長井の病院にはいった。病院は民家を三軒借りていたが、昨日以来の戦闘で傷兵が充満している。

官軍は後続部隊の到着で総攻撃をもって長尾山付近を占領し、十六日には完全に薩軍を長井村に包囲してしまった。そこで脱出をはかり、背面の山をぬいて三田に出で、豊後《ぶんご》か薩摩に行こうとする策を立てたのは、何度も軍議を開いた末であった。有名な可愛岳《えのだけ》突破である。このとき傷兵は置いてゆくということになり、西郷隆盛は病院長中山盛高を呼んで病院の屋根の上に高く赤十字の旗を掲げさせた。病院の攻撃は万国公法の禁ずるところだから官軍もこれは守るだろうというのである。樋村雄吾は肩の負傷を忘れて志願し、西郷の一行に加わっている。

薄暮、西郷は本営となっている児玉家の庭前で、陸軍大将の制服や重要書類をことごとく焼いた。いっさいの準備をおえて夜十二時、ひそかに可愛岳に出発した。前衛は辺見、河野が当たり、西郷は桐野、池上に護《まも》られて山かごに乗って登山した。かごかきがあまりの道の険しさと西郷の重量に苦しんで号泣したということである。樋村雄吾は貴島清らの後衛に加わったが、鹿児島を出るときの四万が今は総勢五六百人にすぎなかった。

暗中、この可愛岳を登ることは非常な危険で、断崖《だんがい》が至るところに口をあき、一歩道をあやまると深い谷底に落ちる。官軍もまさかこんな所に薩軍も来まいと油断していたくらいだからその険阻は思うべしである。前衛は土地の者の案内で途中、木の枝や笹《ささ》などに白紙を結びつけて後続部隊の道しるべとした。

誰も一語も発せず、黙々として、闇《やみ》の中を木の根を手がかりとし、岩角を足場として登っていく。遥《はる》か眼下に官軍陣営の篝火《かがりび》が点々として星を連らねたように輝き、それが今まで見たことのないように美しい。

三

雄吾はだんだん息苦しくなってきた。肩の傷が非常な痛みとなって圧迫してくる。山を登る激動で傷口がふたたびあいたのであろう。しだいに足が鈍くなり、遅れがちになってきた。

どのくらいたったであろうか。急に雄吾は自分の周囲に人影がなくなったことに気づいた。変だと思ったときはいつか部隊からはぐれて別な方角を進んでいたものらしく、どこを捜しても結んだ白紙が見つからない。耳を澄ましても人の気配もなく、大声で呼ぼうにもこれは禁じられていることである。

彼は右にゆき、左を追った。といっても熊笹《くまざさ》や自然林に近い密生した樹《き》の中では道のような道はなく、気ばかりあせる。こうして雄吾は何時間か山中を彷徨《ほうこう》した。眼は利《き》かず、足場は見えず、肩の傷はほとんど我慢以上に疼《うず》く。もはや、味方を追うことも断念してその辺の笹の中に転がると、自然に気が遠くなっていった。

夜があけてきて運のよいことにはこれがいつか可愛岳《えのだけ》をはずれて北側の山に出ていたことである。それでなければ追撃の官軍に捕まるところであった。雄吾にとってさらに幸運は、炭焼きに拾われたこと、この炭焼きが村の素封家伊東甚平の家に抱えこんだことである。

伊東家では雄吾を官軍側に届けなかったばかりか実に行きとどいた介抱をしてくれた。伊東家は昔でいう郷士の家で、その先祖は島津に仕えている。いったい薩摩《さつま》藩には『麓《ふもと》』と呼ぶ一種の外衛制度がある。これは他領に見ない特殊のもので記録に現われるのは文亀《ぶんき》、天文のころからだそうだが、『麓』はすなわち郷士の居住地で、鹿児島本城に対して外城のような意味をもっている。この制度は昔、豊臣秀吉《とよとみひでよし》のために一時は九州全土にわたっていた封土を減ぜられて薩隅二州と日向《ひゅうが》の一部に限られた島津では、多数の武士の処置に困った結果これを各地に配したのが起こりだという。この伊東家もその『麓』の一つの岐《わか》れであってみれば、雄吾を庇護《ひご》したことも祖先の血といえよう。

こういう家柄だし、また事実医者にも遠いので負傷や病気に対しては伝来の製薬法をもっている。この薬や介抱で雄吾は日々快方に向かい、その年の暮には全快した。彼が『覚書』で繰り返して当主甚平を称賛しているのは当然である。

暮に伊東家を辞そうとしたが、甚平がまだ身体《からだ》の様子を心配してもう二カ月のばし、明治十一年二月の末にやっと世話になった家を出て佐土原に帰った。まさに一年ぶりである。

ところが故郷では意外な悲惨事が彼を待っていた。それは彼の父喜右衛門が去年六月に死去したこと、家が戦火で焼かれたことである。あまりのことにしばらくは口もきけなかった。喜右衛門が病死したころは雄吾はしきりと紙幣製造をやっていたわけである。

継母と季乃《すえの》はどうなったか、家が焼かれたのちどこへやら避難したことまではわかったが、それから先がわからない。

雄吾は自分の幼少の友だちの田中惣兵衛《そうべえ》（これが『文化史展』に西郷札とこの『覚書』を出品した謙三氏の祖父）を訪れたが、ここでも事情はわからなかった。雄吾は季乃の消息なら母方の親戚《しんせき》でも捜せば知れると思ったが、あいにくその所も名前もきいてみたことがなかった。彼はこれ以上、知りようもなく諦《あきら》めねばならなかった。

もう、この地に居つく気持もなかったので雄吾は残った田畑を全部金に換えて、さすがに早い桜や桃など咲きそろっている南国の春をすて悄然《しょうぜん》と立ち去った。

東京に向かったのである。

四

東京に出た雄吾はしばらく何をする気力もなく、毎日を怠惰に暮らした。

明治十一年の東京はこの二十二歳の若者をもっとも刺激するものがあったはずである。西南戦争以来政府のインフレ策で物価は高騰《こうとう》していたが、諸事業は勃興《ぼっこう》し人心は投機に熱中していた。事情は違うが昭和二十二年ごろにどこかほうふつたるものがある。一方明治六年征韓論に破れて以来、土佐に引っこんでいた板垣退助が立志社を結成して、いわゆる南海の草廬《そうろ》より出て大阪に来たり同志を糾合《きゅうごう》して愛国社と改称し、全国の壮士たちに自由民権を謳《うた》わせたのもこの年である。

だが樋村雄吾には昭和のインフレ時代の狸《たぬき》青年のような覇気もなかったし、共産党員のような興奮もなかったから、無為のうちに日を送っていた。

そういう彼がある日不測の奇禍をうけたのはやはり運命というより仕方がないであろう。

ある日、正確に言うと明治十一年七月三十日の昼ごろ、雄吾はぶらぶら歩いて赤坂の紀国《きのくに》坂下に通りかかった。正午をすぎて空腹でもあったし暑くもあったので傍の茶店にはいって何かとって食べていると、隣りの席にこの真っ昼間から一人で酒を飲んでいる若者がいる。彼はしきりと往来の方をむいて、何やら待っているような様子であった。

やがて、向こうからかつかつたる蹄《ひづめ》の音を鳴らして黒塗りの二頭立馬車が近づいてきた。若い男は急に席を立って、二三歩馬車の方に歩み、その中を覗《のぞ》くように注視した。何事かと雄吾も少し興味をもって馬車の方を見た。

車上には豊かな髯《ひげ》をたくわえた肥大な老人が背をうしろに悠然と凭《もた》せている――と思った瞬間馬車は車輪の音を地にひびかせて、たちまち眼の前を走り去った。

若い男はややしばらくそれを見送ったが、また席に帰ってきて、ふたたびゆっくりと杯をとりあげ、暑気払いに一杯いかがですか、と言うのである。

頭を下げて雄吾はその杯を謝したが、そのついでに、今の馬車の高官はどなたですか、とたずねた。すると、西郷参議です、という答えである。ああではあれが西郷従《つぐ》道《みち》だったか、この西郷先生の実弟は、雄吾はいつも噂《うわさ》に聞いていたが見たのは初めてだったので、彼は思わず馬車の去った方へなつかしそうに眼をやった。すると横の若者は、昨日も西郷さん、今日も西郷さんか、と呟《つぶや》いた。この語が何か他に期待するように聞こえたので、では誰かを待っているのかと雄吾がきいた。

その男は、キッと彼の方を見据える眼つきをしたが、酒のためか眼は血走っているようであった。そして、そうです、ぼくは二三日前から待っているのです、だがまだ会えません、運のよい男ですよ、と答えたが、それが誰だか説明しなかった。

それから、三四日して、雄吾がふたたび紀国坂下を通ったのは、またあの若い男に会えるような気がしたからである。だがこの間の茶店の中には今日は姿がなく、彼はちょっと当てがちがったような心持で、そこに腰かけて冷たい麦茶をたのんだ。すぐ一人の男が茶を汲《く》んできたが、雄吾がうけとろうとするといきなりその手を逆に摑《つか》まれた。驚いて立ちあがったときに背後から抱きつかれた。三四人の壮漢に組まれて雄吾はたちまち地上に転がると、いつのまにか縄が身体をぐるぐる巻いていた。呆然《ぼうぜん》としていると、その中の一人が、御用の筋だ、おとなしくしろ、とせせら笑った。わけのわからぬうちに鍛冶橋《かじばし》門の東京警視本署（明治七年に創置された警視庁は明治十年からいったん廃止になっている時であった。）に連行され留置された。

取調べの係官は彼の身分を問うたが、佐土原士族だと答えると、賊党だな、と言った。これによっていよいよ彼を頭から罪人扱いにしたが、それからの取調べは少しも彼の理解のゆかぬことであった。

山本とどこで連絡して、どういう手はずになっていたかとか、伊藤内務卿《きよう》をどこで狙《ねら》っていたかとか、まるで思いもよらぬことばかりである。

五

高知県士族山本寅吉が伊藤（博文《ひろぶみ》）参議をつけ狙《ねら》ったのはこの六月ごろからである。彼はつい先般、紀尾井坂で大久保《おおくぼ》（利通《としみち》）内務卿《きよう》を襲った島田一郎の遺志をつぐ者であると人に語ったが、日ごろから少し奇怪な言動があった。山本はまず伊藤の顔を覚えるため六月下旬、同邸に名刺を出して訪問したが、御用繁多という理由で警戒の巡査に遮られた。翌日出直したが同じ、その翌日は参朝の時刻だからと追いだされた。それで面会を断念し、友人の懐中時計を売って短刀一本を購《あがな》い、伊藤の霊南坂邸に忍びこんだが、警戒厳重で果たさず、参内《さんだい》の帰りを狙って紀国坂下の茶店で待ち伏せることにした。

はたして馬車が来たが、先頭は西郷参議で、つづく馬車は伊藤かと中をうかがったが、新聞をひろげて読んでいて顔がわからない。人違いしては不覚だと、その日は帰り、翌三十日、またも昨日の茶店で待つことにした。この時樋村雄吾が来合わせて話を交わしたのである。まもなく馬車は来たが今日は西郷だけで、あといくら待っても別な馬車は来ない。諦《あきら》めて家に帰った。その夜捕まったのは、友人の密告のためであった。雄吾が嫌疑を受けたのは、偶然、茶店で山本と話していたことが、この茶店の亭主清水某に同志と誤解され、調べにきた巡査に報告したため、雄吾の通りかかるのを張っていたものである。

彼は警視本署で、知らぬわからぬの一点張りで突っ張ったのは当人としてはこれより他に仕様がないが、警察ではその態度が太々《ふてぶて》しく見え拷問《ごうもん》にもの言わせてかかってきた。取調べのたびに半死半生の目にあわせられいつも気を失って留置場にかえされたが、ついに音を上げなかった。警察のほうでも山本のほうを調べて、どうやら見込み違いとわかりかけたけれど、雄吾が降参しないのが取調べの連中に気に入らず、十日ばかりですむところを二十日もはいっていた。

その時一緒の房にはいっていた男があった。この男は卯之吉といい、神田のほうの紙屋のせがれである。まだ若い道楽者で博奕《ばくち》で挙げられてきた。彼は雄吾の毎日の勇壮な姿に感じて、房では親切に介抱してくれた。それも雄吾の罪が国事犯だというので敬意を払った上のことである。これは雄吾にとって少し見当違いだが、無実の罪だときかされて、それならなおさら気の毒だとその態度を改めなかった。

卯之吉のほうがさきに釈放になったので、出る前に、もう自分もあんたを見て道楽をやめる気になった、ここを出たら自分のうちにぜひ来てくれ、と言って所書きも詳しく教えていった。

雄吾もようやく許されて外へ出たときは、半病人のような身体だったから、厚意に甘えて卯之吉の家をたずねることにした。店舗は思ったより遥《はる》かに大きな構えで、この若旦那《わかだんな》が何の間違いで小博奕打ちになったかわからないくらいであった。その若旦那の卯之吉が飛んで出てきて奥に引きあげ、親父《おやじ》はまた息子以上に歓待するのであった。これは、息子の道楽がやんだという感謝である。その身体ではどこへも行かれまいから、ここを親の家と思って、ゆっくり養生してくれと、親父の卯三郎は言うのであった。

雄吾は『覚書』で、この卯三郎を日向《ひゅうが》の伊東甚平につぐ恩人であると言っているのは、まことにそのとおりで、彼はこの家に一カ月余も置いてもらって、身体を養生している。

そのうち雄吾が働く気になったのは、身体ももとどおりになったし、遊んでいてはつまらないからというのだが、国もとで売った田畑の金も長い徒食で少なくなったのである。

卯三郎親子が親切に仕事を捜してやろうと言ってくれたが、実はこの間から考えていた人力車を挽《ひ》く車夫になりたいと言いだした。あれなら身体が資本で、別に金なしでやれるし、煩《わずら》わしさがない、というのが理由であった。卯三郎は雄吾の肩を叩《たた》いて、偉いことを言う、士族さんでありながら一介の車夫から身を起こそうとする心がけがさすがだ、よろしい、わたしの知りあいがあるからあそこにお世話しましょう、あれは色街が近いから俥《くるま》の用事は多いはずだと、よろこんで言ってくれた。

山辰という俥屋の親方は六十近い爺《じい》さんだが、雄吾の頼みに、それでは土地の地理や要領を覚えるまで見習いのつもりで俥の後押しをやれと言った。

こうして彼は仲間の俥の後押しをつづけているうちに、やがてぼつぼつ挽くようになった。初めは、

「何だ、おめえ、新米《しんまい》だな。新米の俥なんざ乗ってやらねえ」

と酔客に悪態をつかれて途中から降りられることがたびたびであったが、それもどうやら慣れてきて、そのうち彼の車夫姿も板についた。

ある時、偶然、俥に置き忘れた新聞を次に乗った客が車上でしきりと読みふけっているのを見て、なるほど新聞を俥に備えておけば乗客は退屈しまいと考えつき、そのとおりやってみるとなかなかうまくゆく。そこで山辰の親方に話すと、それは面白い思いつきだとさっそく山辰の俥だけ新聞を置いた。するとそれが大好評でだんだんと東京の方々に真似《まね》をするものができてついには新聞記事にまでなり、さすがに士族さんだ、眼のつけどころがよいと言われたこともあった。

こうして樋村雄吾の車夫生活がつづいていると、ある夜乗せた客は、後に彼の運命をつくった人物であった。

六

客は三十前後と見える洋服姿で一目で官員であることが知れた。本所清住町《ほんじょきよずみちょう》まで、と命じて俥《くるま》にあがった。身装《みなり》から見てかなりの上級官員らしいし、街路に立つ瓦斯灯《ガスとう》の光は威厳をつくっている髯《ひげ》のある横顔を見せた。

雄吾は夜更《よふ》けた街を走り、長い塀の多い屋敷町の一画に客をおろした。黒々と寝静まった屋根の下から急に灯りが見えたのは俥の音をきいたためであろう。そのころの俥はまだゴム輪でなく金輪だったから回ると金属性の音がしたものである。手燭《てしょく》代わりに洋灯《ランプ》を掲げた婦人の影が二つ、門の戸をきしませて出てきた。

「お帰りあそばせ」

と言う女どもの声に、

「うむ、俥賃を払ってやれ」

と主人は鷹揚《おうよう》に奥に消えた。

一人が洋灯をもってその後を追い、あかりを取られた残ったほうが、

「俥屋さん、すみません、あかりをどうぞ」

と言った。

雄吾が梶棒《かじぼう》から提灯《ちょうちん》を抜いて相手の手もとを照らすと、

「ご苦労さま、おいくら?」

と手を懐《ふとこ》ろに入れた。

暗い中から丸髷《まるまげ》が浮き出たが、くっきりと白い顔を見た瞬間の雄吾の驚愕《きょうがく》は何にたとえようもない。幽霊を見てもこうは驚かなかっただろう。錯覚かと疑ったくらいである。

——季乃《すえの》であった。

金を受け取ったのも夢中、彼は一散に俥を挽《ひ》いて走った。提灯の灯影《ほかげ》で相手にはこちらの顔は見えなかったが、激しく打つ動悸《どうき》はいつまでも止まなかった。

季乃が東京にいる、人妻となっている。この動揺は大きかったし、それからの数日がまことに落ちつかなかった。どうして東京に来たか、どうして人妻となったか、疑問は尽きなかったうえ現在の様子が知りたかったが、会う決心はつかなかった。

だが、雄吾はこの間の客を送った家をもう一度明るい陽の下で見たいものと思い、思いきって帰り俥を曳《ひ》いて清住町に回ってきた。

俥賃を払ってやれ、と悠揚と消えた男の門がそこにあった。扉は閉まっているし、前後を見渡してもこの屋敷町一帯は明るい陽の下に沈んで人影がなかった。

雄吾は身体を寄せて門札をうかがった。『塚村』とかいた厚い柾目《まさめ》の木札の横には、当世風な名刺が貼《は》ってあった。

太政官権少書記《だじょうかんごんのしょうしょき》　士族　塚村圭太郎

これだけを見届けて帰ったが、この官名がどのくらいの身分かわからぬながら、相当な地位であることは想像がつくばかりか、何となく出世する人間のように見えた。

これは季乃が幸福だということであるが、そう考えても雄吾の心に食い入るような寂しさはどうまぎらしようもなかった。国もとではあれほど邪険にしていた季乃にこの感情は不思議で、自分ながら扱いかねるのであった。それから彼は何度も塚村の近所を回ってくるようになった。

しかし『塚村』という名札が冷然と彼を関係のない赤の他人だと、冷たく突き放しているようで、雄吾は出直して門を叩《たた》く勇気はとても起こるはずがなかった。門はいつも閉じ、家の中はひっそりと静まっているのがよけいに冷厳な感じを与えて、よそながら季乃の姿を垣間《かいま》見たいという彼のはかない望みは、そのたびに消えた。

ある日、俥をひいて門の前を通りかかると、思いがけなく急にくぐり戸があいて塚村家の下婢《かひ》に呼びとめられた。

「あら、ちょうどよいところに俥が来たわ、俥屋さん頼むわ、奥さまがお乗りになるからちょっと待って」

と言ったので、あまりの不意打ちにこちらは思わず叫ぶところであった。少なからず狼狽《ろうばい》して胸は早鐘のように鳴り、とっさに被《かぶ》っている日覆笠を伏せて顔を見せないようにして待った。花が眼の前に現われたように若奥様らしく着こなした服装《みなり》で季乃が出てきた。雄吾は用心深く笠で顔をまもったまま車上の人となった季乃の膝《ひざ》に膝掛けをまいたが、その手先は不覚にもふるえていた。

「回向院《えこういん》前までね」

と言う声を、俥を挽きだしたときに背中で聞いたが、ともすると疾っている彼の足は平衡を失うのであった。

回向院の前に梶棒をおろした時、威勢よい相撲のやぐら太鼓が鳴っていた。蹴込《けこ》みにのせた白い爪先《つまさき》が、すらりと地上に立って、

「ご苦労さま」

と言ったが、思わず上げたこちらの視線と合った。これは白日の下だから、どうとりつくろいようもなかった。

「あ、義兄《にい》さま」

と季乃の口から低いが鋭い叫びがもれて、驚倒の表情が顔いっぱいに出ていた。こちらも何か言おうとして言えず、咽喉《のど》がつまっているようであった。

するとつぜん、季乃は降りたばかりの俥にまたとび乗って、「さ、兄さま、どこかへ行きましょう、早く」と言うから、彼はあわてて、

「す、相撲は?」

と思わず問うと、

「相撲なんか、どうでもよござんす」というのが返事であった。

『覚書』の原文が――まことに夢心地にてどこの道をいずれにとりしやもさだかならず、われに返れば一小社の境内にはいり、人気なき処にて、互いに言葉もなく相対し居たり。――とよくその情景を活写している。

どういう会話が行なわれたか、細かいことは書いてないが、おそらく肉親の久闊《きゆうかつ》以上の情愛が溢《あふ》れた語が交わされたことであろう。もう昔のよそよそしい気持はなく、なつかしさでいっぱいであった。

何よりもききたいことは季乃のその後の様子であった。彼女の語るところによると、父は五月ごろから高い熱がつづき意識不明となり、東京から西郷先生の手紙が来た、せがれも近く帰ってくるそうな、とうわ言を言って息を引きとった。戦火で家が焼けてから、母子で親戚《しんせき》に身を寄せた直後、母は心労が昂《こう》じて病気になり二た月ばかり床について死んだ。あとに残った季乃はそのままその家に居ついているうち、この親戚の主人がはしなくも東京で官を得たので、一家はあげて東京に移り彼女もついて行った。主人の官というのが大蔵省で、ある機会にそこの上役である塚村圭太郎に見そめられ、懇望されて妻となった。これは全く厄介になっている親戚の義理を立てたものであると、彼女は長い話を終えた。

それから彼女は雄吾の車夫姿を怪しんだので、今度はこちらが話す番となった。季

乃は終始感動して聞いていたが、

「それではあんまり義兄さまがかわいそうです、塚村に頼んで何とかならないものでしょうか」

と言うので、

「いや、それは困る、自分はこれでよい」

と断わった。季乃の主人の世話など、いさぎよしとしない気持があった。

その日は季乃が回向院の相撲に、それも塚村の役所関係の交際であったが、そのほうへ行くので別れることになった。季乃は眼のすみに涙を光らせて、

「義兄さま、この次にゆっくりお目にかからせてください」

と言った。雄吾の心のどこかでは弾んだ気持を抑えるものがあって、曖昧《あいまい》な顔色になったが、

「季乃から伺います。きっと会ってください。お所を教えて」

と言うので、それで山辰の所を教えたのであった。

七

伺います、という季乃《すえの》の言葉は雄吾の心に食いこんでいたが、四五日過ぎたある日、

若い女が立場《たてば》にはいってきて、雄吾を見て、ちょっとそこまで、と言うから、これはお客だと思い、すぐ支度をして俥《くるま》に乗せ、指図どおり走っていると、あ、そこを右に曲がって、と言うから曲がると、小料理屋のような小店があった。客は降りて、そのまま、その家にはいったかと思うと、季乃が恥ずかしそうな笑いを浮かべて現われた。おどろいていると、

「すみません、お呼びして。わたくし、どうしても上がりにくかったものですから」

と言い、少し休んでゆきましょう、と言って内にはいると、さっきの客だった女中が席をとって食べ物の用意をしていた。

その時は、この間つくせなかった話のつづきのようなことを話したが、季乃は、義兄《にい》さまにお目にかかるときがいちばん仕合わせだという意味をふと言った。この時の彼女の表情も言葉の調子も、何か雄吾の気持を騒がすものがあった。

そのことがあって四五日して、また、使いが来た。出てゆくと町角に季乃が立っていたが、雄吾の俥を見ると、

「すみません、乗せていただきます」

と言って乗った。

お客を乗せて車夫が曳《ひ》くのだから、これは怪しむ眼がなかった。

「どこへ行く」

ときくと、

「どこも行かなくとも結構です、そこいらをぐるぐる回ってください」

という注文に雄吾は苦笑して、あてもなくゆっくりと曳いてまわった。こうして一時間も話を交わして歩いた。

「こんなに家をあけてよいのか」

と言えば、

「かまいません、塚村は役所ですから」

と俥の上から返事があった。

「それは、いけない。用もないのに出歩く法はない。おれも困るよ」

「なぜでしょう。義兄さままですもの、塚村にご遠慮なさることはないと思います」

「おれはまだ塚村さんに挨拶《あいさつ》してない。兄とは言えない。あまり出てこないほうがよいな。用があれば、おれから出向く」

「嘘《うそ》です。義兄さまがいらっしゃることはないに決まっています、もうおっしゃらないで。お目にかからせてください。兄一人、妹一人とお思いになって」

雄吾にとって、これはどう扱ってよいかわからぬ感情であった。——

さて『覚書』の記述はここで一転している。

それは雄吾が紙屋の卯三郎に呼ばれたことから始まる。出向くと奥座敷に通され、そこにはすでに先客が来ていて、ひきあわされたが、客も紙問屋の主人で幡生条太郎《はたぶくめたろう》と名乗った。やせた五十年輩の如才のない男だが、卯三郎のほうが下に回っているようなふうが見えた。雄吾を呼んだのは条太郎の依頼であったらしい。

条太郎は雄吾に初対面の挨拶の後、愛想のよい雑談をはじめたが、いつかその雑談が本筋の話に変わっていた。彼は言うのである。先日、自分の知人が九州の旅から帰っての土産に西郷札というのをもらった。かねがね新聞や噂《うわさ》で話だけは聞いていたが見るのは初めてで、貰《もら》った札は五円札と十円札であった。その人の話によると日向《ひゅうが》のほうでは、一時はこれがお上に買上げになるということで大切にしていた、また、実際、申請もしたのだが、賊軍の出した紙幣というので沙汰《さた》止《や》みとなり、一文の値打ちもないことがわかると、反古《ほご》同然、今は子供のオモチャになっているということである。——

「これがその実物です」

と条太郎は懐《ふとこ》ろから風呂敷《ふろしき》に包んだものを出して、中をひろげた。

雄吾には忘れられないなつかしい薩軍《さつぐん》紙幣であった。この二三枚にも、戦塵《せんじん》の匂《にお》いの濃い思い出がわく。

しかし雄吾は黙って粂太郎の話を待っていると、彼は意外なことを言いだした。

「わたしは、ふと、この札の回収をもう一度政府に運動して実現させたらと、まあ夢のようなことを考えましてな。これは今のところ夢のような話ですが、必ずしも夢ではないのです、うまくゆくと成功する見込みがあります。それにはぜひあなたのお力をかりねばなりません」

雄吾がおどろくと、

「いや、あなたは塚村さんの奥さんをご存じでしょう。実はこの間、お二人で話して通られたのをお見かけしました。わたしは奥さんのお顔はよく存じあげているが、あなたは知らない。そのときわたしと一緒だった卯三郎さんが、あの男なら自分の知りあいだというわけで」

と笑って、

「それで卯三郎さんに頼んであなたにお目にかかったしだいです」

と言うので、雄吾が、

「あれは私の妹です」

と言った。すると粂太郎は膝《ひざ》を叩《たた》かんばかりで、

「おお、妹さんとは知らなかった。それならなおさら好都合です。ぜひ塚村さんに会って頼んでください。塚村さんは、ご承知かもしれんが、大蔵省切ってのやりてでしてな。大隈《おおくま》(大蔵卿《きょう》)さんや松方(大蔵大輔《たいふ》)さんにも篤《あつ》い信用があるということを聞きました。塚村さんにこの西郷札の買上げを頼むのです。そして塚村さんから大隈を動かすのです。だいたい前年に賊軍紙幣だといって買上げしないのが無茶でしてな、損を蒙《こうむ》っているのは何も知らない人民だし、薩軍に強制されて押しつけられて物をもってゆかれたのだから、その損害の補償をせんという法はありません。政府もそれはわかっていたにちがいないが、なにぶん当時は戦争直後で、薩軍のことならまだ眼の敵《かたき》で、俗にいう坊主《ぼうず》憎けりゃ袈裟《けさ》までも、という地口のとおり、西郷札も買上げしなかったのでしょう。もう一つの考え方は、おびただしい戦争の費用でその余裕がなかったのでしょうが、近ごろは十五銀行という華族さんの銀行をつくって、そこから金を借りたり、紙幣の増発をやったりしているから、西郷札の十万や十五万円の塡補《てんぽ》ができぬはずはないと思いますよ。これは押せば必ずモノになる話です」

と非常な雄弁であった。

粂太郎が帰ると、卯三郎は、

「迷惑な話だろうが、これはぜひ力添えをしてやってください」

と義理のありそうな話しぶりは、考えようによっては商売上のことで頭を抑えられているのではないかと思われた。雄吾は心の中では重たくはあったが、表面は晴々と承諾の返事をしないわけにはゆかなかった。

粂太郎の狙《ねら》いはもちろん、ただ同様な西郷札を買占めして政府の補償回収で大儲《おおもう》けしようというのである。

これは当時、日の出の勢いにあった岩崎弥太郎《やたろう》の亜流を学んだように思われる。そのころ岩崎は西南役で政府の輸送方を一手にひきうけて大儲けし、一躍天下の三菱《みつびし》商会になっていた時であった。その三菱の基礎が藩札買占めである。明治四年の廃藩置県で政府は各藩が勝手にばらばらに発行していた藩札を買上げることになったが、その時期と価格は絶対に秘密にしてあった。そうでないとボロ屑《くず》同然の藩札が暴騰《ぼうとう》して収拾がつかないからである。岩崎はこのことを後藤象二郎から聞き、すぐに藩札を買い占めて、適当な価格で政府に交換買上げしてもらい、最初の資金をつくった。これは有名な話だが、これで粂太郎も西郷札買占めを思い立ったのであろう。

さらに当時の岩崎は大臣参議しか乗らぬ黒塗りの二頭立馬車に乗ったり、貧民どもに大盤振舞いをしたり、前島密《まえじまひそか》のいた四万余坪の邸宅を買って奇石巨岩を庭に運ばせ「世に比類なきお楽しみならずや」(曙新聞)といわれたり、とかく世間の耳目をひいている折りなので、粂太郎もことさらに刺激されたと考えてよい。

八

雄吾と塚村の対面はこうして行なわれた。彼が話して、季乃《すえの》があらかじめ通じておいたのである。もとより塚村はこれがいつぞやの夜、自分が乗った俥《くるま》を挽《ひ》いた男とは知らず、初めて会う妻の兄として充分の敬愛の情を現わしているようであった。いつぞや見た威厳のある髯《ひげ》の顔もにこにことして愛想のよいことで、

「もっと早く見えるとよかったのですが。わたしも季乃《これ》からきいて、そんな義兄《にい》さんがわたしたちにあったかとおどろいた始末です」

と言ったりしたが、雄吾の、

「私のほうこそ失礼していました。実はまだ志を得ないので適当な時まで上がるのをご遠慮したかったのです」

という言葉をきいて、

「そりゃ、いかん、兄弟の家にその遠慮はいけません」

と、しまいは笑い話になるのであった。とにかくこちらが恐縮するくらい親切である。

雄吾がいよいよ用件にはいり、頼まれた話題を出すと、この如才のない義妹の婿《むこ》は急に中堅官吏の態度に変わり、当惑したような浮かぬ顔になった。お話はよくわかったが、どうもむずかしい、というのである。

「だが、とにかく、いちおう当たってみることにいたしましょう」

とつけ加えたのは単に初対面の義兄への儀礼的な言葉のようであった。

塚村圭太郎は、雄吾が帰ると急に不機嫌な顔色になった。雄吾に会うまで季乃の話を聞いて、ぜひお会いしたい、と言っていた時の愉《たの》しい顔とはまるでちがったものである。

季乃が、

「義兄《あに》が何かお願いしたようですが、よろしくお願いいたします」

と言うと、常のように役所から持って帰った書類を机の上にひろげて見入ったまま、返事がなかった。仕事となると、いつもむずかしい顔になる人なので、季乃が退ろうとすると、文書の文字に眼をさらしたまま呼びとめられた。

「義兄さんとおまえは幾歳《いくつ》違いか」

という質問である。

「五つでございます」

と答えても、黙って、書類の文字を追っているようである。しばらくして、

「義兄がこちらに来ているということをなぜ早く言わない？」

「わたくしも存じませんでしたが、先日途中で偶然に——」

「それは聞いた」

「はい」

「その時、なぜ、すぐ言わなかったのかと言うのだ」

「なにぶん、車夫をしておりますので、つい、申しあげにくかったのです、申しわけございません」

夫は黙って不機嫌にむっつりしているばかりである。指の先で白い書類だけが動いている。そしてしばらくして言いだした言葉は、思わず季乃をあかくさせたものであった。

「色白の好男子だな、初めて見たが。女でもいると聞かなかったか」

季乃が低い声で、

「べつに」

と答えると、

「国もとでは仲よくしていたか。いや、おまえたちの間のことさ。義理の兄妹だった

な」

　と言った。季乃が返事に迷っているのをみて、

「まあ、よい。おまえにとって義兄なら、おれにとっても義兄だ。仲よくしよう」

　と笑いもせず言った。

　塚村はそれから翌日もどことなくいらいらした様子が見えた。日ごろは落ちついた、世間では大器と見ている、悠揚たる彼には珍しいことであった。

　その晩も、塚村はまた雄吾のことを言いだして、季乃を何となくはっとさせたが、

「義兄のいるのはどこの俥か」

　ときいたが、今度は機嫌のよい声であった。季乃の返事を受け取ると、

「うん、そうか。いつまでも車夫でもなかろう。よい口があればお世話したいものだな」

　と言って妻を安堵《あんど》させた。

　だが翌朝、塚村は役所へ出ると下僚にも内密に、かねて目をかけている気の利《き》いた小使いを呼びつけ、他人には聞こえぬように何事か頼んだ。行く先は山辰だと言うのである。

「その男に女が会いに来るかどうかそっと内密にたしかめてくれ。いや女の身もとは

探るに及ばぬ。二人が会っていることがわかればよい」

夕方、役所が退《ひ》けるころに帰ってきた使いの報告を聞いた塚村の表情は、使いの者の前では普通だったが、席にかえるとむずかしい仕事上の問題と取り組んでいるように考えこんでいた。しかし家に帰って妻に告げた言葉は、

「義兄さんを呼びにやれ。この間の話がうまくゆきそうだとな」

であった。

雄吾が使いをうけて塚村を二度めに訪ねると、先日と少しも変わらぬ歓待で、柔和に笑っていて、弟分としての親しみをみせていた。

「どうもお呼び立てして恐縮ですな。この間の一件ですが、ありゃ全然絶望ではありませんよ。実はさる上の方にさぐりを入れたんです。すると、まんざらでもなさそうです。義兄さんのお話のように、西郷札では地方の者が大変迷惑しているのだから、政府に補償の要があるのは、ぼくも同感でね。そこで上の方に脈さえあれば、一つうんと踏ン張ってみようと思うんですよ。もちろん、他言は困るのです、人に知れてはぼくの立場がまずいことになる。これは義兄さんだけが含んでいてください」

この語調は熱心で誠意が溢《あふ》れているように見えた。いったん見込みがないと言いきった話をここまで運んだのは塚村の才覚によるのであろう。気休めの言葉とは思えな

かった。

雄吾が厚く礼を述べて今後を頼んで帰ると、卯三郎と粂太郎《くめたろう》のうれしがりようは関係のない者から見ておかしいほどで、やせた顔の相好を崩して雄吾の肩を叩《たた》くのであった。

「よくやってくださった。塚村さんの言う上役とは、きっと松方さんか大隈さんにちがいありませんよ。松方さんあたりが請けあえば、こりゃ間違いない。成功疑いなしじゃ。いや他人には内密内密」

と有頂天になるのであった。

九

塚村の毎日は忙しい。役所で終わらず家まで仕事を持って帰って、夜まで洋灯《ランプ》の下で調べものをしているのも珍しくなかった。同僚の間でもきれものだと定評があり、先輩は彼を人材と見て好意をもっていてくれ、自然に栄達は約束されていた。夕方は同じ時刻にはきまって帰ってくるし、ときどきどこかの宴会に出ることはあっても他の者のようにだらしなく泊まってくることはない。一部の政商が塚村に注目しはじめ将来の大物として接近をはかっているという噂《うわさ》である。

この夫に近ごろ季乃《すえの》は何となく不安を感じていた。不安——以前になかったものである。考えてみると、これは雄吾がこの家に訪ねてきてから以来であった。夫に黙って雄吾をたずねてゆくのが何か見すかされているような危ない気持である。義兄のところへ行くとどうしても言えないのは、初めかくしていたことがそのまま言う機会を失ったせいにもよるが、漠然と夫が雄吾に不快をもっているのではないかという気おくれである。しかしそのようなことは考えられないはずで、雄吾に会う夫の顔は朗らかで親切だし、妻の義兄として何か頼みごとも熱心に心配している様子である。理屈はそうだがやはり季乃の気持は落ちつかない。

そういう靄《もや》のような不安をつつんで季乃は雄吾をたずねた。雄吾に会うのは兄妹の感情だと彼女は信じている。この感情が夫の平静を失わせているのだとは気がつかないのである。

雄吾はのんきに俥《くるま》を挽《ひ》いて出てくる。屈託のない顔だ。来たか、というように顔を笑わせて梶棒《かじぼう》を下げた。季乃も遠慮しないで俥にあがった。いつものことである。

一台の幌《ほろ》を被った俥が横を駆けぬいていったのはその時であった。そのあとには白い埃《ほこり》が煙となって舞っている。季乃は一時に顔色が変わるのを覚えた。

幌の窓から瞬間に見せた客の横顔は塚村に相違なかった。いや、違いないように思われた。あまり塚村のことばかり考えていたので、そう見えたのであろうか。あるいは別の人かもしれない。だんだん確信がもてなくなった。これは季乃の希望がそうありたいと願ったせいであろう。不安な迷いであった。

雄吾は何も知らないでいる。雄吾に確かめるわけにはいかない。

川の見える場所に来てしばらく話した。とりとめない話だが、義兄と話していると季乃の心に肉親に近い和《なご》やかな情愛が動く。味気なく暮らした親戚《しんせき》の家から、そのまま感情もなく他人に嫁いできた寂莫《せきばく》が、何か春風のようなものを求めていた。

塚村はその夜酩酊《めいてい》して帰ってきた。季乃が恐る恐る出迎えると、機嫌は上々で、これは昼間見た幌の俥はやはり別人だったかと思われた。

だが、季乃がちょっと姿を消すと、塚村は急に下婢《かひ》に小さい声で、今日昼間、奥さまは何時ごろ帰ってきたかときいた。そして返事を聞くと、

「おれがきいたと言わずにいろ」

と圧《おさ》えるような顔で言った。

塚村が、話があるから義兄を迎えにやれ、と言ったのはその後である。

雄吾が来ると、いつもの陽気な塚村であった。

「ときに、先般からの話ですがね」

と彼は始める。

「あれは充分見込みがありますよ。ところがここに一つの条件がある。それは政府でも、明治四年に貨幣統一の際、岩崎が藩札買占めをやって苦い経験をなめています。今度の西郷札もこれが世間に洩《も》れたらどんな思惑買いがはじまって西郷札の値が奔騰《ほんとう》するかもしれない。もともとこの札は宮崎県あたりの人たちが迷惑しているのだから、政府としてはなるべく現地から回収買上げしたいのです。つまり東京あたりの商人が思惑をやらない前にですな。ですからむろんその期日も価値も極秘中の極秘です」

しごく順当な話であった。しかしこれでは粂太郎《くめたろう》は手も足も出ぬではないか。雄吾のその顔色で察したように塚村は声をひそめた。

「いや、これも裏に回れば道がないでもないのです。それはいよいよ決定が大丈夫になったときわたしが教えますから、義兄さんのその知りあいという人に宮崎に行かせて西郷札を買い集めさせたらよいでしょう。もちろん、引換えになるまで現地に滞在させることが必要です。東京に持って帰ったんでは前に言った理由でまずいことになります。しかし、その人一人に買占めさせても困りますな」

と塚村は少し考えて、

「そうだ。これは義兄《にい》さんも一緒に行かれるとよいですな。そして向こうで義兄さんの適当と思う人にも買わせることですよ。そこは相談して目立たぬようにやってください」

「…………」

「実は、わたしはその義兄さんの知りあいという人には交渉を直接持ちたくないのですが、義兄さんだけの取次の話では先方も信用しないかもしれませんね、だからよそながらその人に会おうではありませんか。いや何も挨拶《あいさつ》はしませんがね。会うというだけで意味は察してもらえると思いますよ。幸い明後日の晩は貿易関係で外国使臣夫妻の招待を新富座でやりますから、その時義兄さんもその人と一緒においでなさい、わたしがその人に安心できるよう取りはからいましょう」

とも言うのであった。

十

この時の新富座は外国使臣の見物にふさわしく、世話物のほかに操三番叟《あやつりさんばそう》と勧進帳を演じている。前者には宗十郎（翁《おきな》）左団次（千歳）菊五郎（三番叟）、後者には団十郎（弁慶）左団次（富樫之助）菊五郎（義経《よしつね》）そのほか仲蔵、団右衛門という絢爛《けんらん》たるものであった。一方見物のほうも舞台に劣らぬ豪華さで正面桟敷《さじき》には椅子席《いすせき》をしつらえ、外国使臣夫妻を中心に官側に大隈大蔵卿《きょう》をはじめ河野利鎌、前島密《ひそか》、松方正義《まさよし》、中上川彦次郎《なかみがわひこじろう》など、民間側からは岩崎弥太郎《やたろう》、渋沢栄一、益田孝《ますだたかし》、大倉喜八郎など儀礼にならってそれぞれ夫人を携えて接待に当たっているのは、この外国使臣と何か経済的な交渉中であったにちがいない。

雄吾と粂太郎《くめたろう》はずっと離れた桟敷でそれとなく一行の様子を見ていた。花が一時に咲いているといってもよい華麗なこの貴賓席には正装の塚村がたちまじって見え、それが渋沢のところへ来て話をしたり、松方に何やら耳打ちしたり、いかにも敏捷《びんしょう》な能吏の動きに見えた。

一代の名優を集めた豪壮な舞台も、粂太郎には上の空で、一行のほうへ気もそぞろというふうであった。彼にとってのるか反るかの大仕事が、成否の瀬戸ぎわというところであった。

『勧進帳』の幕がしまったとき、使いが雄吾の傍へ来て、どうぞこちらへ、と廊下に誘った。

雄吾と粂太郎が待っていると、颯爽《さっそう》と塚村が現われた。塚村だけではない、今まで気づかなかったことに、季乃《すえの》がその後ろに従っていた。

今夜の季乃は大柄な牡丹《ぼたん》を裾《すそ》に華やかに咲かせた紋服で、塚村家の家紋の抱茗荷《だきみょうが》が小さく白々と目立った。濃いめの化粧は結いあげたばかりの髪によく映えて雄吾も少し呆《あき》れるほど見事な令夫人姿であった。

　塚村は家で会うときよりよほど威厳を顔に見せ、

「やあ、この間は失礼しました。近くまたお遊びにきてください」

　と言い、雄吾の後に控えていた粂太郎が平伏に近いお辞儀をすると、

「やあ、どうも」

　と言っただけで引き返していった。

　この会見がきわめて僅《わず》かな時間だけにかえって堂々たる強い印象を相手に与えた。

「たいしたものですなあ」

　と粂太郎は毒気を抜かれて恐れ入った。

　芝居がすむと、

「さあ、これからちょっと、つきあってください」

　と粂太郎は雄吾を柳橋の茶屋に誘った。芸妓も二三人呼び、

「どうもあなたには、たいそうなお骨折りを願って申しわけありません。なにぶんよろしくお願いしますよ。これはわたしの運の岐《わか》れ目だ。しかしですな、この話がとんとんと運ぼうとは思わなかった。夢のようですよ。ま、とにかく前祝いといきましょ

う」

　と声も上ずって、祝杯を上げるのであった。

　雄吾は芸妓の顔を見ていると、さきほど新富座で見た季乃の顔が浮び出るのをどうすることもできなかった。そのまま一輪の牡丹のような高貴な妖艶《ようえん》さを見せた季乃の姿に、雄吾はわれ知らず憤懣《ふんまん》と絶望感に押しつぶされていた。彼は杯を夢中で重ねていった。

「おや、これはお強い。やはり若い人だ、さあ、今夜は帰れませんな。ははは」

　粂太郎はどこまでも上機嫌であった。雄吾は酔いに疲れて別間に運ばれると、鮮かな季乃の印象を抱いて、一人の芸妓の身体をひきよせた。――

　塚村がいよいよ大丈夫だ、近く決定になる、と知らせたのはまもなくであった。

　この報告を雄吾から聞いた粂太郎は、かねて用意していたことを急速に運んだ。家作も土地も商品も全部売り払った。できるだけ現金を集める必要があるのだ。

　卯三郎が、

「家だけは――」

　と忠告したことがあったが、

「なに、この家ぐらい十倍になってきますよ」

と豪快に笑いとばした。それで足らず親戚《しんせき》からも借金をした。むろん事情は伏せておいた。彼が恐れるのは何よりも競争者が出ることであった。このため塚村を極力握っておく必要がある。

粂太郎は雄吾に、

「これを塚村さんに届けてください」

と言って金包みを渡した。中身は百円入れてあった。今ならどのくらいに当たるであろうか。明治十一年六月末の物価指数は、勧商局の報告によると、東京で米が石当たり約六円、麦が二円であり、大阪では米一石五円六十銭であった。米一升が六銭で買えたこの時代でも貧民には高すぎて、当時各地で米騒動が頻発しているありさまだった。百円の価値を知るべしである。

粂太郎はおどろいたことに、塚村がこの金を雄吾にそのまま返したことであった。収賄《しゅうわい》のように誤解をうけるから困るというのである。そのうえ雄吾を通じて、

「宮崎あたりであまり露骨な行動をしてくれるな」

と釘《くぎ》まで一本さしてきた。

「恐れ入ったものだな。なるほど塚村さんは傑物だ。こりゃあ、将来大臣参議ですぞ」

と感に耐えぬ条太郎であった。

いよいよ条太郎と日向《ひゅうが》にくだる日が迫って雄吾が夜になって塚村を訪ねて挨拶《あいさつ》した。

「そうですか、いよいよ出立《しゅったつ》ですか。そりゃあどうも。では、何もできないが、とにかく壮途を祝しましょう」

塚村は酒の支度をさせた。

「それから買上げの価格ですがね、額面の七八割というところでしょうな。これ以下ということは、まずない、そのつもりで買ってください」

これは破格の交換値であると塚村は説明したが、雄吾もこれほど好条件で買上げされようとは思っていなかった。現に条太郎は半額ぐらいに考えているところであった。

「それは喜びましょう。何から何まで今回はいろいろと――」

と雄吾が心から礼を述べると塚村は笑って、

「そんな他人の挨拶はない。まあ、とにかく運よく話が決まって何よりでした。実のところ、わたしもどうかと危ぶんでいたのですよ。いや、運ですな。運がよかったのです。これから義兄《にい》さんも、運が向いてきそうですな。はははは」

と心から愉快そうであった。

雄吾が辞去すると、

「おい、そこまでお見送りせよ」

と季乃に言った。

「はい」

季乃が雄吾のあとについて、暗い表の路《みち》に出ると、塚村も急に立ちあがって下駄《げた》をはいた。

十一

雄吾と粂太郎《くめたろう》は横浜まで汽車で行き、横浜から郵便汽船に便乗して神戸に上った。ここから別の便船を求めて瀬戸内海を西へ西へと航行した。

粂太郎にとって生涯これほど愉快な旅はないように見えた。ただささえ風光の佳《よ》い、島の多い、おだやかな内海である。ここが明石《あかし》の浦、あれは阿伏兎《あぶと》の岬《みさき》、あの島は宮島だそうなと移りゆく名所を人から聞いて、雄吾に教え、愉《たの》しく眼を細めた。彼にとって見るもの、眼にはいるものすべて気に入らぬものはなく、この旅の結果を考えると、うれしさがぞくぞくと身に迫って、立ってもすわってもいられぬふうであった。

雄吾はときどき季乃《すえの》を思いだしている。ことに、最後に塚村をたずねて別れた晩、暗い他家の垣根で、思わず季乃の細いしなやかな身体を抱いた感触をまだ覚えていた。

匂《にお》いがよく甘かったのも忘れられない。きちんと堅くしめた帯の上の胸が高鳴って動《どう》悸《き》がこちらにも伝わってきたくらいだった。吐く息が弾んで、頰は夜気に冷えもせず、ほてっていたが、丸い肩は震えていた。

――塚村さんに悪い。

どうしたあの時の衝動であったか。自分の軽率が、身を裂かれるように辛《つら》かったし、悔いられた。だが身体の過《あやま》ちはまだない。――

――やはり妹として愛してゆこう。

この決心は揺るがすまいと心に誓った。

船は諸所に寄港してやっと臼杵《うすき》港にはいり上陸した。ここから馬車また馬車に乗り継ぎして十日余を費やして東京からの旅は終わった。

宮崎についたときは、明治十二年の秋の深いときであった。――と『覚書』は言っている。

宮崎にゆけば、西郷札はどこにも転がっている、簡単にこう考えていた二人の考えは間違っていた。

雄吾は粂太郎と相談して、まずなるべく老舗《しにせ》らしい商家をえらんでたずねたが、

「さあ」

と言って、うさん臭そうにじろじろ見るばかりで、あるともないとも言わなかった。

別な旧家を訪ねると、

「うちにはありません」

という挨拶《あいさつ》であった。二三軒当ったが、どこも結果は同じであった。話があまり違うので、二人は何だか狐《きつね》につままれたような気持であった。宿について、宿の人の世話で近所から三枚ばかり買ってもらったが、こんなことでは大量買占めなど、どこから手をつけてよいか見当がつかなかった。

「いっそ西郷札買いますという引札か看板でも出したら」

と雄吾は言ったが、

「そうだな、それはもう少し待ってみよう。なるべくおおびらにしたくない」

と粂太郎は慎重であった。

雄吾の頭には早くから延岡在の伊東甚平があった。自分の命を救ってくれた恩人としてこの人こそ塚村のいう〝土地の者〟という資格で儲《もう》けさせてやりたい候補者に考えていた。雄吾ははじめ粂太郎の買付け分がすんだら、あとは甚平に任せるつもりでいた。ところがこのありさまでは甚平を始めから出さねばならない。甚平なら土地の事情にも通じているし、郷士のながれだから信用もあるはずであった。粂太郎は甚平

と共同で買うべきだと思った。この意見を雄吾が出すと、

「そういう人がいるなら結構、わたしに異存はない。あなたに任せます」

と粂太郎は言った。

二人はさっそく、延岡に向かった。

伊東家の門をくぐると、甚平はこの遠来の珍客を大いに喜んで歓待した。雄吾は粂太郎を紹介し、いよいよ目的の話を切りだしたのは、家族も寝静まった夜更《よふ》けであった。

甚平は、うん、うん、と言って聞いていたが、西郷札が手にはいらぬことを雄吾が言うと、笑って思いがけないことを言うのであった。

それは、この古い札がこの辺でも近く買上げになるという話が薄々伝わり、一般にはまだ知れていないが、大量に札をかかえているものはそれで出さんのだろうと言うのである。

雄吾と粂太郎は思わず顔を見合わせた。このことは自分たちだけが聞いて知っているのに早くもこの土地にも聞こえているとはどこから洩《も》れた話であろうか、油断がならないと言えばそれまでだが、何か腑《ふ》に落ちぬことであった。

甚平は考えていたが、

「だが、これはまだ見込みがありますよ。というのは買上げの話は目下まだ単なる風評で、あなた方のように確実な情報をもっているわけではありません。それに前にも一度、買上げの話があって流れたことがあるので、今度の噂《うわさ》も実は半信半疑で迷っているわけです。だから今なら安く買えましょう」

と言った。粂太郎がそれを聞いて、

「それでは、手前と一緒に買っていただけましょうか」

と言うと、甚平は、

「これは一世一代の金儲けの機会です、何で見のがされましょう」

と大口あいて笑うのであった。

後から考えると、西郷札買上げの風評が伝わったというのはすでに塚村の手が回っていたのであろう。彼が早くも宮崎県庁あたりの役人にそれとなしに暗示的な書類を回していたかもしれない。もっともあまり露骨な作為があっては後で証拠となる恐れがあるから、書類を読む側が先走って考えるような暗示であったろう。

三人は相談して、どのくらいの西郷札が残っているかを目算した。雄吾の知る範囲で実際使ったのは十四万円ぐらいだが、散逸した分を三万円とみても十万円以上はあるはずである。

今、千円につき五六十円ぐらいなら手にはいるだろう。そうすれば二人の資力でも相当買えると思った。

この計画で急いで三人は宮崎に出た。甚平はさすがに顔はひろく、旧《ふる》い商家の主人も彼らを粗略に扱うことはなかった。西郷札の話をすると、

「いやァ有るにはありますがね、近々お買上げになるそうで、手前どももまだこの上どこからかほしいくらいですよ」

と、話にならなかった。弱点は、前にも一度その噂があって実現しなかったことで、ここで相当な値さえ出してくれるなら譲ってもよいという肚《はら》はたからもうかがえた。面倒なかけひきが繰り返された末、結局千円につき百二十円なら話に乗ろうというのである。これでは見当値の二倍以上だから三人も驚いた。

しかし、この値がどこでも〝通り相場〟ということは四五軒回ってわかったのである。考えてみれば百二十円が七百円にも八百円にもなるのだから、これで飛びついてよいはずなのだが、もともと甚平にも粂太郎にも、今はタダ同様の値だと思っているのでこの法外な値で買う決断がつかなかった。まあよい、明日ゆっくり交渉しようと宿に引き揚げたのが不覚であった。

その晩のうちにどこからどういう情報がはいったかわからぬが、翌日は西郷札の値

は十円につき二円になっていた。甚平も粂太郎も狼狽《ろうばい》してこれは一刻も猶予《ゆうよ》できぬと〝買い〟に走ったがもう思うように集まらず、先方の言い値のとおり二円五十銭出したり三円出したりしてやっと一万円の西郷札を集めたときは、粂太郎は持ってきた全財産の金を全部投じてしまい、甚平も同じであった。

この二人の買い方であおられたのか、確実な情報がはいったのか、それからも西郷札の値は上がりつづけ、この買いあさりに金持たちは躍起となるのであった。

『覚書』には、

「西郷札、急に高き値にて交換出来ると聞けばあわてふためき、あちらの押入の奥こちらの物置の隅にねずみの巣になるばかりなりし札束急ぎ取り出して清め神棚に上げる者あり、子供の玩具《がんぐ》箱より一枚二枚と拾ひ集める者あり、時ならぬ家中の大掃除畳あげて床下に落ちてなきやと探す者あり、あれは去年何処其処《どこそこ》に土産に遣《や》りしぞ至急手紙持たせて取返せといふ者あり」

という状態で、

「目の色変へて買占めに廻る者は一枚にても余分に蒐《あつ》めんものと身代限り家屋敷田畠《でんぱた》を質に金借りてまるで狂奔せるさまとても尋常とは思へず」

でこの地方一帯は西郷札旋風が起こったのであった。

十二

原文を引いたついでにこの『覚書』の最後の章まで雄吾自身に語らせよう。字句は現代文に近く訂正してある。

「粂太郎《くめたろう》氏を宮崎に残し余が東京に帰りしは十二月下旬、すでに枯風のすさぶ頃なり。直ちに卯三郎宅に到る。すでに夜半近くなり。卯三郎氏余を見て驚きて内に引き入る、その様すこぶる狼狽《ろうばい》に似たり。余これを怪しむ。彼いはく、君は何も知らざりしかと。奥より一葉の新聞紙を取り出して余に示す。その指すところを見れば記事にいふ。近頃日向《ひゅうが》辺りにも先年賊軍が発行せし不換紙幣を近く官にてお買上交換が相成が如《ごと》く誠しやかにふれまはり、土地の住民共この言に惑《まど》はされ大金を投じて紙屑《かみくず》同様なる紙幣を買集めに狂態を為《な》し居《お》る由《よし》宮崎県庁より真偽問合はせを兼ね報告来《きた》りしかば政府においても捨ても置かれず、何者の仕業《しわざ》にやと詮議《せんぎ》相成りし処《ところ》、此《この》者は宮崎県士族樋村雄吾とて去る明治十年賊軍に投ぜし一人と判明せり。味方の発行せし金券ひいきの余りに誑《たぶらか》したるにや或《あるい》は金儲《かねもう》け欲しさのためにや今の処分明せざれ共、そもそも虚言を以《もっ》て住民共多勢を欺《だま》すは重罪につき同人が東京に舞戻る節は直ちに逮捕するやう警視本署にて御用意ありと。余は余りの意想外のことにしばし呆然《ぼうぜん》自失、言葉もなく立ち居たり。こは何かの間違ひなり、余はこの耳に幾度も塚村圭太郎氏の確言を聞きたり。直ちに塚村氏に質《ただ》すべし、とやうやくのことに云《い》へば卯三郎氏は否《いな》、こは塚村氏の策する処ならん。委細は塚村夫人に聞かれよ、夫人は君が帰りし節は密《ひそ》かに知らせよと山辰まで云ひ置かれたりと彼の主人の云へり。万事は明日のことにして寝《やす》まれよと云ふに余は終夜輾転反側《てんてんはんそく》して眠る能《あた》はざりき。あくれば卯三郎氏使を以て季乃《すえの》をひそかに呼び出せしに、季乃直ちに来り、室に入るや余の膝《ひざ》に打倒れ歔泣《きょきゅう》す。そのやや鎮《しず》まるを待ちて余の不審に答へていはく、一切は塚村の陰謀なり、彼は兄上を嫉妬《しっと》の余り陥《おとしい》れたるものなり。早くより塚村の只《ただ》ならざる様子薄々には気づきたれどまさか此の如《ごと》き謀《はかりごと》あるとも知らずして過し、兄上を今日の苦境に立たしむ、何を以《もっ》て辞《ことば》に代へん、直ちに逃れ給《たま》へと流涕《りゅうてい》これを久《ひさしゅ》ふす。ああかの俊敏なる能吏よく余が心底を看破《あかし》す、さすがと云ふべし。而《しこう》して余に対する憎悪《ぞうお》の情は寧《むし》ろ彼の妻を愛するの証ならん、こは余の諒《りょう》とするところなれど、その余に酬《むく》いし手段の陋劣《ろうれつ》なる、策の卑怯《ひきょう》なる、まさに云ふところを知らず。かの令色の陰に此の牙《きば》を匿《かく》し有りしか、思ふだに痛憤に堪《た》へず。余の愚昧《ぐまい》なる、彼の舌三寸に易々《いい》として踊らされ、ついに粂太郎、甚平氏らをして全財産を挙げて一個の反古《ほご》紙を購《あがな》はしむ。惟《おも》ふに両人共、事ここに至れば産を破り、家を傾け妻子をして或は路頭に嘆かしむるに至るべし。これ余が意思に非《あら》ざれども余が罪なり。何に代へて謝せん。いはんや恩人たるにおいてをや。聞く塚村は季乃に対し今回の事は一言も云ふところなしと。こは余を葬《ほうむ》り去ること彼が日常の机上役務の如く書損ぜし一枚の文書を破るよりもいと瑣事《さじ》なるべし。事終はれば或は妻に向かって云はん、汝の義兄も莫迦《ばか》な事を仕出かしたるものなりと。その自若として動ずるところなき面構《つらがま》へ見る如し。今、余の採るべき道三途あり。一は季乃のすすめる如く逃晦することなり。二は官憲に自首して理非を正すことなり。而して一のことは余の保身のみ計りて罪を自ら被《かぶ》り彼の術中に陥る愚挙なり。二は仮令《たとい》法廷にて争ふも塚村の確言を聴きし証人なく況《いわ》んや証明の文書とてなければ水掛論に終はるべし。是も余の採るところに非ず、残るは最後の策なり」

『覚書』はここで終わっている。いや原文はもっと長かったのであるが、あきらかにその後が破りとられている痕跡《こんせき》がある。したがってこれからどういう結果になっているか判然しない。言うところの〝最後の策〟とは何か、塚村や雄吾や季乃は、どうなったか、何もわかっていない。

しかしこの『覚書』の手記が知人の手に送られたのは雄吾が『最後の策』を決行した後ではなく、その直前であったような気がする。はっきり想像できることは、破られた原文の部分が、何か他人の目に触れるに好ましくないことであり、それを嫌って保存者が破棄したのであろう。破りとった人はもちろんこの手記を受け取った明治の人である田中氏の祖父であるにちがいない。そう思うと破られた部分の内容も漠然とわかるような気がする。

私は一日図書館にこもって明治十二三年ごろの古い新聞記事を隈《くま》なく捜した。そこには広沢参議を暗殺した真犯人がわからず容疑者を釈放していることや、吉原《よしわら》のほうで殺傷事件があったことは載っていても、私の目的の記事はついに見当たらなかった。当時の太政官《だじょうかん》権少書記《ごんのしょうしょき》といえば奏任官であり、矢野文雄、犬養毅《いぬかいつよし》、尾崎行雄、中《なか》上川彦次郎《みがわひこじろう》、小野梓《あずさ》、島田三郎などのクラスである。あれほど俊英をうたわれた塚村圭太郎の名がついに世に残らなかったのは何ゆえであろうか。そこにも破られた部分の秘密をとく鍵《かぎ》がありそうにも思える。

図書館で新聞記事を捜している間にふとこんなことが目についた。

「日向通信（明治十二年十二月輿論《よろん》新誌）薩賊《さつぞく》の製造せし紙幣に特別の訳を以て政府に於て御引換可相成旨《あいなるべきむね》道路の風説」

私はこの二行ばかりの記事の間に、顔色を変えて西郷札の買占めに狂奔している二人の人間が眼に浮かぶのであった。

くるま宿

一

柳橋に近い〝相模屋《さがみや》〟という人力車の俥宿《くるまやど》だった。

明治九年のことである。人力車の発明は明治二年ごろということになっているが、このころにはもう相当普及していた。はじめ俥の胴に蒔絵《まきえ》で、金時や、児雷也《じらいや》や、波を描いて美麗を競ったが、これはまもなく廃《すた》れて、そのころでは車体も紅無地で、蹴《け》込《こ》みも深くなり、母衣《ほろ》（幌）の取付けも工夫されてだいたい後代のものに近い体裁になっていた。古い統計によると、この年の人力車の数は全国で十三万六千七百六十一両と記載されている。その過半が東京であった。

俥宿は帳場ともいい諸所にあったが、それぞれ屋号の名がついていた。車夫は夜〝人力、何屋〟という印入りの提灯《ちょうちん》を梶棒《かじぼう》の先に吊《つ》って、ラッパもない時代のことで、「ごめん、ごめん」と掛け声をかけて走ったものである。

その明治九年の初秋のことだった。

〝相模屋〟の帳場に新しい顔の俥挽《ひ》きが一人ふえた。彼は身体こそ頑丈そうだったが、年齢は老《ふ》けていて、四十の上を二つ三つ越していた。

親方は清五郎という五十に近い男だったが、はじめ、この男をつれて紹介したのは知りあいの小間物屋で、近所の男だが病気の娘さんを抱えて困っているからぜひ働かせてくれ、という頼みごとだった。

「少し年配のようだな。身体を使う仕事だが辛抱できるかえ」

と清五郎は言った。

辛抱する、とその男は頼んだ。人品は卑《いや》しくない、いずれ順当なればこの稼業《かぎょう》に落ちる人ではあるまいと清五郎はひそかに思った。病気の娘と二人ぐらしで、自分が働かねばならないことも彼の同情を唆《そそ》り、雇うことを承知した。名前は自分で吉兵衛と名乗った。

吉兵衛はその翌日からくるようになった。股引《ももひき》をはきわらじ履きで、ちゃんと俥挽きの服装だった。だが、その日から仕事ができるわけではない。客を乗せて挽くまでには一通りの要領をのみこむ稽古《けいこ》がいった。足の運び、重心のとりかた、道の高低を手先一つ腕一つで目立たぬほどに挽くまでには、たいていの修業ではなかった。

吉兵衛はその辛《つら》い期間に耐えた。辛抱のかいがあって、しだいに稼ぎができるようになった。

「あの年寄りがよくやる」

と親方も朋輩も感心した。

「家には病気の娘が一人いるんだ。あの年齢で働く吉兵衛を皆で気をつけてやってくれ」

と清五郎はよく言った。

若い朋輩の車夫は吉兵衛の名を呼ばず、

「おじさん、おじさん」

と言った。なるほど二十代の若い者にとって四十二三の年齢は離れていた。

吉兵衛は寡黙《かもく》な男である。滅多に自分から話題を持ちだしてしゃべる男ではなかった。客待ちしながら、車夫連中は溜《たま》りに炭火を囲んで雑談するのだが、吉兵衛は皆の話を横で微笑しながら聞いているだけだ。無愛想なのではなく、にこにこしているし、聞く側にまわっているのが愉《たの》しそうな様子だった。

「おじさん、どうだえ、黙ってばかりいないで、何か面白い話でも聞かしてくんな」

と誘っても、

「いやァ、私はどうも話を伺っているほうがよいのでな」

と笑って挨拶《あいさつ》した。

時には四五人で酒を買って飲むこともある。

「おじさん、どうだね、一杯」

と出しても、手を振って、

「飲めないのでね」

と笑った眼を向けるだけだった。

小博奕《こばくち》を始めることもある。若い者ばかりで熱中して、ふと横で吉兵衛が見ているのに気づいて、

「おじさん、これもやらないかね」

と誘っても、

「どうも、見物しているほうが面白そうだ」

と言うだけだった。

おだやかな、静かな男という印象を誰にも与えた。あの年齢で気の毒な、と若い者は自然と吉兵衛を庇《かば》う気持だった。

夜道の遠い客があるとき、

「おじさん、大丈夫かえ。代わってもいいぜ」

と若い者が言うと、

「なに、いいんだ」

と笑って、俥を挽いて出ていくのだ。

人力車の商売は夜の遅い仕事で、色街は夜通しだが、ここらでも十二時近くまで客待ちしている。交代で詰めているのだが、吉兵衛が遅い番で、炭火の始末をして暗い外を寒そうに、裏店《うらだな》にある自分の家に帰っていく様子はさすがに見る者に気の毒だった。

「かわいそうに。あれで一人娘が胸を患《わずら》っているとは気の毒だな」

と毎度のことながら親方夫婦は言いあった。

二

〝人力、相模屋《さがみや》〟という四角な招灯《かんばん》が軒に出ているこの俥宿《くるまやど》は町角になっているが、その隣りは瀟洒《しょうしゃ》な塀を囲んだ〝竹卯〟という料亭になっていた。かなり大きな構えで、客の送り迎えの人力車の用事で、相模屋にとっても大切な得意先だった。

雨の降る晩で、十一時過ぎごろ、〝竹卯〟では戸を閉めようとしていた。料理屋ではまだ宵の口だが、雨で客足が遠い以外早くから戸を閉めるもう一つの理由があった。奥の座敷で大店《おおだな》の主ばかり十人ほど寄って講の集まりをやっていたのだが、実は講というのは口実で手慰みを始めていたのだ。月一回の寄りで、大店の主人のことで贅沢《ぜいたく》な料理をとって、夜を明かして花札を繰るのだったが、かなりの大きな金が動いていた。

表戸が閉まったばかりの時に、

「今晩は。今晩は」

と外から声をかける者がいる。女中が返事をすると、

「越後屋《えちごや》の旦那《だんな》に急用があるから、ちょっと開けておくんなさい」

と外では言った。

越後屋というのは、やはり奥座敷にいる米問屋の主人なので、女中がうっかり戸を開けたのが悪かった。四五人の男が風のようにはいってきて、おどろく女将《おかみ》や女中どもを縛りあげてしまった。いずれも刀を持っていて顔は人相の知れぬよう黒い布で包んでいた。

「越後屋はどこだ。案内しろ」

と首領のような男が一人の女中を先にたてた。料理屋のことで板場のような血気の者もいたが、いずれも手もなく縛られて賊のなすままだった。一人が見張りに立った。賊は奥座敷に達した。襖《ふすま》を開けると勝負に夢中になって座敷にすわっている連中の眼

がこちらを向いたが、異様な風体《ふうてい》の男たちがぬっとはいってきたので、あっと愕《おどろ》いて声をのんだ。

「お愉《たの》しみのところを邪魔してすまん。少し無体かもしらんが、その場銭を暫時《ざんじ》拝借したいので伺った者だ。結構なお歴々とちがって、その日にも困っている尾羽打ち枯らした士族のわれわれだ。眼をつむって言うことを聞いていただきたい」

言いはなって首領の男は、じろりと恐怖で化石のように身動きしない一座を見渡した。抜身の光った刀が畳に棒のようにつきたった。

女中の一人がすきをみて抜けだし、隣りの相模屋に急を知らせたのはその間だった。屯所はずっと離れているし、隣りなら血気の俥挽《ひ》きたちがいると思ったからである。

実際、俥宿には若い者がその時、五六人居合わせた。女中の話を聞いて、いずれも顔色を変えて立ちあがったが、賊が四五人連れの刀を持った士族ときいて、すぐ飛びだす者はなかった。お互いに顔を見合わせて尻込《しりご》みした。

「屯所に知らせてやろう」

と言うのがせいぜいだった。が、

「今から屯所に行ったのでは賊は逃げるな」

という声があった。見ると、隅にうずくまっている吉兵衛だった。

「しかし、相手が士族じゃあ、われわれでは危ないぜ」

と正直に若い者は本音を言った。

「まあ、どんなか、私が行って様子を見よう」

と、その吉兵衛が立ちあがったのだ。皆はおどろいた。

「おじさん、そいつはよしねえ、怪我《けが》でもしたらどうする」

「屯所にすぐ走るから、年寄りがつまらねえ真似《まね》は止《よ》しなよ」

口々に止めたが吉兵衛は微笑《わら》ったままの顔で暗い外に一人で出ていった。

〝竹卯〟の奥座敷では賊が場に置いてある金を掻《か》き集めている最中だった。前にも言うとおり、大店の主ばかりで、素人《しろうと》の慰みごととはいうものの、かなりの大金である。

誰か後からはいってきた者があるので、賊は仲間かと思って振りむきもしなかった。家の者は縛ってあるはずだし、静かな足音だったから店の見張りにおいた味方が来たと思ったのは無理はない。

「金はもとどおり返しておけ」

という声で、はじめて愕然《がくぜん》となって後ろを向いた。俥挽きが一人平気な顔でつっていた。

「な、何だ、きさま」

と賊は身構えたが、相手が一人で、素手だし、四十二三の年配なので気を抜かれた。

「それは手前の言い分だが、まあ、お手前方が賊ということはわかっているし、お互いに名乗る場所でもなさそうだ。そんなことより、金は残らず置いてもらって、早く帰っていただくことだな」

と吉兵衛はふだんの口調で言った。

「おやじ、怪我はせぬものじゃ。引っこんでおったが無事だろう」

と首領はあざわらった。他の賊は抜身を提げて殺気だって吉兵衛の前に立った。

「いや、怪我の心配なら、貴公らのほうだ」

その語尾が消えぬうちに、眼にも止まらぬ速さで吉兵衛が動くと、賊の一人が前を泳いで倒れた。持っていた刀は吉兵衛が奪って壁ぎわに立った。

「いずれも道場に通った昔もあろう各々方《おのおのがた》だ。いざ、お手なみを拝見したい」

賊が怒ったのはむろんである。左右から同時に斬《き》りこんだが、二人ほど同時に肩を刀の峰で叩《たた》かれて息もできずに倒れた。正面に向かった一人は電光の速さで踏みこんだ吉兵衛に腕を打たれて、刀を宙に投げだして膝《ひざ》を折った。

首領が驚いて、はじめて顔に恐怖の色を出した。

三

押込みの賊を一人で取りおさえた吉兵衛の働きはむろん皆を驚かせた。駆けつけた巡査は五人の賊が峰打ちをくって、そこが紫色に腫《は》れているのを見て舌を巻いた。

「たいしたお腕前。以前《もと》はいずれ士分の方であろう」

と畏敬《いけい》の眼を向けたが、

「決してそのような者ではありません」

と吉兵衛は否定した。

巡査でなくても、これは誰も持つ疑念で、

「驚いたな、どうも。いずれ歴《れっき》としたお武家だったに違《ちげ》えねえ」

と清五郎も推察した。

しかし誰からきかれても吉兵衛は、

「そんな者じゃありません。ただ若い時に武家屋敷に奉公したことがあるので、見様《みよう》見真似《みまね》で多少、木剣の振り方も習ったが、言うも恥ずかしいくらいです」

と応《こた》えるばかりであった。

俥挽《くるまひ》き仲間の若い者がむやみとうれしがって、

「どうもお見それしていましたよ。心安くおじさん、おじさんなどと言って、勘弁しておくんなさい」

と言ったが、吉兵衛が苦笑して、

「おじさんでいいよ。何も改まってもらうほどの者じゃない。今までどおりのおじさんで、皆でかわいがってほしい」

と言っていた。

〝竹卯〟の女将《おかみ》が非常なよろこび方で、厚い礼を述べた後、吉兵衛をもっと楽な仕事に落ちつかせたいからといって、自分の店に来てくれまいか、という口上を持ってきた。

「そりゃあ結構な話だ。ぜひ、お願いしたら」

と清五郎は横で口を添えたが、

「お志はありがたいが、まだ身体も無理だという年齢ではなし、やはり、こちらで働かしていただきます」

と断わった。

〝竹卯〟ばかりでなく、当夜の客だった大店《おおだな》の主人たちを代表して越後屋《えちごや》の旦那《だんな》が、家を捜して、仕事に出る前の吉兵衛を朝から訪ねていった。小さいながら吉兵衛の借りている家は小ぎれいに片づいていた。襖《ふすま》をへだてて一間に娘がねているらしいことも、よけいに越後屋の気持を同情にあおった。彼は無理にも持ってきた包みの品を置いて口を切った。

「お礼心といっては失礼だが、手前方に来ていただけないでしょうか。深川の方に寮があるので寮の守《も》りをしていただくといいのですが。お嬢さんもご一緒に寮においでになっていいのです」

話の裏はむろん、肉体労働のひどい俥挽きをやめて、寮番で余生を送らせ、娘も養生させるという含みだった。

だが、この申し出も吉兵衛は断わった。

「ご厚意はまことにありがたいのですが、わずかなご縁に甘えて、その厚遇をうけるのは心苦しいしだいです。いや、これは気ままな私の気性だから、お許しください」

どう、すすめても相手の心が変わりそうもないので、越後屋は残念そうに諦《あきら》めて帰った。

清五郎が話を聞いて、

「頑固な男だ」

と言ったが、吉兵衛の気性がうれしかった。

やはりもとのとおり、吉兵衛は毎日、寡黙《かもく》でおとなしい姿を俥の溜《たま》り場に見せていた。

年が明けると、明治十年で世情が騒がしくなってきた。いうまでもなく、志を失って薩摩《さつま》に引っこんでいた西郷隆盛《たかもり》が兵を起こす噂《うわさ》が伝わって何かと取り沙汰《ざた》がやかましかった。

相模屋《さがみや》の帳場でも、若い者がしきりとそのことで議論していた。戦争となれば、百姓出の鎮台兵は西郷以下士族から成る薩軍の敵ではあるまいという論点である。

「なあ、おじさん。おまえさんも武家奉公の出だというが、どう思うかえ」

と吉兵衛の意見を求める者もあった。

「士族はもうだめだよ」

と、この男が珍しくはっきりした物のきめ方をした。

「へえ、だめかえ」

「ああだめだな。世の中に置き去りにされるばかりだ。昔の夢ばかり追っているから、だめなのだ。まあ、だんだん廃《すた》り者だな」

終《しま》いの語調は、どことなく自嘲《じちよう》の響きがあった。

四

相模屋にいる若い者で、辰造という俥挽《くるまひ》きが客を乗せて駆けている時だった。道路が四つ辻《つじ》になっているところだったが、不意に横から走ってきた人力車に突っかけられて、危うくこちらはひっくりかえりそうになった。乗せた客は芸者だが、思わず叫んだほどである。

「おい、気をつけろ」

辰造は相手の俥を叱《しか》った。

この場合、向こうの粗忽《そこつ》だから何とか挨拶《あいさつ》があるはずである。だが、先方は「すまねえ」とも「ごめんよ」とも言わず、逆に、

「何を、まぬけめ」

と浴びせてきた。

見ると、相手は空俥だが、法被《はっぴ》も股引《ももひき》も、匂《にお》うばかりの紺の真新しいお仕着せである。一目でそれは辻待ちや俥宿の者でなく、どこかの屋敷のお抱え車夫であることがわかったから、辰造はよけいに腹を立てた。

当時、抱えの車夫と町の俥挽きとは仲が悪かった。抱え車夫はとかく主人持ちとい

うことを誇る。主人が羽ぶりがよいとそれを笠《かさ》にきて威張りたがる。辻待ちや俥宿の車夫など日ごろから軽蔑《けいべつ》して見くだしている。それを一方は意識するから、両者の間はいつも睨《にら》みあいだ。

辰造は相手の無法を怒って、

「野郎、待て。どこの屋敷だ」

と叫んだが、相手は落ちついて、

「乞食《こじき》野郎、きたねえ格好でモノを言うな。臭《くせ》えから早く失《う》せろ」

とせせら笑うだけだった。

喧嘩《けんか》になりそうなので、客の芸者がおびえて、

「俥屋さん」

と声をかけたので、辰造は仕方がない、

「野郎、覚えておれ」

と言って俥を挽きだした。相手の笑う声がまた彼の臓《はらわた》を沸かしたが、客を乗せているので、無念をのんだ。

辰造は帳場に帰ると、居合わせた仲間にこれを話した。

「今度、会ったら、畜生、ただではおかねえ」

と彼はくやしがった。

居合わせた者も、

「ひどい野郎だ。今後のみせしめにうんと叩《たた》いてやれ、知らせてきたらおれたちも手伝ってやらあ」

と声援した。

今度、会ったら——と、辰造は言ったが、ほんとに彼はまた相手に会ったのである。二三日して路上で偶然出会った。今度はこちらが空俥で向こうが主人を乗せていた。八字髯《ひげ》の見事な主人は紋服袴《はかま》の立派な風采《ふうさい》の官員で、朝だったから役所に出勤の途上らしかった。見覚えの、このあいだの車夫が挽いていたが、別に後押しまでついて威勢よく走っていた。出会ったものの、辰造はこれでは手も出ず、空《むな》しく見送った。

だが、二度あることは三度あるの諺《ことわざ》がここにも生きていた。それから五六日たって辰造は客を送っての帰り、相手にまた会ったのである。夕方で、先方は仕事が休みらしく、普通の着物を着ていたが、辰造は顔を忘れていなかった。

「おい、兄さん、ちょっと顔をかしてくんな」

辰造は往来に俥を置いて、相手に近づいた。その男の顔はちょっと怯《ひる》んでみえたが、虚勢らしく不敵に笑ってついてきた。

人家の離れた空地にくると、

「このあいだの礼を言うぜ」

と辰造は躍りかかった。二人はそこでもつれて撲《なぐ》りあった。が、辰造の力は相手を捻《ね》じ伏せてつづけて殴った。

「どうだ、この野郎、どうだ」

組みしかれた男は、顔を歪《ゆが》めてついに悲鳴をあげた。

「勘弁してくれ、兄い。おれが悪かった」

辰造は締めていた手を放して立ちあがった。

「これから気をつけろ。おらァ、柳橋近くの相模屋にいる辰というものだ。用があるなら、いつでも出てやるぜ」

あとで考えると、いい気になってこう名乗ったのが悪かった。相手はしっかりその名を覚えていた。

二三日してからの宵だったが、相模屋に一人の客が来た。

「神田までやってくれ」

書生風な、若い、見上げるような大きな男だった。

「へえ」

立ちあがったのは、順番に当たった男だが、客は急に言った。

「辰さんというのがいるかえ」

「へえ。辰はあっしですが」

辰造が隅から立ちあがった。

「おう、おまえさんに頼まあ。めっぽう威勢がいいってなあ」

「へへへ、ご冗談で」

名指しをうけて辰造がその客を乗せて俥の梶棒《かじぼう》をあげた。灯のはいった提灯《ちょうちん》が暗い町を走って遠ざかった。

小一時間もたったころ、辰造は俥をひいて帰ってきた。それまでは気にもかけなかったが、彼が洋灯《ランプ》の吊《つ》りさがっている、明かるい帳場にくると、不意と物音たてて倒れたので、居合わせた朋輩がおどろいて駆けよった。

「どうした、辰」

辰造は頭を抱えて呻《うめ》いていた。一人がその手をとってみると、頭に血が流れていた。

清五郎が奥から出てきて辰造を抱いた。

「やい、辰。しっかりしろ。喧嘩でもしたか」

辰造は真青な顔になっていた。

「ただの喧嘩じゃねえ」

と彼はくやしそうに言った。

「このあいだの抱え車夫から仕返しされたんだ。さっきの客はあの野郎の屋敷の書生で、二人からさんざんやられた」

「屋敷の名はわかっているのか」

「うむ。威張って面憎《つらにく》くぬかしたぜ、小石川の久能《くの》孝敏《たかとし》という太政官出仕《だじようかんしゆつし》の屋敷の者だから、いつでもやってこいと」

五

「いくら官員でも、こんな無体なことをされて黙っていられねえ」

と皆は激昂した。

が、清五郎は、

「まあ、待て。辰も相手を先日撲《なぐ》っているから、いいとは言えねえ。まあ、今度は胸を撫《な》でていろ」

と止めた。

しかし三日ばかりたった晩、粂《くめ》という車夫が帰り俥《くるま》をひいていると、だしぬけに暗がりから人影があらわれた。

「相模屋《さがみや》の者だな」

梶棒《かじぼう》につけた提灯《ちょうちん》には印がはいっているから、相手はそれをよんで確かめたらしい。

「そうだ」

「相模屋なら挨拶《あいさつ》がある」

大きな男だったということだけ覚えている。強い力で粂は息もできぬくらい打たれた上、俥を横倒しにされた。

粂が血を流して帰ると、始終を聞いた皆はまた騒いだ。大きな男というのと、相模屋を目当てにしているらしいことで、このあいだの書生に違いなかった。

粂だけではない、翌晩は竹吉というのが同じ被害をうけた。

「もう我慢がならねえ、掛けあってくる。畜生、掛合いしだいじゃ、ただでおかねえ」

皆で押しかけそうになったので、清五郎が、

「待て、大勢で押しだしちゃならねえ。三四人ぐらいで話をつけろ。喧嘩《けんか》するんじゃねえぞ。話の筋だけ立ててくるんだ」

と言って吉兵衛を呼んだ。

「すまねえがおめえは年寄役だ。若え者《わけ》に間違いねえようについていってくんねえ」

「へえ」

と言ったが、吉兵衛の顔色は、はじめて気重に見えた。

久能孝敏《くのたかとし》の屋敷は元旗本屋敷だったが、これは後からはいりこんだのではなく、先祖からの家だった。つまり彼は幕臣だったが、維新の際、そのまま朝臣となって新政府に勤めていたのである。大身の旗本屋敷だったから、鉄鋲《てつびょう》のいかめしい門まであって、構えは大きい。

相模屋の者は五六人かたまって気負いたってこの玄関に立った。

取次に出た書生が顔色を変えた。

「何用だ」

「旦那《だんな》に会いてえ」

「主人は役所に出ておられる。留守だ」

「大きい書生がいるはずだ。出せ」

「おまえたちは喧嘩に来たのか」

「何でもいい、てめえじゃ話がわからねえ。大きい書生野郎を出せ。それから車夫もここへ出せ」

書生は奥へ引っこんだ。これは味方を集めるためだったことは、まもなく四五人の書生や雇人が現われたことでわかった。書生の中には木剣まで提げている男がある。

「主人はお留守だ。何用で参った」

車夫側で、見覚えの書生をその中に見つけたのは辰造だった。彼は躍りあがって前に出た。

「何用かもねえもんだ。相模屋と聞いたらそっちで覚えがあるはずだ。やい、その大きい書生ッぽ、うぬが張本人だ、前に出てこい」

この表の騒ぎを奥で、折りから来合わせて聞いたのは、ここの主人の友だちで、梅岡という、やはりもと幕臣だった官員である。

「何だろう」

と、ここの家人と顔を見合わせた。

女中が走ってきて、

「表で大勢、俥屋が押しかけてきて、皆さんと喧嘩でも始まりそうです」

と告げた。

梅岡が立ちあがって、

「よし、何だか知らんが我輩が追っ払ってやろう」

と玄関へ出た。

出てみると、双方が今にも衝突しそうに殺気立っている。

「待て、待て。控えろ」

と中にはいった。さすがに両方が鎮《しず》まった。

辰造が、

「失礼ですが、あなたさまは」

「うむ。ここの主人の友だちだ。ここの主人は留守だが、その留守中に大勢おしかけて乱暴するのは怪《け》しからんではないか」

梅岡は頭から威圧的だった。

「何をぬかす。乱暴はそっちから仕かけたんじゃねえか」

「そうだ、そうだ。おめえじゃ話がわからねえ」

俥挽きの仲間は口々にののしった。

書生や雇人のほうでも、

「梅岡の旦那。こいつら一度性根のゆくよう叩《たた》きだしてやりますから、どうか黙って見てください」

と棒や木剣を握り直した。

今まで石のように黙って控えていた吉兵衛の顔色が動いたのはこの時である。彼ははじめて言葉を口から出した。

「辰さん。話はおだやかにしよう。いちおう、この方にも話してみるんだな。それから通じてもらえば、ここのご主人はわからぬお人ではない」

梅岡の眼が、そう言う吉兵衛の顔にそそぐと、自分の眼を疑うように大きく見開いた。にわかに表情も変わった。

「あっ。先生」

と彼は小さく口の中で叫んだ。吉兵衛が面《おもて》をそむけた。

六

太政官《だじようかん》五等出仕久能《くの》孝敏《たかとし》が二三の同僚と俥《くるま》を連らねて相模屋《さがみや》の表に降りたのは、その翌日のことである。

いずれも立派な風采《ふうさい》で、居合わせた帳場の連中が総立ちになったほどだ。

清五郎が出ると、

「ご主人か」

「へえ、さようで」

「久能です」

と頭を下げた。

「今度はあいすまぬことをしでかして申しわけない。昨夜、役所から帰って始終を梅岡君から聞きました。さっそく調べたところ、全く当方の無調法でした。車夫と書生には、暇を出しましたが、お手前のほうにはお詫《わ》びのしようもないしだいです」

別な俥につんだ酒の角樽《つのだる》を二挺《ちょう》そこに運ばせた。

「申しわけの一端です。粗酒ですが、諸君にどうぞ」

おだやかな物腰と、わかった挨拶《あいさつ》なので、清五郎が恐縮したくらいである。

「それから、つかぬことを伺うが」

と久能は、おなじ静かな調子で、

「昨日、見えた中に、年配の、さよう、四十二三ぐらいの方がおられたそうだが、やはり、こちらのお方ですか」

清五郎は、ああ、吉兵衛のことだな、と思って、

「へえ、手前のほうにおります」

と答えた。

「実は、そのお方にちょっとお眼にかかりたいのです」

「へえ、かしこまりました」

清五郎が溜《たま》り場をのぞくと吉兵衛はいなかった。

「吉はどうした」

と聞くと、

「今朝から来ません」

と返事があった。滅多に休む男ではないのだ。

「あいにくと今日は休んでいるそうで」

と清五郎は頭を掻いた。

久能は連れの二三人と小声で話していたが、

「お住居はいずれか。われわれで伺いたいのだが」

と言った。

「よろしゅうございます。それじゃ、あっしがご案内いたしましょう。二丁ばかり先ですから」

と清五郎は立ちあがった。外に出ると雪模様で肌寒かった。清五郎は案内しながら、道々疑問をたずねた。

「ですが、いったい、旦那方《だんながた》と吉兵衛とはどんなご関係なんで」

「吉兵衛と名乗っておられたか」

と久能は弱い微笑を見せた。

「いや、あとでお話いたそう」

吉兵衛の家は戸がしまっていた。

近所できくと、

「何でもどこかに越すんだと言って今朝がた古道具屋を呼んで道具を売り払っていたようです」

ということだった。

「昨日、梅岡君に発見されたことが先生にわかっていたのだ」

と久能は同僚に向かって、

「われわれが今日、伺うことまで先生にわかって、それを避けられたのだ」

と言った。

「残念なことをした。一目お会いしたかったのに」

とさらに嘆息した。

「久能。先生はまだお嬢さまとお二人だ」

と同僚の一人が言った。

「うむ。お千恵さんにも久しく会わんなあ。おれが朝臣になったというので、先生が怒って、とうとう結婚は許されなかったが、あれきり先生父娘《おやこ》の遁世《とんせい》がはじまったのだ。お千恵さんの身体が弱いので、先生もご苦労される」

と久能は沈んだ声で言った。

中で、ずばりと言った者がある。

「先生は立派だ」

二三人が同じた。

「うん、立派だ。立派だとも」

雪が舞いながら降ってきた。

清五郎は何だか話が込みいってきたので、遠慮していたが、

「旦那、あの吉兵衛というのはいったい、何なので」

ときいた。

久能は歩きながらこれに答えて、

「今こそお話いたそう。あの方は、元直参《じきさん》六千八百石大目付山脇伯耆守《やまわきほうきのかみ》といったお人

だ。徳川氏に殉じて遁世されたが、今、零落されて、車夫までされたとはお傷《いたわ》しいかぎりだ」

と言った。

それきり、二度と相模屋の俥宿に吉兵衛の、寡黙《かもく》で、柔和な顔を見ることができない。

清五郎はときどき、吉兵衛が前に述懐した、

「昔の夢をみている士族はだめだな。だんだん世の廃《すた》り者だ」

という言葉を思いだしていた。

梟《きょう》示《じ》抄《しょう》

一

鎮台兵が征韓党の拠《よ》っている佐賀県庁に入城したのは、明治七年三月朔日《ついたち》の朝十時ごろであった。それまで、しだいに細まってきた微弱な抵抗で、城内には戦闘員が少なくなったことはわかっていたが、首領の江藤新平は、生きているにせよ、死体となっているにせよ、残っているものと予想していた。

城内の残卒はわずかな数になっていたが、江藤はいなかった。尋問すると、意外にも江藤はすでに一週間ばかり前脱走したことがわかった。その他、島義勇はじめおもだった幹部もことごとく姿がない。

参議兼内務卿《きょうおおく》大久保《ぼ》利通《としみち》は、山田顕義《あきよし》や河野《こうの》敏鎌《とがま》などを従えて、二時ごろ、宗竜寺の本陣についたが、この報告を聞いて険しい顔をした。彼も江藤の死屍《しし》か降人を期待していたのである。

江藤が薩摩《さつま》へ向かったに違いないことは、ほとんど推察できた。そこには同じく征韓論に敗れた西郷が還《かえ》っている。江藤の反乱も西郷がアテであった。西郷が呼応すれば、土佐の板垣や林も起《た》つという予想であった。大久保が自ら請うて、兵刑の全権を任され、急遽《きゆうきよ》各地の鎮台兵を率いてくだったのも、同じ公算を考えたからである。迅速な大久保の行動に火の手は上がらずに消えてしまった。

大久保は、海軍秘書官遠武秀行などをして雲揚艦に乗じ鹿児島に向かわしめ、開拓八等出仕永山武四郎には浪華《なにわ》艦に乗じ、天草方面を捜索させた。それで安心がならず、万一、海外にのがれることを考えて、内務五等出仕北代正臣を清国上海《しんこくシャンハイ》に出張させた。欧州から帰った早々の大久保らしい細心な手の打ち方である。

三月八日に、島津久光《ひさみつ》の使いがきて、江藤の消息を伝えた。

——鹿児島に江藤、島等の賊遁逃《とんとう》の趣承り安心いたし候。

と、大久保は日記に書いて、ようやく安堵《あんど》の胸をなでおろした。所在さえわかれば、あとは網を打つだけである。

幕末の佐賀藩主鍋島閑叟《なべしまかんそう》は英主ではあったが、いささか優柔不断であった。大隈《おおくま》などが運動しても自重して動かなかったので、維新の機にはことごとく外れた。そのため新政府になって、大隈、副島《そえじま》、大木、江藤などの人材が轡《くつわ》をならべて出仕したが、薩長に頭を抑えられて、充分に伸びることができなかった。彼らはいずれもその不満を含んでいたが、なかんずく、派閥に抗争したのは江藤新平である。彼は頭脳もよく、得意の法理論をふりまわせば、廟堂《びょうどう》中、敵する者がないといわれた。闘争心も人一倍である。彼は同藩の他の三人にあきたらず、同じ立場の土佐の板垣、林とよかった。林有造とは明治七年、帰国の途、船中で一緒になって決起の約をしたほどである。

左院副議長の時、未知の一青年が江藤を訪ねてきた。彼はそれが土佐人であること、後藤象二郎の紹介状をもっていることによって、すぐに大紹院出仕の役に拾いあげてやった。それほどの土佐びいきであった。この時の青年が河野敏鎌である。後年、運命的な対決をしようとは、夢想もしなかった。

江藤は五年四月に、司法卿に任ぜられたが、それまで従属的であった司法権の独立と統一につとめた。全国の区裁判所の増設に莫大《ばくだい》な予算を立てて大蔵省に要求した。これを大蔵省は半額以下に削った。時の大蔵大輔《たいふ》は井上馨《かおる》である。予算分捕りは、昔も今も変わりはない。各省きそって増額を要求した中に、陸軍省だけを認めた。陸軍大輔は山県有朋《やまがたありとも》だから、これは畢竟《ひっきょう》、井上と山県とが同郷という特殊因縁に因《よ》るといって非難したが、その攻撃の先頭は江藤であった。

江藤は司法整備のことが容《い》れられない以上、その職にとどまれないと辞表を出した。大輔福岡孝弟《たかちか》、大丞楠田英世以下連袂《れんべい》辞表を呈して、司法省は瓦解《がかい》するばかりとなった。そこで廟議《びょうぎ》は、江藤に留職を命じ、改めて江藤、大木、後藤を参議に任じ、職制をかえ、大蔵省の権限を制限した。後年の司法権独立の一部の功績は江藤にあると言ってよい。

井上は圧迫に耐えず辞職した。たまたま村井茂兵衛が南部藩債のことで訴えて出たので、司法省はこれを取りあげた。手繰っていくと尾去沢銅山の利権のことで、井上が疑惑の中心に浮かんだ。江藤は当時司法省の部下であった河野敏鎌などを督して検察の徹底を命じたので、井上の身辺が危うくなった。もし征韓論の衝突が起こらず、江藤が下野しなかったら、井上はどうなったかわからない。長閥もこの時は少なからずあわてた。

征韓論でも西郷とともに大久保に抗し、岩倉に詰めよったのも江藤である。連袂下野すると、西郷は鹿児島に帰った。江藤のところにも、佐賀の征韓党からしきりと帰省を促してくる。

板垣も大隈もとめたが、江藤はついに振りきって帰った。彼には彼の目算があったのである。江藤は、この機会に、実力で廟堂に根を張っている薩長勢力を覆《くつがえ》す一念であった。

肥軍の兵力も弾薬もはるかに劣っていた。それは江藤にもわかっていたが、官軍を支えている間に、薩と土が起つものと期待していた。佐賀周辺の戦闘数日、目算ことごとく外れて江藤は敗走した。結局は、彼が武人でなかったからでもある。

二

山川郷宇奈木温泉は薩摩《さつま》半島の南端である。西郷隆盛《たかもり》は狩猟のため、一軒の宿に逗《とう》留《りゆう》していた。

官軍が佐賀に入城した三月一日の夕方、一人の四十ばかりの背の高い大きな男が西郷を訪ねてきた。宿の女房の話によると、西郷は非常に意外な面持をし、かつ、親しげな態度を示した。二人は西郷の部屋で四囲を閉めきり、しばらく話していたが、客はまもなく引きとって別な宿屋に一泊した。彼はこの辺では聞きなれない他国の訛《なま》りで話していた。

翌日、早朝にその男は西郷をふたたび訪《おとな》い、この時は密談に数刻を移した。初めは小さな声で話していたが、しだいに双方とも声が大きくなった。果ては激論となり、断続して聞こえる言葉の中に、西郷は最後に、大きな声で、

――私が言うようになさらんと、当てが違いますぞ。

と、言った。今に伝わっているのはこれだけで、両者の話の内容はいっさい不明で

ある。

客はまもなく蒼白《そうはく》な顔をして、西郷に送られて出ていった。むろん、これが江藤新平であることは間違いない。

江藤は落胆して宇奈木温泉から鹿児島に着いた。鹿児島では桐野利秋《きりのとしあき》に会った。桐野からしばらく潜伏をすすめられたが、土佐に赴く決意のため断わった。西郷に失望した江藤は、これから執念のように土佐行にとり憑《つ》かれるのである。

三日、江口村吉、船田次郎の両名を連れて、江藤は小舟に乗り、大隅《おおすみ》の垂水《たるみず》に着いた。ここから陸路日向《ひゅうが》に向かい、数日で飫肥《おび》に到着した。

飫肥には江藤の同志小倉処平がいた。小倉は六年の末、英国から帰って征韓説に賛成し、官を辞《や》めて、飫肥に帰っていた。江藤が訪ねると、小倉はすぐ土地の或《あ》る旧家に江藤をひそませた。

江藤一行の探索がきびしかったからである。

実際、この時、各方面から集まった政府の探偵は鹿児島県下に充満していて、その手は日向に移るときであった。

江藤は小倉たちの好遇をうけたが、身辺に迫る危険を考えると、いつまでもここで日を送るわけにはいかなかった。江藤の目的はあくまで土佐行である。

江藤は、江口、船田に急に行李《こうり》を収めさせて、飫肥から二里ばかり海岸の戸浦に行った。ここで舟を求めて、四国に渡ろうというのだ。

折りあしく風雨がつづき、出船ができないので数日滞在していると、佐賀から脱走した同志の山中一郎、香月経五郎、中島鼎蔵《ていぞう》、横山万里、櫛山敍臣《のぶおみ》、中島又吉らが、偶然、跡を追いかけるような格好で来合わせた。こうなると一行は八人となるので、人目に立ちやすく、一刻も早く立ち去りたい。

が、隠密《おんみつ》に船を雇うとなると、なかなか無かった。事態はますます危急なので、小倉が百方奔走して、ようやく鰹《かつお》船を一艘《そう》雇うことができた。

江藤は小倉に感謝して、十日その鰹船に乗って、戸浦を出帆した。しかし風が収まらず、浪《なみ》がまだ高いため、二三里沖合いの大島にまた三日間停泊した。それからふたたび出帆して、十五日にやっと伊《い》予《よ》の八幡浜に着いた。

江藤が出帆後、一二日して岸良《きしなが》検事の一行が飫肥に到着し、江藤出帆のことを知って切歯し、詳細に本営の大久保に報告した。

——一人は四十ぐらいの男にて、東京の由話有之、衣類は小《こ》袖《そで》浅黄縮緬《ちりめん》に縮緬シゴキ、金時計をも持居　候《そうろう》も一言も語らざるゆえ、言葉相わからず、五人は年のころ二十七八より八九までに見受け候。

これが江藤らの風体であった。

佐賀本営に滞在の大久保は、この報告をうけて雀躍《じゃくやく》した。

三月二十日。江藤日州表之浦より出船之趣なり。仍而《よって》、手配に及ぶ。

二十五日。宮崎県より江藤の船帰来、宇和島へ上陸の旨《むね》申候。（大久保日記）

網はしぼられたと言ってよい。手配の写真と人相書とは四国の各地に配布された。写真を使用したのは、江藤が司法卿《きょう》時代、欧州の制度に見習って犯罪捜査の法に適用したのである。これがはからずも、自分の身にふりかかって、彼が日本の商鞅《しょうおう》（公孫鞅）といわれる理由の一つとなった。

人相書

征韓党　江藤新平

右人相
一、年齢四十一歳。
一、丈高く肉肥えたる方。
一、顔面長く、頰高き方。
一、眉《まゆ》濃く長き方。
一、眼太く眦《まなじり》長き方。

一、顔広き方。
一、鼻常体。
一、口並常体。
一、色黒き方。
一、右頬黒子《ほくろ》あり。
一、言舌太だ高き方。
一、其《その》他常体。

三

江藤の一行は八幡浜より宇和島につき、袋町島屋に、山中の一行は横新町吉田屋にはいった。

一同が部屋でくつろいでいるまもなく、県庁の吏員が尋問に来た。愛媛県庁では、江藤捕縛の命をうけていて、吏員を特にこの土地に出張させていたが、宿に投宿者があると聞いて駆けつけたのである。

吏員は種々尋問したが、江藤は終始黙っていて、おもに答えたのは香月経五郎であった。香月は後日捕えられそうになった時、捕吏に酒肴《しゅこう》を出し、弁舌をもって虎口《ここう》を遁《のが》れただけに、答弁は巧みである。吏員は怪しみながらも、佐賀事変の関係者という確証がなかったから、香月の話を聞いただけで、一同に禁足を命じて引きあげた。

吏員が去ると、今まで黙っていた江藤が言いだした。

——われわれの正体はやがて露顕するに違いない。このまま座して捕まるより、夜にまぎれてのがれよう。しかし、この人数で行動をすると、目に立つから、三人ずつ、路《みち》を異《ちが》えて出発しようではないか。

一同、賛意を表した。目的地は土佐高知である。山中、中島、櫛山が一組、香月、横山、中島が一組、江藤、江口、船田が一組となった。

江口、船田は散歩するふうをして付近の地理を調べ、食糧として餅《もち》を多量に買いこんだ。荷物を持ちだしては宿の者に怪しまれるので、そのまま残し放しにして皆は夜にはいって脱出した。

その遺留品は、羅《ら》紗合羽《しやかつぱ》、マンテル、ズボン、チョッキ、靴足袋、洋下着といったような品が詰まっている行李《こうり》二個であった。

江藤と江口、船田は他の同志と別れて、暗夜を山にはいった。普通の街道は通れない。だいたいの方向の見当をつけて進むのである。もとより道はないから、木の根に転んだり、岩角に傷ついたりした。足をすべらし、倒れることも一再ではない。

その夜は寒風吹きすさび、肌も凍るばかりであった。なるべく木の茂みをえらび、風をよけて進んだが、骨に食いいるような寒気はどうすることもできない。午前二時ごろになると、その冷えこみは頂点となり、手足は感覚を失って歩くことがほとんどできなくなった。折りよく船田が岩窟《がんくつ》らしいものを見つけ、これにひそんで、夜の明けるのを待つことにした。それでも寒気はひどいので、互いに背中をこすりあったり、足踏みしたりした。江藤はこの時、

——よほど歩いたから、四五里も来たかな。

と言った。船田は六里は歩いたと言い、江口は三里ばかりだと言った。

待っていた夜が白み、乳色の靄《もや》の中に包まれた眼下の景色は、何と昨夜出発したばかりの宇和島であった。三人は愕《おどろ》き、同時に落胆した。山中で一晩じゅう、同じところをぐるぐる回っていたと見え、一里も来ていなかったのである。

しかし、昼間は動けないので、陽のある間、終日、山の中にかくれていた。

その日も寒気は強く、しきりと大雪が降りだし、たちまち山を真っ白にした。三人は避ける場所もなく、身体を雪の中に任せたが、衣袴は凍って硬ばり、それに雪が積んだから、まるで白装束を着たようであった。酷寒に手足の指先は落ちるばかりである。

夜にはいって、やっと勇気を出し、行動を起こした。昼間見定めた方角に向かって、岩を伝わり絶壁をよじ登ってすすんだ。一寸先もわからぬ暗夜のことで、危険このうえない。江藤は六尺近い長身の大男だが、四十歳をこえているので、身体の運びが大儀で、絶えず、若い船田と江口が扶《たす》けていた。

しかし、闇《やみ》の中では疲れるばかりで行程はいっこうはかどらず、うっかりすると、また方向を取り違えそうなので、結局、どれほども進めなかった。そこで江藤は、このありさまではとても山越えは覚束《おぼつか》ない、この辺で行き倒れるほかはないから、むしろ明日から昼間歩こう、このとおりの深山だから、気をつければ見つかることはあるまい、と言った。二人はその言葉に従い、その夜はまた洞窟《どうくつ》をみつけて、潜んで夜の明けるのを待った。

翌日から白日下の行動になったが、夜間のことを思うと自由なこと格段の相違である。ひたすら土佐の方角をめざして山深く分けいった。

どれくらい歩いたかわからぬが、野鳥が啼《な》くだけで、人声など絶えて聞こえず、樵人《きこり》にも猟人にも会わず、相当な深山幽谷の中であるように思えた。これなら安心だと、三人はようやく話など交わすようになった。

すると船田が前の方をさして、煙が上がっていると言う、それは谷一つ越えた向こうの山かげであった。今日はまだ朝から何も食べておらず、火にもあたたまり、熱い湯もほしかったので、もし民家ならばと三人は元気づいて道をいそいだ。近づいてみると、一軒だけの朽ちた掘立て小屋で、まず忍んで覗《のぞ》くと人の気配はなく、土の竈《かまど》に火がちろちろ燃えているだけだった。炭焼き小屋である。

久しぶりの火であった。江口と船田が枯木を集めて竈の火を移して焚火《たきび》し、三人は着物も焦《こ》げるばかりに暖をとった。そこで持ってきた宇和島の餅を焼いて食い、腹をいっぱい満たしたので、ようやく人心地がついた。

しばらくそこで休んで出発した。前とは違い、非常に力がついたので、道のりはかなりはかどった。

歩いているうちに日が暮れた。江藤が言うには、一刻も早く土佐にはいりたいから、このまま休まずに進もうと謀《はか》った。もとより若い二人に異存はなかった。

だが、闇ともなれば、やはり見通しは利《き》かないかなしさで、いつか鬱々《うつうつ》たる深山に行きあたり、よく見えないが、足もとはいつ断崖《だんがい》に転落するかわからない地形のようであった。進むにも退くにも危険このうえない。仕方なく、そのまま、その位置で、また野宿するほかはなかった。耳に聞こえるものは、谿川《たにがわ》の水音だけで、冷えきった夜気と、のしかかるような周囲の山嶂《さんしょう》の鬼気とが、ひしひしと圧してくるのであった。

四

夜が明けて、ようやくあるか無いかの山径らしいものを発見し、土佐領内の大宮という寒村に辿《たど》りつくことができた。宇和島からこの村まで本道をとると、わずか八里ばかりで、一日にも足りない行程であるのに、三日三晩、山中を彷徨《ほうこう》し、寒気と風雪に困憊《こんぱい》したのである。

三人は、ある民家に立ちよると、この家には六十ばかりの老人夫婦がいて、食後の様子らしく炉端にすわっていた。江口が進んではいり、若干の銭を出して、空腹を訴え、食事を請《こ》うた。

爺《じい》さんは、いかにも好人物の田舎者らしく、婆《ばあ》さんを促して、黍飯《きびめし》を出した。三人はそれを貪《むさぼ》るように食べた。やっと食事が終わり、一服煙草《たばこ》をつけながら江口が高知へ出る道順をきいた。爺さんは、

——ここから一里ばかりで津の川という所がある。そこには四万十川《しまんと》という大きい川が流れているから、津の川から船に乗り、流れに従ってくだり、下田に行ったほうがいちばん便利じゃろう。津の川にはわしの知りあいがあるから、ここに行って、わしからと言いなされば、船を出してくれましょう。

と、詳しく教えてくれた。そこで江藤が代わって前に出て、

――自分らは初めてこの地方に来て、西も東もわからないうえ日も暮れかけている。爺さん、すまんが、自分らと一緒に津の川まで行き、骨を折ってくださらんか。

と丁寧に頼んだうえ、また、金を増して差しだすと、老人はかえって大いに喜んで承諾した。この老人の案内で、村を出立《しゅったつ》し、黄昏《たそがれ》のころ津の川に着いた。

津の川も小さな村で、宿屋といってない。普通の民家に頼んで泊めてもらうのだが、三人がどこの家に行っても、いずれも胡散《うさんげ》気な眼つきをして、泊めてやろうとは言わなかった。元来は人情素朴な土地で旅人には心やすく宿をかすのである。

これは、この辺の役所が、賊が大勢管下にはいりこんだ形跡があるから、発見しだいこれを捕縛し、手にあまれば発砲せよ、と布告を出したので、警戒していたのであった。

老人は方々の家に掛けあってくれて、やっと山麓《さんろく》の見すぼらしい家に泊めてもらうことができたのは、夜もよほど更《ふ》けてからである。何日かぶりに、ようやく人家の屋根の下に寝て、三人とも前後も覚えず熟睡することができた。

この老人の親切は翌朝もつづき、彼の知人と相談して、下田にくだる便船をみつけてくれた。

これは、この地方から下田へ積みだす炭船であったが、元来はいくらか金を出せば誰でも乗せてくれるのである。途中でも、岸から呼ぶと気やすく船をつけて乗せる。いわばこの辺の一種の交通機関であったが、江藤は多分の金を船頭に握らせて、余人をいっさい、乗せないように頼んだ。老人は船が出るまで一同を見送ってくれた。お互いに手を振りかわした。

川は幅もひろく、いかにも大きい。四万十川といって、吉野《よしの》川につぐ四国第二の大川である。水勢が速く、水音は滔々《とうとう》として話し声も低くては聞きとれぬくらいの急流である。

流れをくだるに従って、両岸の山容は浅春というに、林相鬱々《うつうつ》として瘴気《しょうき》がせまった。斧《おの》もはいらぬ原始林であろう。

猿の啼《な》き声がしきりとする。川近くまで木の枝を揺すって、野猿は群れをなして姿を見せていた。船は、時には見上げるばかりの絶壁断崖《だんがい》の下を通り、時には密林地帯を過ぎた。普通の他国からの旅人なら、結構眼を愉《たの》しませる景色なのだが、三人の眼には何を見ても無味索寞《さくばく》たるものであった。

ときどき、岸から、おーい、おーいという声が聞こえた。便乗に船を呼ぶのである。船頭は約束を守って、知らぬ顔をして船を奔らせた。三人は人声のするごとに、炭俵の間に身を縮めるようにして面をかくしていた。

船の速力もはやいが、川はさらに長かった。ようやくのことで、川口の下田に着いたのは、日暮れであった。

下田は太平洋に面した港で、ここから高知通いの船が出た。日没のことで、もう便船はないから、今夜はここに泊まることにした。寂しい港町だが、数日を人気のない深山をさまよった三人には、都のように思われ、絶えず風が運んで来る潮の香も、何となくかぐわしかった。

しかしこの土地の者も、三人の宿泊を承知しなかった。近ごろは物騒で、お上のお達しによると知らぬ旅の人は泊めてはならぬということだから断わる、というのである。なるほど、江藤は竹笠《たけがさ》、鳶合羽《とびかっぱ》をきているが、その下から縮緬《ちりめん》ずくめの着物に、幅広の帯には金鎖の時計が巻きついている。日ごろ見なれた旅人とは異《ちが》い、ただ者とは思えない。痛そうに引きずっている足も旅なれた様子ではない。

強いて宿泊をたのむといよいよ怪しみ、はては表の方に、二三人の人立ちがする様子である。三人が宿を求めて町中を歩くと、見送って眺め、連れの者と、何やらひそひそささやきあっている。よほど禁令が徹底していると見え、このうえ、ここにぐずぐずしていると、どんな事態になろうともわからぬので、匆々《そうそう》にこの土地を去った。

そこから二三里歩いて、夜半のころ、ようやく祖谷浦《いやうら》という所に着いた。ここは下田から見ると、ずっと寂しい漁師の部落である。寝しずまった家々のうち、一軒だけ戸のすきまから灯りがもれていたから、江口が、もし、もし、と言って戸をたたいた。どなたか、と内の話し声がやんで、問いかえしてきた。大阪の商人だが、宿に泊まりはぐれて困っている、一夜どこでもよいから寝かしてくれと言うと、内からは年寄りじみた男の声で、お布告《ふれ》が出て知らぬ旅人は泊めてはならぬということじゃから、去《い》んでくだされ、と答えた。声も慄《ふる》えて、どうやら恐怖の様子であった。

江口が、これは旅商人で、決して怪しい者ではない旨《むね》をしきりと口説《くど》いて、ようよう戸をあけさせるのに成功した。内は、中年の夫婦者が、いろりの端にすわって、まだ不安そうに、こちらを眺めている。

江藤がすかさず、金入れを出して、若干を与えると、金高が多過ぎたのか、眼をまるくした。まず、これで彼らの警戒心が解け、如才ない江口の世間話にほぐされて、すっかり安堵《あんど》した様子になった。女房はやがて食物など作ってすすめた。三人も同様に心落ちつき、ゆっくりとその馳走《ちそう》をうけた。こんな具合で、とうとうこの家に一泊したが、もとより海辺の漁家だから、破れた壁には藁蓆《わらむしろ》がかかっているというありさまで、蒲団《ふとん》もろくなものはない。しかし三人には時にとって一流の旗亭よりも心地よかった。

翌朝、この亭主に高知までの便船をたのむと、彼は大いに周旋して一艘《そう》の小舟を世話してくれた。これに食糧、水などの準備をして、この祖谷浦を出帆した。

海上も無事に、ほどなく浦戸という土地に着いた。三月二十五日である。この土地から目的の高知までは、わずか一里あまりしかなかった。

五

江藤は待望の高知にはいった。自分と船田とは旅館にはいり、まず江口に林有造を訪《おとな》わせた。林は江藤とはもっとも親しく、江藤が挙兵直前、長崎に向かう船中で一緒になって、呼応して兵を起こすことを言いかわした仲である。江藤が艱苦《かんく》の中をひたむきに高知を目指したのも林に会いたいばかりであった。

江口が林を訪ねると、林は折りからの来客と酒を飲んでいた。書生の取次で林が立って、そっと覗《のぞ》くと、面識のない男である。書生に今は都合が悪いから、用があれば明日来いと言わせた。

すると、江口が火急の用だからぜひとも面謁《めんえつ》したい、と押しかえした。林がその言葉の語調で佐賀人であることを知り、別室に通すと、やはりそうであった。心中、林は、いよいよ来たな、と思った。

——江藤君同行か。

と、林がきくと、江口は、

——そうです。

と、答えた。

——どこにおられるか。

——先生は旅館に休息しておられます。

——我輩の家は、見られるとおり、手狭でまた来客もあるから、立ちかえって江藤君に伝えてほしい。捜索がきわめてきびしいから、決して旅館などに居てはいけない。しばらく遠方を散歩して、夜にはいったら来られたい。我輩は同志の片岡君の家に行って待っている。

林は片岡健吉の家を地図にかいて教えた。江口は林の顔をじっと見て、それではお間違いなくと言い残して去った。

江藤は江口の復命を聞き、そのとおりすぐ宿を出て、付近を散歩して日の暮れるのを待った。片岡の家を訪問する時は船田を残し、江口だけを連れていった。

江藤は、片岡と一緒に座敷にすわっている林有造の細面の顔を見ると、この男をたずねて、苦労してはるばる来たことを思い、さすがに胸がせまって表情が歪《ゆが》んだ。

——おお、林君。しばらく。僕らは実に意外の失敗をとった。

と、江藤は絞りだすような声で言った。林は静かに見返して、

——江藤君、このたびは全くご苦労じゃったな。何と言って君を慰めてよいかわからん。しかし、僕は長崎を発《た》って神戸につくと、君の挙兵の早いのに愕《おどろ》いたが、ふたたび上京後、今度はその敗北の早いのにも愕いたよ。

と言った。彼は、島や、香月や、山中が捕えられたことを知らせた。それから種々話して、

——いったん兵を挙げて敗れたからには、賊名はまぬがれまい。だから僕はここに来た香月たちには自首をすすめといた。江藤君はあえて僕らのごとき者の言で進退を決すべき人ではあるまい。ただよく熟考してもらいたい。

と、結んだ。

江藤は、言ことごとく意外な林の言葉に腕を組み、じっと眼をつむっていた。長い労苦で面やつれはしていたが、さすがに精悍《せいかん》な顔をやがて大きくうなずかせて、

——わかった。それでは、と座を立った。僕もよく考えてみよう。

と言って、それでは、と座を立った。

林が江藤の様子を眺めると、腰に大小をさし、江口に赤毛布を持たせて、さすがに自若たるふうがあった。

あらゆる希望を土佐に集中して、艱苦の中を潜行してきた江藤は、林の案に相違した冷淡な言葉に、裏切られた思いをした。血気の船田と江口は、林を斬《き》ると息まく。江藤は、それを押しとどめ、このうえは大阪に渡ろうと言った。薩摩《さつま》に失望し、土佐に裏切られた江藤は、このうえ、大阪に行って、何を求めようというのか。彼の料簡《りようけん》は何を考えているのであろうか。

江藤は高知を出立《しゆつたつ》したが、暗夜のため、川岸に休憩して夜の白むのを待った。海岸に出て阿波《あわ》に赴くつもりである。海辺に出てみると、風が強く、海は荒れている。仕方なく予定をかえて、安芸《あき》郡下山村大山の茶店で晩食し、そこから山路をとった。

山越えはまた苦難のくり返しである。江藤は何度も木陰に休んだが、そういう時に、江藤は船田を呼んだ。

——自分は今まで何回となく、おまえに去るように言ってきかせたが、おまえが聞き入れずにこのような状態となった。おまえは、自分が東京を出る時から終始傍を離れず、艱難《かんなん》の中によく世話をしてくれた。その気持は、自分は生涯忘れない。おまえはまだ若いから、出世もこれからだ。もう、これで自分から離れてくれ。

と言いきかせ、江口も口を添えて、すすめた。船田は涙をにじませて、

——先生がお旺《さか》んな時ならいざ知らず、今は先生のご前途をお見とどけしとうございます。

と、声を慄《ふる》わせて答えたので、江藤は胸がつかえたように何も言えずに、顔をそむけていた。船田は、この時、二十一歳であった。

さらに三人は山中を潜行し、日暮れに柏木村に出た。百姓家にその夜は泊めてもらい、あくる日は、また阿波の方に向かって、山路をすすんだ。その日は一日歩いて、また夜を迎えた。

ある部落に出たので、一泊を求めると、隣り村の村長宅へ行けと言う。村長宅へ行くと、三人を疑って、なかなか承知しなかったが、ここでも金を出すと、はじめて夕食を出した。江藤らは夕食後すぐ出発したが、真っ暗な夜のことで松明《たいまつ》をつけていくと、かなり大きい川に当たった。川は連日の大雨で水が増し、物凄《ものすご》い勢いで流れている。橋も見当たらぬので、決心して、非常な危険を冒してこれを渡った。

すると、一時やんでいた雨が降りだし、しだいにひどくなっていく。ぬれねずみになりながら山径をすすんだが、雨はますます降りさかるし、山は嶮《けわ》しくなっていく。

漆にぬりつぶされたような昏黒《こんこく》の闇《やみ》と、激しい雨脚とに三人は覚えず道をあやまり、渓谷の中に迷いこんでしまった。

前には急流があり後ろは絶壁で、一歩も進退できない。篠《しの》つく豪雨はやみまなしに降る。頭に竹笠《たけがさ》をかぶったまま、土砂降りの雨を浴びてすわることもできず。とうとう一晩じゅう、身動きもならずに立ちつくした。夜の明けるころには、三人とも疲労の果て、失神するばかりであった。

さすが剛腹な江藤が、後で、

——自分は母の胎内から出て、まだかつて、こんな苦痛に遭ったことがない。

と、述懐したのは、この時のことである。

六

甲ノ浦は安芸《あき》郡の東の端で、土佐と阿波《あわ》の境界である。したがって捕吏の警戒ははなはだ厳重だった。

甲ノ浦、野根二区の戸長で浜谷某という者があり、江藤が高知から東の方に向かったという情報があってからは、浜谷は浦正胤《うらまさたね》という男を同区の番人にして、街道を見張らしていた。

浦は、白浜、川内の村境の分かれ路《みち》にたたずんで、少し風体の怪しげな者があると、普通の旅人でも、種々尋問して、たやすくは通さなかった。

ある日、東京より派遣されていた探偵が、横柄《おうへい》な態度で、浦に、江藤が高知から東に逃走したことはわかっているのに、まだ逮捕できないのは、おまえがうっかり見のがしたのではないか、となじった。浦はムッとして、絶対そんなことはない、来ん者は捕えようがないではないか、と口返事した。捕吏は、そうか、それでは、江藤が別な道をとって、阿波に向かったのかも知れぬ、とにかくこれから追跡してみよう、とすぐ別れて去った。

浦はその足で浜谷の家へ行って、

――今に江藤らが姿を見せんところを見ると、東京の者が言うとおりかもわからん。これからあそこの見張りはいいかげんにやめておこう。

と、家に帰った。

浦はいったん、帰宅したものの、何となく、心が落ちつかぬ。それで、もう一度引きかえして甲ノ浦坂字馬越の麓《ふもと》まで来た。すると、坂道の中ごろの新道に、笠《かさ》が三つ、木の間がくれにちらちら動いているのが見えた。やがて旅人の姿が三人、坂道を東の方にくだって、凝視している浦の前に近づいたのである。

浦が、じっと観察するに、真ん中の主人らしい男は四十歳ばかり、深めに竹笠をかぶり、鳶合羽《とびかっぱ》を着て、長い旅に疲れた様子であるが、眼の光は尋常でなく、何となく気品がある。他の一人は二十五六、体格すぐれた若者で、刀を一本さし、別な一人は二十ばかりで、共に竹笠をつけたありさまは、どうも普通の旅人とは思えなかった。

浦は、若いほうの二人に向かって、

――もし、どこから来て、どこへ行きなさるか。

ときいた。

――高知から大阪に行くところです。

と答えたが、浦はその語音に九州訛《なま》りがあるのを知って、胸を轟《とどろ》かした。以下の問答は次のとおりである。

――どこの方ですか。

――大阪の者です。

――高知には何の用で行かれたか。

――商用です。

――私は当地の番人じゃが、この辺が少し騒がしいので、官命によって出張している者です。証《あかし》となる旅行券を持っておられるか。

——大阪を出て高知に来た時は何カ月も前のことで、そのころは旅行券などがいるということを聞かなかった。怪しい者ではないから、どうか通していただきたいです。

——お気の毒じゃが、官命によって、旅行券のない者は、みだりに通行させることはできません。どうかしばらくこの土地に休んで、県庁の命令を待ってください。

すると、今まで、じっとこの問答を黙って聞いていた中の主人らしいのが、浦の前にすすみ出た。

——あなたは番人か。では、内密に話したいことがあるから、どこか話のできる所に連れていってもらえないか。

初めて口をきいたその男の声には重みがあり、浦は何となく威圧を感じたので、三人を甲ノ浦役場に案内した。

役場につくと、男は容《かたち》を改めて、

——私は山本清という岩倉右府の執事です。喰違の変以来、内務省の探偵係となり、ひそかに佐賀、鹿児島、高知の三県出張を命ぜられたが、火急のことで内務省の命令も待たずに出発しました。しかし、これは後でわかることだから、しばらくここに滞在して、県庁の命を待ちましょう。

と言った。悠揚せまらぬ態度があった。

戸長浜谷某は浦の知らせですぐにやってきて、彼の人相を見て、すぐに江藤と直覚したが、知らぬ顔をして丁重に応対し、役場の周囲はそれとなく、士族の若者たちに警戒させた。こうしておいて浜谷は、県庁に向かってすぐ急使を走らせ、伺い書を出した。それには三人の申立てどおり、その身もとを、「長崎県産、当時岩倉殿内、山本清（四十歳ばかり）、同江川十吉（二十七八歳ばかり）、同人僕《しもべ》藤田善八（二十五歳ばかり）」と記した。

浜谷は、この客人たちを歓待するため、三井某方を臨時に借りうけて、その夜は簡単に酒肴《しゅこう》を供応し、一泊させ、外を警戒させた。

翌朝、山本と名乗る男は、硯《すずり》を求めて手紙をかき、浦にこれを郵送してくれと頼んだ。浦が預かって、途中、その上封を見ると、

東京にて　岩倉殿　　清拝

と、書いてあるからすこぶる半信半疑であった。そのまま、それを持って、浜谷の家に行くと、ちょうど、県から少属細川是非之助が来ているのに行きあわせた。細川は江藤追跡のために、この方面を探索し、今朝、浜谷の家に着いたばかりのところであった。

細川は浦の話と、その山本の手紙の封書を見て、間違いなく江藤であろう、と断言

した。三人は立会いの上で、その封をひらいた。文字は達筆で、紙面に躍動し、みごとなものである。

謹而曰《つつしみてもうす》、私儀自ら作《な》せる罪の次第、及一片の寸志一応殿下方或《あるい》は諸参議衆の内拝謁《はいえつ》中陳度奉《のべたくぞんじたてまつる》存。先月二十三日夜決意、豊筑路塞《ふさが》り候に付、薩州《さつしゅう》へ参り、西郷へ其旨《そのむね》申置、夫《それ》より土州に参り、路を紀尾に取り、東上の心得に候処《ところ》、土州取締厳重東上難出来、空敷《むなしく》相止り申候。願くは東上の路行出来候様の御沙汰被下《ごさたくだされ》候はば、難レ有存候。夫迄《それまで》は土州に相止り其旨奉待候。勿論《もちろん》前談の次第寸志を申上候て、謹で刑に就くの心得に御座候。此《この》段申上度如此に御座候。頓首《とんしゅ》再拝

江藤新平

宛名《あてな》は、三条太政大臣殿《だじょうだいじん》、岩倉右大臣殿、木戸参議殿、大久保参議殿、大隈参議殿、大木参議殿としてあった。

予期はしていたものの、この文面を読んで、細川、浜谷、浦の三名は顔色をかえて動揺した。

七

その夜、江藤らのいる三井方に浜谷から手紙を持って使いが来た。開くと、今から

碁を囲むが退屈であろうから、遊びに来ないか、という誘いであった。江藤は承知の返事を与えた。

江藤は銀づくりの短刀を懐中に忍ばせ、船田を連れて出かけた。あとに残ることになった江口が、

――先生、大丈夫ですか。

と、心配すると、

――大丈夫だよ。

と、笑っていた。しかし、江藤の心中は、もうこの時覚悟がきまっていたようである。

江藤が行くと、浜谷は座敷に請《しょう》じた。座敷には見知らぬ客が一人いる。浜谷は、

――これは県庁の細川さん、こちらは岩倉公の執事山本さん。

と、双方をひき合わせた。囲碁だという誘いだったが、一向に碁をはじめる様子はない。三人はしばらく雑談に時を移した。

が、細川は落ちつかなかった。話のうけこたえもときどきとんちんかんになる。実は先刻から細川は何度も、江藤と呼ぼうとしたのだが、どうしても、その声が咽喉《のど》にかかって出ないのだ。気がひるんでしまったのである。

これではならぬ、と思い、彼はようやく懐中から一枚の写真を出し、江藤に、

——貴下はこの人をご存じありませんか。

と、きいた。それは江藤自身の手配写真であった。

江藤はそれを一眼見ると、一瞬、名状しがたい表情を浮かべたが、すぐ平常の顔色に戻って、

——お察しのとおり、わたしは江藤新平です。

と、言った。さきの雑談のつづきのような、少しも変わらない声であった。

江藤の就縛は、明治七年三月二十九日で、佐賀脱走以来、約一カ月後であった。

細川はいったん、江藤を縛ったが、すぐこれをといた。とにかく、相手がさきごろまで、参議兼司法卿《きよう》であった身分に敬意を表したのである。細川は、

——官命を待つ間、ごゆっくりお休みください。

と、いんぎんな物腰で言い、その非運を慰めた。

さすがに、気の昂《たかぶ》りを抑えることができないのか、江藤はそれからも細川と話している間中、絶えず喫煙し、煙管《きせる》が砕けるくらい、火鉢に強く打ちつづけていた。

江藤の所持品は銀装の短刀と金時計のほかに革嚢《かわぶくろ》の中には二千五百円の金と、六連発の小銃とがあった。短刀は梅の古木を刀身に彫った埋忠明寿一代の名作である。

江藤就縛の報が、佐賀の本営に届いたのは、四月二日であった。日ごろ、感情を面にあらわさず、冷静水のような大久保利通も、この時ばかりは、欣喜《きんき》の色を露骨にあらわし、手の舞い足の踏むところを知らざるありさまであった。部下は、いずれも大久保の前に出て、賀詞を述べた。江藤が逃走以来、大久保がどのように焦慮し、気を病んでいたかを皆は知っていたからである。

いったい、大久保は常から他人の評価を滅多に云々《うんぬん》する人ではなかった。これは、いつも自分を一段高い所に置いていて、他の者は歯牙《しが》にかけず、問題にしていなかったのである。が、江藤だけは、よほど気にかかったとみえ、その日記に彼のことを相当悪口を言っている。それだけ、日ごろから江藤は大久保の意識の中にあった特別な人物であった。

大久保は、その日、よろこびのあまり、祝杯をあげた。岩村通俊《みちとし》、山田顕義《あきよし》、河野《こうの》敏鎌《とがま》、野津鎮雄《しずお》などが同席した。皆、酩酊《めいてい》して騒いだ。歌が出る、詩がある、剣舞がある。哄笑《こうしよう》は深夜まで絶えなかった。

大久保のその日の日記には、

――兵庫雲揚艦長今井より、江藤以下九名、高知県にて捕縛の旨報知有レ之。実に雀躍《じやくやく》に堪《た》えず。岩村、山田、西村等一盃を傾け、各〻《おのおの》詩歌を詠じ、至情を尽す。

と、ある。

獲物《えもの》は網にかかった。数日にして、それは大久保の眼前に引きだされるであろう。卓の上座で杯を含んでいる大久保の満足気な眼の中には、犀利《さいり》な計算と、残忍の色がひそんでいる。

八

大久保日記──

七日。猶竜艦江藤始九人之《の》賊護送。早津え着。

八日。河野大判事より擬律伺有之《ぎりつうかがいこれあり》。評決の上、宮え相伺、御異存無之、伺之通に而相下げ。宮え随従、江藤の裁判を聴聞《ちようもん》す。

宮とは、征討総督仁和寺宮嘉彰親王のことであり、河野とは、往年江藤が左院副議長時代、大紹院出仕に拾ってやった、かつての部下河野敏鎌《こうのとがま》のことである。数年にして、かつての恩人を裁く立場となった河野の感情はどうであったか。

この時、河野は権《ごん》大判事という一判官であり、刑量の実権は大久保にあるから、彼はただ判決文を読みきかす役者にすぎなかった。しかもその大久保は裁判傍聴のため法廷にきて眼前にすわるのだから、河野もやりきれなかったであろう。彼がいかに態度だけでも、江藤に同情を示そうとしても、これでは大久保の眼光に監視されている格好で、手も足も出なかったに違いない。酷薄だといって河野だけを責めるわけにはいかない。

江藤は四月七日、護送されて佐賀県早津江に着くとすぐに上陸し、人力車で城下に向かった。夕刻、かつて自分らが占領していた県庁に着き、すぐ投獄された。

処刑の全権を任された大久保は、四月五日、臨時裁判所を佐賀に設け、権大判事河野敏鎌を裁判長に任じた。

江藤の裁判は八日、九日のわずか二日間であった。一審のみで、上告は許されない。公然たる裁判でなく、ほとんど勝者の一方的な軍事裁判に準じたものである。

江藤の被告態度は立派とはいえなかった。要点にくると、のらり、くらりして曖昧《あいまい》なことを言った。他の若い被告たちがことごとく明確に、男らしくふるまったのに、一党の首領として、これは奇怪なことと言わねばならぬ。

江藤は、まさか自分が死刑にされるとは思わなかったであろう。極刑でも、長期の獄ですむと考えていたに違いない。その前例は榎本武揚《えのもとたけあき》である。榎本は箱館《はこだて》に奔《はし》って官軍に抗戦したが、死刑をまぬがれたうえ、新政府に用いられている。しかし榎本には黒田清隆《きよたか》の必死の助命運動があった。黒田がいなかったら、榎本でもどうなったかわからない。江藤には黒田のような熱心な同情者がいなかった。同情者である三条も岩倉も大久保が受けつけず、廟堂《びようどう》の同郷人の大隈は冷視傍観し、副島《そえじま》、大木は微力であった。

江藤は陳述の急所をはずし、できるだけ刑を軽くしたかったのであろう。彼が最後まで自首せず、東京へ出ようとした意図も、これにつながるのである。三条以下各参議あてに書いた土佐での手紙は、おそらく彼の本心であろう。彼は倒れても倒れても、いつかは立ちあがって、廟堂の薩長《さつちよう》勢力との闘争を志していたのである。彼の闘魂の激しさには一種の悽愴《せいそう》さを覚える。

しかし、江藤は大久保を少し甘く見ていたようである。大久保はそんな生やさしい男ではなかった。緻密《ちみつ》な彼の頭脳には、〝政治〟以外に感情の計算ははいっていない。征韓論破裂以来、政府のタガは少しゆるんだように見られ、今こそその信を回復する好機であった。大久保の着眼はこれなのである。西郷はなお鹿児島にあり、西南の空気険悪な時、これを牽制《けんせい》する意図が、大久保に大きく働くにおいてはことさらである。

四月十三日早暁《そうぎよう》五時、まだ夜は明けきれず真っ暗である。江藤が寝ていると、獄吏がはいってきて、江藤さん、江藤さんとゆりおこした。今から裁判だと言う。

江藤は、島、朝倉、山中、中島、香月などと一緒に法廷に出た。正面には河野裁判長、横に岸良大検事以下法官がならんでいる。傍聴席には、例によって大久保内務卿《きよう》が、この早朝にもかかわらず、長髯《ちようぜん》をみせて、鷹揚《おうよう》に椅子《いす》に凭《よ》っていた。警吏の数はことに多く、ものものしい。江藤は前回の法廷で河野裁判長に、

——河野、きさまはどの面《つら》さげて、今日、おれの前に立てるか。

と罵《ののし》って以来の出廷であった。もう、今朝が判決、断罪である。

河野裁判長は威儀を正し、一列にならぶ被告を見おろして、おもむろに判決文を読んだ。

判決

江藤新平

其方儀、朝憲ヲハバカラズ名ヲ征韓ニ托シテ党与ヲ募《つの》リ、火器ヲ集メ、官軍ニ抗敵シ逆意ヲ逞スル科ニ依ツテ、除族ノ上——

河野はそこまで読み進み、一度息をひいて、思いなしか声をうわずらせて言った。

——梟首《きようしゆ》申シツケル。

江藤は、それまで首を少したれて宣告文を聞いていたが、河野が、梟首申しつける、と読みおわるや否《いな》やさっと顔をあげた。面上血が上がり、眼はいっぱいに開いて飛び

出るばかりである。身を前に泳がせて、

——裁判長、私は……

と大声をあげて、つづいて何か言おうとすると、驚いた河野の合図で、警吏が四五人、その肩にとびかかって後ろに引きずった。それから身を悶《もだ》える江藤の身体を無理に、手とり足とりして廷外にかつぎだした。一瞬の出来事であったが、居合わせた者、総立ちとなった。

ただその中に、大久保だけは始終を冷たい眼で凝視し、口辺には、あるか無いかの微笑さえ浮かべ、身じろぎもしなかった。

改定律例によらず、すでに廃棄となった新律綱領を適用し、かつての同僚参議を梟首にかけていささかも動ぜぬ大久保の表情にも、一種の悽涼《せいりよう》さがある。

大久保はその夜、日記に、

——江藤醜体笑止なり。

と書き入れて、嘲笑《ちようしよう》した。

その日、江藤は処刑された。梟示は江藤と、江藤に協力した憂国党首島義勇。二つの首は並んで公衆の前に曝《さら》された。

これは写真にして市販されたが、政府は、さすがに、いつまでも放っておけなかったのであろう、五月二十八日、布達は次のように禁じた。

故江藤新平、島義勇梟首ノ写真販売候者有之候趣、右不相成差止候間、現今所持品ハ勿論、売先ヨリ取戻シ可差出候事。

四月十三日、大久保は、江藤の刑終わった報告を聞いて、
――今日都合よく相すみ、大安心。
と、日記に、丁寧に書き入れ、江藤に関する記事の結びとした。

啾《しゅう》々《しゅう》吟《ぎん》

一

予、松枝慶一郎は、弘化《こうか》三年丙午《ひのえうま》八月十四日、肥前佐賀において、鍋島《なべしま》藩家老のせがれとして出生した。

この出生日は特に銘記せねばならぬ。奇《く》しくも同じ日に同藩で予を加えて三人の男子が生まれたのである。一は主君、肥前守《ひぜんのかみ》直正の嫡男《ちゃくなん》淳一郎。一は二百俵三人扶持御《ぶちお》徒衆《かちしゅう》石内勘右衛門のせがれ嘉門。

「めでたい話じゃ。前世から主従の由緒《ゆかり》が深いのであろう」

と、当時、人は噂《うわさ》した。

予の父は、こやつ若殿と同日に生まれるとは果報な奴《やつ》じゃ、と喜び、意に因《ちな》んで、慶一郎と名づけた。主君直正の耳にもはいって、

「両家とも子は丈夫か。大事にいたせ」

と言葉があった。

予と石内嘉門との因縁は、こうして生まれながらにしてすでに生じていたのだ。し

かし初めて彼を見たのは十歳の時である。すなわち、大名の子、家老の子、軽輩の子と、それぞれ境遇は異《ちが》うが、同日に生まれたこの三人はつつがなく育ち、安政三年となった。

この年から若殿の淳一郎のために進講がはじまることになった。藩儒草場佩川《はいせん》が命ぜられた。佩川は古賀精里の門人で、漢語をよくし、一生の作詩二万余首におよんだ。早くから儒をもって仕え、藩校の学風を定めた学者である。

佩川の講義がはじまるに当たって、若殿の学友が必要となった。だいたい、上席の藩臣の子弟をとることにし、三人をえらんで若殿づきの近習役としたが、その中に予も加えられた。

この人選のとき、老臣たちの中から、

「いかがであろう。軽輩ではあるが、石内のせがれは若殿と同日に生まれ、殿からも格別なお言葉があったほどじゃ。冥利《みょうり》ついでに、この子もご近習にしては――」

と諮《はか》る者があり、一同の同意を得た。

破格の召出しであるから、石内勘右衛門は感激した。せがれの嘉門は常から利発な子で評判だったので、これを機会《しお》にせがれに出世の望みをかけたであろう。予は初めて嘉門が城中に上がった時、その顔が、こまちゃくれて怜悧《れいり》そうなのを、いくぶん反発をもって眺めたのを憶《おぼ》えている。

しかし、同日に生まれたという因縁は、子供心にも親近感が起こるとみえて、若殿は他の近習よりも、予と嘉門とによけい親しむようであった。何かといえば、二人の名を呼んだ。

それで、予と嘉門も自然に話をすることが多くなった。ついに初めの反発もしだいに忘れて彼とは仲のよい友だちとなった。

嘉門は利発聡明《そうめい》であった。その才知には予もしばしば感心した。

たとえば、次のようなことだ。

草場佩川の出講は月に十日、六年間つづいた。齢《よわい》すでに七十歳に近かった。諸書を講じて謹直であったが、少年たちには少しく難解であった。だが、若殿だからといって、調子をおろす老人ではないから、進講のたびに若殿は困ることがある。若殿は後年、鍋島直大《なおひろ》となって、イタリー公使などに歴任したが、頭脳明晰《めいせき》というほどではない。

「どうじゃ。今日の話は、わかったか」

と、佩川の退出したあと、若殿は一緒に控えていた近習たちに言った。

「よくわかりません」

というのが、少年たちの多くの返事だった。すると、

「わたくしには、少し、わかるようです」

と、言いだす者がいる。見ると、石内嘉門だった。

「嘉門か。――では、言ってみい」

「はい」

少し顔をあからめてはいたが、臆《おく》するところなく言いだした。聞いてみると、もっともらしく聞こえる。子供の言葉だから、当否は別として、わかりやすい。

「そうか」

若殿は、半信半疑であった。

次の講義のとき、若殿は、ためすように佩川に質問した。

「先日の話は、こうではないか」

すると、佩川は頭を下げて、

「御意。よくぞご理解あそばされました」

と、ほめた。

それからは、若殿は講義ののみこめぬところは、たびたび嘉門にきくようになった。

彼の答えはたいして間違っていないのである。

嘉門の才知は朋輩第一だった。

ある日、佩川は登城のとき、嘉門を見て、そっと物かげに呼んだ。

「そちは、わしの話を、また、若殿に話すそうではないか」

嘉門は赧《あか》くなってうつむいた。佩川は、じっとそれを見ていたが、

「よいよい。お城下がりの時など、暇があれば、これから、わしの家にくるがよい」

と言った。嘉門が佩川のもとをよく訪ねていくようになったのは、それからであった。

学問に熱心な少年だったし、佩川もよく眼をかけているふうだった。

二

朋輩の近習の中には、嘉門が軽輩の子であるのを嘲《あざけ》っている者もあって、かげで悪口を言っていた。むろん妬《ねた》みがまじっていた。嘉門の耳にもそれがはいるらしい。

「なるほど、おれは軽輩の子だ。が、それが何だ。今にみろ、おれは自分の力でおしていくよ」

と、真剣な、侮蔑《ぶべつ》をうけた者の激しい語気で嘉門は言うのだ。あながち少年客気の言とはいえない。後から考えて、そういう時代が近づきつつある時でもあった。

予は、嘉門の才知に感心する一面、彼が低い家格に生まれたことに同情せずにはおられなかった。それで予の父に嘉門のことを、よくこう言った。

「あれは秀才です。ぜひ殿にお取立てをお願いしてください」

嘉門のことは老臣たちの間でも早くから話題になっていた。実際、予らは左伝、史記、四書五経、八家文、資治通鑑《しじつがん》の類《たぐい》は何とか一通り読めたが、嘉門が佩川《はいせん》から借りて読んでいる書目は、はるかに予らの学力をこえたものだった。古い、きびしい教育をうけた老人たちにも難解なもので、嘉門の早熟に眼をみはっていた。

だから、父も予にそう言われると、

「よしよし、考えておく」

と好意ある返事をしていた。

翌年の文久元年、主君直正は隠居（号閑叟《かんそう》）したので、若殿が襲封した。従《じゅ》四位下侍従信濃守《しなののかみ》に任じ、直大《なおひろ》と名を改めた。老齢の草場佩川はそれを機会に侍講を辞した。七十四歳であった。

ある日、佩川は辞任の挨拶《あいさつ》に、予の父を訪ねてきた。種々の話の末に、嘉門のことが出た。

「あれは先生の宅まで伺って教えをうけているようだが、いかがですか。せがれなどひどく、ほめているが」

と父はきいた。他日、推挙の下心もあって、いちおう、人物をただしたのだ。

「さよう」

と、佩川は皺《しわ》だらけの額に、さらに皺をよせて、首を傾《かし》げた。

「頭脳《あたま》はたしかによいほうです。だが、どことなく、可愛気《かわいげ》のない子ですな」

予は佩川のこの言葉を父から聞くと、最近、少しも嘉門が佩川のもとに出入りしなくなったことを思いだした。何か彼は老人の機嫌を損ねたのではないか、と想像された。

そのうち、嘉門の父の勘右衛門が病死したので、彼が跡目をついだ。彼が十九歳の時であった。近習役を免じ、御徒衆《おかちしゅう》たること、父と同様である。ただし二十石を加増になった。

が、嘉門は不平であった。もっと栄進を期待していたのだ。

「やはり、家柄や門地には敵《かな》わぬのかな。軽輩の子はやはり軽輩か」

と、彼は予にも不平を言うようになった。

「そう焦《あせ》るな。君はまだ若い。殿も先を考えておられる」

と、慰めたが、予にも実は嘉門が用いられないのが不思議であった。主君の直大は嘉門の秀才をよく知っているはずなのだ。

が、そういえば、その主君も、嘉門が近習役をかえられる前ごろには、彼にかなり冷淡であったことが思いだされた。才能では予など嘉門にとても及ばないのに、これはわからなかった。

「おれはどうも殿に憎まれているようだ」

と、嘉門も言うのだった。

御徒衆をついだ嘉門は、同僚からも組頭からも気受けがよくなかった。いちばん新参である彼は、何となく、皆の中で、孤立したような存在となっていた。

「皆はおれを相手にせんようじゃ。だからおれも皆を相手にせんよ」

と、嘉門は予に寂しく笑うこともあった。むろん、やるかたない忿懣《ふんまん》が含まれていた。

「おれが、軽輩のせがれだからだろう」

とも嘉門は言うのだ。

それもあるかもしれない。が、それだけだろうか。何か嘉門に人好きのせぬものがあるのではなかろうか。予は佩川の言った言葉を思いだした。「あれは可愛気のない男だ」と言う。あれほど熱心によく出入りした佩川からもついにはこう言われている。

どこが皆に嫌われるのかわからなかった。

ただ、嘉門の性格は、孤独的で、自らを恃《たの》んでいるふうがないでもない。が、狷介《けんかい》というほどではない。むしろ人のよい男なのだ。皆に容《い》れられないのが、不思議だった。

が、主君も佩川も初めは嘉門によかった。それがしだいに疎《うと》んじてきた。彼は理由もなく、他人に見放されるという、そういう宿命的な性格を持っているのではなかろうかとさえ疑った。

三

予は少しでも嘉門の気を引きたてるために、よく彼を誘って、城下町を遊んだりした。ある日城外三里の蓮池という鍋島《なべしま》の支藩のある土地に二人で遠乗りした。そこに叔父の家があるので立ちよった。

支藩の老職である叔父は、書院で本を見ながら、独りで碁石を置いていた。

「おう、ようきた。どうじゃ、皆元気か」

と一通り家族の消息をたずね、予が一緒に連れてきた嘉門を紹介すると、

「ほう、そうか、それは。慶一郎が日ごろ世話になる。今日はゆるりとしてもらうの

だな」

　と愛想よく言った。

　接待に、叔母と娘の千恵も出た。千恵は十八だった。母に似て瓜実顔《うりざね》だが、まだ頬からおとがいにかけての線に稚《おさな》い皮膚が残っていた。

「ようこそ」

　と豊かに結いあげた髪を下げたが、しばらく見ない間に、予の眼が当惑するほど、きれいになっていた。

　嘉門は、予の脇《わき》にいて、神妙に、控えていた。

　二人は叔父の家で歓待されて、馳走《ちそう》になり、馬上で帰路についた。

「今日は愉快だった」

　と、嘉門は言った。全く満足した顔だった。

「そうか。それはよかった」

「たいそう親切な家だ。貴公の友人というおかげで、軽輩のおれも大切にされた」

「ばかなことを言うな」

　嘉門の顔には何か、恍惚《こうこつ》とした表情が見える。今すごしてきた叔父の家の雰囲気が、まだ揺曳《ようえい》しているらしかった。

「どうだ。それほど気に入ったのなら、今度は、ゆっくり出かけようか」

と、予はこの友だちがよろこべば、何度でも誘ってやりたかった。

それからまもない日だった。二人はまた出かけた。嘉門は、会った時から、いそいそとしていた。

「今日は、ゆっくりしろ」

と、叔父はいつもの柔和な眼をむけ、叔母も、何もないけれど、と言って、食いざかりの若者のために、千恵を手伝わせて、食べ物の支度などした。

「ちょうど、菱《ひし》の実がなっていますのよ。お客さまに差しあげましょうか」

と、千恵は予に相談するように言った。

「いいな。誰が採るのです」

「わたしですわ」

「それじゃ、採るところから見よう」

「あら」

と、千恵は羞《はにか》んで笑った。

屋敷の裏は、水を湛《たた》えた濠《ほり》が取り巻いていた。この地方は、こういう濠が、無数に縦横に走っている水郷である。

濠には菱藻がしげっている。菱の実は、名のように菱形の黒い色をしているが、茹《ゆ》でて硬い皮をむくと、栗《くり》に似た味がする。近在の百姓の女などは、季節になると、片手間に城下に売りにきた。

この地方で、ハンギと呼ぶ、人間が乗って水面に浮かぶ大きな盥《たらい》がある。菱の実を採るには、このハンギに乗るのだ。

千恵は、ハンギに乗って手で水を掻《か》き、水面を移動しながら、菱の実を採った。予と嘉門は岸に立って見物した。

初夏の強い陽が水に反射して、千恵の顔を下から明るくした。あたりの木立や水草の色をうつして、透明な蒼《あお》さが映えている。水が動くと、千恵の顔の光の波が揺れるのだ。予は幼少から見なれた千恵が別人のように思えた。

「ほうら、もう、これだけ採れましたわ」

と、千恵は膝《ひざ》のあたりから、菱の実をすくって、さしあげて見せた。あどけない、美しい微笑だった。水面に浮かんで漂い、手を上げて示した彼女の一瞬のその姿態は、さながら一幅の絵を見るようだった。予と一緒にならんでいた嘉門も、言葉をのんでいた。

それから、一カ月も過ぎたころ、予は蓮池の叔父から、使いをもって手紙をもらった。文面の意は、こうである。

先日、おまえがつれてきた石内という者は、その後、二三回やってきた。おまえの友人というので、女房も客の扱いはしているが、内心困惑している。家には年ごろの娘もいることで、おまえと一緒ならともかく、ひとりで遊びにくることは迷惑なのだ。おまえからやめさせてほしい。

読んで、自分でも顔色が変わるのを覚えた。予と千恵とは許婚《いいなずけ》の間だった。

四

叔父の手紙は、まだ遠慮した文面だが、筆端怒気を含んでいる。予も嘉門が予に黙って叔父の家を数回訪問した無躾《ぶしつけ》さ——いや、その目的がわかると、不快がわいた。嘉門が千恵に惹《ひ》かれていることを、はっきり知ったからだ。

予は千恵を子供の時から好きであった。だから許婚《いいなずけ》という親同士の処置を、実は幸福に日ごろ思っていた。予にとって嘉門の行動は、突然、さっと、足もとを撲《なぐ》られたような思いだった。

が、考えてみると、嘉門は、予と千恵が従兄妹《いとこ》同士の間柄なので、まさか、そこまでは考えていなかったのであろう。だから千恵を見て好きになると、予にも打ち明けずに何度か独りで叔父の家を訪ねていったに違いない。——予は、そう解釈すると、不快の念を起こすよりも、当惑をした。

しかし、予はやむをえず決心した。

星が降るような晩だった。予は嘉門を誘って、人気のない場所を歩いた。

「嘉門。よけいなことは言うまい。蓮池の叔父から手紙が来た。今後、君が独りでくるのは困ると書いてあった。それだけ伝えておくぞ」

嘉門は、急に、足をとめた。さっと顔色を変えた様子まで、予には闇《やみ》のなかでもわかる気がした。彼の黒い影は無言のまま、しばらく佇立《ちよりつ》していた。

予も二三歩隔てて、それに対した。

「松枝」

と、やがて嘉門の声がした。思ったより弱い声だった。

「おれが悪かった。軽率だった。だが、貴公にも言えなかったのだ。——おれは、千恵さんが好きなのだ」

妙だと思ったら、語尾がつまって、ふるえていた。予は衝動をうけて、急には返事ができなかった。この自らを恃《たの》む男が泣いているのだった。

「たのむ。千恵さんの真意をきいてくれ。貴公は従兄《いとこ》だ。貴公なら何でも話すだろう。——が、返事はすぐでなくてもよいよ」

と、語勢はそこでさらに弱まった。

「実は、すぐそれを聞くのが怕《こわ》いのだ」

予には、こうまで思いつめている男に、今ここで、実は、あれは、おれの許婚だ、とはどうしても言えなかった。

——しかし、この場で、事情をはっきりさせなかったのは、予の罪とは言わぬまでも、過誤であった。

そのうち、嘉門は長崎警固の隊に加えられて出発することになった。長崎出役は九州の諸藩が当たっていた。

「ちょうどよい。しばらく行ってくる。千恵さんの気持は、その間にきいておいてくれ」

と、嘉門は出発に当たって、予に言った。真剣なその顔を見ると、予はますます言いだす機会を失った。

それからほどなく、かねて病いを得て引籠《ひきこも》り中であった予の父は死去した。跡目は無事、予にくだった上、御用部屋用人に用いられた。藩政の見習いで、やがては亡父同様、家老職をつぐ前提だった。

長崎の嘉門から祝いの手紙が来た。

「おめでとう。やはり、門地、家柄には敵《かな》わぬな。しかし貴公では腹は立たぬ。祝ってよいことだ」

予は嘉門らしい文句だと苦笑した。同時に千恵のことを無言に催促されているような、いたたまらなさを感じた。

予が家督をつぐと、周囲や親類は、急に予の妻帯のことに熱心になりだした。蓮池の叔父がもっとも積極的だった。ほとんど有無を言わさなかった。

やがて予は千恵を妻に迎える仕儀となった。予はその幸福に浸りながらも、嘉門のことを考えると、心の隅に冷たい風が吹く思いだった。まもなく彼もこの結婚のことを知るに違いない。予はそれを思うと、黒い雲がひろがっていくように憂鬱《ゆううつ》になった。

出先のものは、本国の消息に敏感である。予の結婚のことは、すぐに伝わったらしい。嘉門から新しく手紙が届いた時に、予は、心の中で、いよいよ来た、と思った。

覚悟をきめて封を切った。予期したとおり、それは激越な文句で終始していた。

「自分は今、言う言葉を知らない。あれほど信じていた君からでさえ、このような目に会わされた。おれという人間は、よくよく皆から、蹴《け》られるようにできているのだろう。しかし、雑草でも性根はあるぞ。これは覚えていてくれ」

嘉門の歯ぎしりしている様子が眼に見えるようであった。予は、すぐ事情を説明する手紙を書いた。しかし、予がどんなに誠実にそれを弁明しようとも、弱々しい言いわけのような文句になってしまうのだった。予は自分でも書いていて、イヤになった。で、中途から破りすてて、ただ簡単に、すべては、君が帰ってから説明する、とのみ書いてやった。

むろん、それに対して返事はなかった。返事ばかりでなく、嘉門自身の姿も、それきり現われることはなかった。彼は長崎の任地から、そのまま脱藩したのである。

予は、嘉門が周囲に容《い》れられず、常に孤独であるのに同情していた。その同情者である予が、はからずも彼の頭上に最後の打撃を与えたことになった。予は嘉門に何とも言えない心の負担を感じた。

しかし、才能に恵まれ、覇気のある嘉門のことだから、別天地で自分の運命を拓《ひら》くかもしれない。佐賀藩では不遇だった彼も、別な世界では、あんがい頭角を現わして、世に出るのではなかろうか。そうすれば、いわゆる禍もまた福に転ずるわけだ——予は、そう思って、わずかに自分をなぐさめた。

五

慶応に改まって、幕府の凋落《ちょうらく》は、日に日にいちじるしくなった。騒々しい世はいっそう騒がしくなった。

嘉門の消息は知れなかった。ある者は説をなして、先般脱藩した大隈《おおくま》八太郎（重信《しげのぶ》）らとともに京洛にいるのだと言った。確かなことはわからない。

大隈は四百石砲術方のせがれだ。さきの文久年間には藩主直正を擁して活躍を企図したが、直正が自重して動かなかったので、機を失った。彼は不平鬱勃《うつぼつ》の気を、さきごろまで長崎で英学塾を開いて散じていた。

嘉門が大隈と行動を共にしていることは、ありそうなことだった。どちらも長崎にいたから知りあっただろうし、大隈の不羈《ふき》奔放《ほんぽう》な言動は、嘉門の共鳴をよんだに違いない。嘉門が大隈と一緒にいるという噂《うわさ》は、もっともありそうなことだった。

予は大隈の偉材に私淑していたから、このような人物の知遇を得ているとすれば、嘉門のために、大いに喜んでやりたかった。狭量な同僚の間で、不平を言いながら暮らすよりどれだけよいかわからなかった。

そのうち維新となった。——

藩主直大《なおひろ》は外国事務局権輔《ごんのすけ》、外国官副知事と外交畑を歴任し、明治二年、知事となり、予は佐賀藩権大参事《ごんのだいさんじ》となった。このころから、予のわりに順調な経歴がはじまった。これは一つに主君直大が目をかけてくれたせいである。明治四年、直大は英国に留学した。その出発の前、予に、

「おまえもそのうち英吉利《イギリス》に呼んでやろう」

と言った。予はこの時、政府にはいって、太政官少書記官《だじょうかん》であった。千恵を伴って、東京に出、もとは大身だった旗本の邸《やしき》に居住していた。

予は、ときどき、嘉門のことを思いだした。あれから杳《よう》として消息はないのである。いつか大隈に会った時、嘉門のことをきいたことがあるが、大隈は、

「あの男は、我輩が京都にいるころ、ちょくちょく顔を見せたことがあるが、その後は見ないようだ」

と、多くを言わなかった。嘉門の宿命的な性格は大隈にも容《い》れられなかったのではなかろうか。大隈は派手好きで、包容力も大きく、近づいてくる人間をより好みするような男ではないから、よくよくのことである。

嘉門が生涯、ついに人に容れられることなしに過ごすとすれば、これくらい寂しいことはないと考えた。その暗い運命の一半の責任は、予にもあるような気がした。千

恵の一件から、予がよけいに嘉門を暗いほうに追いやったように思えて悔やまれた。

しかし、まだまだ予は彼に期待していた。まさか、このまま埋もれることはあるまい、と思った。

明治十一年の秋、予は英国留学を命ぜられた。民政及び法制の調査であった。これには大隈の推輓《すいばん》があった。当時彼は参議兼大蔵卿《きよう》として勢威の絶頂にあったのである。予の留学のことは、旧主直大が大隈に頼んだのだろうが、その直大は予と行き違いに日本に帰った。

予の滞英は四年に及んだ。調査題目は新しい日本に必要なものだったので、予も必死に取り組んだ。初めの一年半は語学の勉強が半分だったが、残りの二年半を研究に費やした。

予は読書に倦《う》むと、夜の竜動《ロンドン》の人気疎《まば》らな公園などをさまよった。さらにハイド・パークの木立の上にかかった月を見ては、望郷の念しきりとわき、故国に残した千恵をしのび、幾度かその名を口に出して呼んだことを告白せねばならぬ。

予が、こうして英京で月日を送っている時、故国では世情がしきりと推移していた。

六

明治十一年ごろから、国会開設の二十三年までは、自由民権運動の時代である。弥爾《ミル》や斯辺瑣《スペンサー》の著書を訳述した「自由の理」、「社会平権論」などは、当時の青年たちに貪《むさぼ》るように読まれ、その新思想は、一世を風靡《ふうび》した。〝人の生るるや自由の――〟とか、〝則《すなわ》ち天は人類に自由を取れと命ずるなり。故《ゆえ》に人類が行為の自由を請求するは――〟というような文句は、青年たちには新鮮な魅力であった。

それは封建幕府にとって代わった新政府の専制に失望した人民の強い不平の表われであった。だから、その直接の運動政党である板垣退助の『自由党』が生まれると、たちまち党員が全国に激増した。一方、薩長《さっちょう》のために廟堂《びょうどう》を逐《お》われた大隈も野にくだって、『改進党』を組織した。この両党の間には提携はなかったが、政府にとっては、一大敵国となった。

政府はこの政党に対して抑圧を加えた。ことに急進的な自由党には徹頭徹尾弾圧をもってのぞんだ。『新聞条例』、『讒謗律《ざんぼうりつ》』、『集会条例』などを布《し》いて手も足も出ぬようにした。言論結社の自由を奪われた自由党は、ついには党員の中から、非常手段に訴える者さえ出てくるようになった。政府対自由党員の相克はしだいに深刻になっていくのである。

こういう情勢の最中に、十五年の春、予は留学から帰った。帰ると直ちに司法少《しよう》丞《じよう》となった。予の帰朝のことは、当時、「東京日日新聞」に次のように載せられた。

「一昨八日に三菱《みつびし》郵船名古屋丸にて英吉利《イギリス》留学中の太政官《だじようかん》少書記官松枝慶一郎君が帰朝せられました。同君は四年に亘《わた》り法律を勉強された由《よし》なれば、定めていろいろの新知識が有りましょうから、承りしだい記載いたし升《ます》。亦《また》、同君は早速司法少丞に任官いたされる由と申します」

予にとって帰朝の喜びは、何より千恵が健在で、予を待っていてくれることであった。

「おめでとうございます」

と、横浜の埠頭《ふとう》まで出迎えていた千恵の眼にも涙があるのを見た。予は、人前で互いの愛情を表現してはばからぬ西洋の風習を、この時ほど羨《うらや》ましく思ったことはない。横浜から新橋のステーションに着くまで、予ら夫婦は半ば夢見心地に、彼を語り此《これ》を話した。

さて、当時、伊藤博文《いとうひろぶみ》は憲法取調べのため渡欧中で、留守は山県有朋《やまがたありとも》や黒田清隆《きよたか》が預かっていた。両名とも薩長派閥の代表で、政党圧迫の急先鋒《きゆうせんぽう》だ。

山県は一日、予を呼んだ。

「貴公は肥前だったな」

「はい」

「大隈に義理が悪くないか」

大隈は十四年の政変に政府を逐われ、多数奏任級の部下がついて罷《や》めている。山県はそれを言っているのだ。しかし、これは予の留守中の出来事で、当時ならともかく、今、辞める意志はなかった。現に郷党の先輩たる副島種臣《そえじまたねおみ》や大木喬任《おおきたかとう》は廟堂に止どまっているのだ。予がその旨《むね》を答えると、山県は瘠《や》せて尖《とが》った顎《あご》をぐっとひいて、

「よろしい。来年には伊藤も帰ってくる。それまで外国で調べたことをまとめておいてくれ」

と言った。

予は、ぼつぼつそのことに着手していたが、政府対民党の険悪はますます激しくなっていく折りであった。十五年は〝政府顚覆《てんぷく》を計った〟福島事件があった。十六年春には〝大官暗殺を計画した〟高田事件が起こった。いずれも自由党員によるものである。つづいて十七年には、群馬事件、加波山《かばさん》事件、飯田《いいだ》事件、名古屋事件、十九年、静岡事件と、自由党員による非合法運動は、続々と起こるのである。政府も必死で、

密偵などを使って、しきりと検挙にかかっていた。

予が初めて、自身が攻撃されていることを知ったのは、帰朝後まもなくである。ある日、司法卿《きよう》の部屋で、所用の報告をおわって、退《さが》ろうとすると、

「おい」と、大臣に止められた。西洋風に顎鬚《あごひげ》を生やした山田顕義《あきよし》の顔が、にやにや笑っている。

「知っているかね」

と、一枚の新聞紙を差しだした。

「君も新聞で叩《たた》かれるようになった。読んで見たまえ」

「はあ」

何かわからず、自分の席にかえってそれをひろげた。

「日本自由政治新聞」というのだった。

「近時、薩長派閥は吾等《われら》の攻撃の急勢なるに狼狽し、自己の牙城崩壊を懼《おそ》れ、頻《しき》りと他藩の勢力をも味方に入れて防戦に務めおれり。その一は司法少丞松枝慶一郎と為《な》す。渠《かれ》は肥前の産、つとに大隈重信君の推輓《すいばん》をうけ、司法省に在りて、特に英京に留学せしめられたり。然《しか》るにさきに大隈君は薩長の陰謀のため廟堂を放逐せられ、河野敏鎌、前島密《ひそか》、矢野文雄、北畠治房《きたばたけはるふさ》、尾崎行雄の諸君相ついで罷免《ひめん》せらる。若《も》

し松枝慶一郎にして、一片の情義あらば、その先輩たる大隈君に殉ずべきに、自己の保身の為《ため》、その仇敵たる薩長に屈し、走狗《そうく》と為りたるは、何たる破廉恥漢《はれんちかん》ぞや。云々《うんぬん》」

七

この筆者は『輝文生《きぶんせい》』とあった。「日本自由政治新聞」は、たいした新聞ではないが、自由党員が執筆しているとみえ、全紙、政府攻撃の文字で埋まっている。予は全くこの筆者を知らないが、多分、予の帰朝を報じた例の「東京日日新聞」を見て、予のことを調査したのであろう。

予は一日、政党の内情に通じた司法部内の役人に来てもらった。

「この、輝文という男はどういう人物かね」

その役人は、すぐに答えた。

「近ごろ、自由党内でも認められてきた論客です。馬場辰猪《たつい》や末広重恭につぐくらい、人気があります」

「本名は何というのかね」

「さあ。本名かどうか知りませんが、党員の間では、谷山輝文で通っています。九州の者だという者もいます」

「九州?」

予の頭に疾風のように掠《かす》めるものがあった。

「少し気にかかることがある。この男のことをもっと調べてもらいたい」

「承知しました」

「それから、何か他にこの男の書いたものがあるかね」

「あります。『民権弁解』という本を書いています。ご入用ならばごらんにいれます」

「たのむ」

その役人は、翌日、約束の本を持ってきてくれた。それは、いわば民権論の手引き風の本であったが、予はその夜、帰ってからランプの下で異常の熱心さで、読みはじめた。

「人ノ権利ハソノ生ルルヤ天与ノモノナリ。世ニ生ヲ享《う》ケタル者、悉《ことごと》ク此ノ天賦ノ権利ヲ有シ、毫末モ差等アルベカラズ」というふうな書き起こしであったが、しばらくページを繰っているうちに、次の文句に行きあたって、心臓にドキリとこたえるものがあった。

「試ミニ看ヨ。百日先ニ生ルルモ、百日後ニ生ルルモ、権利ニ差異ナキハモトヨリナルニ、今日ノ吾ガ国ノ社会ニ於テハ、タトエ同年同月同日ニ生ヲ同ジウシタル者ト雖《いえど》モ、ソノ生家ノ上級ナレバ良家ノ子弟トシテ尊敬セラレ、恰モ特別ナル権利アルカノ如《ごと》ク遇セラレ、ソノ生家ノ低キ家柄ハ卑賤ナル者トシテ之ヲ賤視シ、生涯権力ノ下風ニ置カルル現状ナリ。世人、亦、之ヲ怪シマザルナリ」――

やはり、そうだった。これは石内嘉門なのだ！

「同年同月同日ニ生ヲ同ジウシタル者ト雖モ云々」の文句は彼でなくて誰が書こう。この一行の文句の中に、三人同日に生まれながらいちばん不当な扱いをうけた彼の骨髄からの恨みがこもっているのではないか。

と、すれば、あの新聞の予に対する攻撃もわかってくる。嘉門が予に抱いている遺恨は骨身に徹しているのだ。「雑草でも性根はある、覚えていてくれ」と言ったその性根を今、見せはじめたのであろう。

もとより予は薩長《さっちょう》の閥《ばつ》に取り入らんとする気持は少しもない。かの新聞の攻撃は甚だしく見当違いである。しかし予は嘉門に少しも敵意や反感を感じなかった。いや、これによって予の常からの心の重荷が少しでも軽くなることを望んだ。予はどのように嘉門から憎しみをうけても、甘受せねばならぬ立場であった。

予は嘉門の行方がどれほど気にかかったかしれない。それは畢竟《ひっきょう》予が彼に対して、心に負担を少なからず持っていたからだ。その消息の知れなかった嘉門が、失踪《しっそう》二十五年後の今日ともかく自由党内でも有数の論客として健在であったことは、うれしかった。あの才知のある嘉門なら、どこにいても、きっと埋もれることはないと思ったが、やはりそのとおりであった。

「嘉門。しっかりやれよ」

と、その『民権弁解』に向かって、しみじみ言ってやりたかった。

予は、このことを千恵にも話した。千恵もかねてから予の心中を知り、自分のことに起因した経緯に苦しんでいたから、非常に喜色をあらわした。

しかし、あくる日、役所に出て、いつもの役人から話を聞くと、予の気持は少し曇った。

「例の谷山輝文のことが少しわかりました」

と、役人は報告した。

「ほほう」

「自由党でも急進分子です。日ごろから過激な言論を吐いて、穏当な一派からは敬遠されているようですが、若い血気の壮士連からは、なかなか人気があり、尊敬されています」

「うむ」

「その言うところは、二十三年の国会開設も、このまま政府の弾圧がつづけば、自由党はそれまでに滅亡してしまう。そんなものを待っているよりも、政府を顚覆《てんぷく》する革命のほうが早道だと説いています。つまり、魯斯亜《ロシア》の虚無党の亜流ですな」

「むう」

「今のところ、別に行動に表われていませんが、この一派には政府でも内々注意しているのです」

これは、嘉門の性格としてありそうなことのように考えられ、困ったことだと思った。

八

十六年六月に元老院幹事河瀬真孝《さねたか》が司法大輔《たいふ》に任ぜられた。予ら関係者は彼を囲んで、一夕の宴を柳橋の某旗亭で張った。

酒のあまり飲めない予は手水《ちょうず》に立ったまま、酔った頰を風に当てるために、縁を回って庭に出た。どこかの名園を模したという凝った庭の植込みは、黒い塊となって夜気に沈んでいた。旗亭は、この中庭を囲んで城のように大きい。どの座敷の障子も灯があかあかとついて、唄声《うたごえ》や三味線の音が途絶えずに聞こえてくる。

予はしばらくそこにたたずんだ。ちょうど中庭を隔てた向かい側の座敷の障子が開いて、あかるい座敷が見えたところだった。芸者が四五人いた。客は一人のようだが、酔っているのか、畳に這《は》っていて、黒い頭が見えるだけだった。

客が寝そべっているので、芸者たちが手持無沙汰《ぶさた》になった様子が、こちらからもよく見えた。予は何となくその座敷を眺めていた。すると、二人の芸者が客をしきりとゆすりだした。話し声は聞こえない。やっと客が起きあがって、芸者たちが笑い崩れるのまで手にとるようだ。

客の顔が見えた。やせた年寄りくさい顔だ。髪は壮士のように長いが、半分は白髪で額が抜けあがってひろい様子は、老人と呼んでよい年配であろう。こういう場所にくる者にしては、身なりはいたって粗末だった。

やがて、その客は女に命じて障子を閉めさせた。ぴたりと視界を遮られても、妙にその顔は印象的だった。それは、こういう場所の客にもかかわらず、その男の肩がいかにも寂しそうに見えたからである。

後に、偶然この男に会ったとき、すぐこの顔を思いだしたのは、よほど心に残っていたからであろう。

七月二十日に前右大臣《さきの》岩倉公薨去《こうきょ》のことがあって、国葬が行なわれた。廃朝三日にわたり、葬儀は未曾有《みぞう》の盛大であった。

予が参列の式場から退出しようとする時だった。ふと予の肩を叩《たた》くものがある。見ると礼服きらびやかな男が、にこやかに立っていた。

「やあ」

それは警視総監樺山資紀《かばやますけのり》だった。予は一通りの面識があったから挨拶《あいさつ》を交わした。

総監は、

「時に、あなたにぜひ一夕お会いしてお話を伺いたいことがあるのですが」

と、微笑を含んで言った。

「何ですか」

「いや、あなたが英国で調査なさった法制の話など承りたいのですが、できましょうか」

「おやすいことですが、たいしてお役に立ちますまい」

「さっそくご承知でありがたい。二三日中にお迎えに馬車を差しあげます」

予らがこうして話しているうちにも、総監に用ありげな人々が背後に遠慮深く立っていて、会話のすむのを待っている様子である。予は匆々《そうそう》に総監と別れた。前にも言うとおり、樺山総監とさほど懇意の間柄ではない。むしろこのような話をうけたのが、不思議なほどであった。

二日ばかりして総監より使いがあり、今夜自邸に来てくれとのことであった。その夕刻から予は迎えの馬車に乗って赴いた。

座敷に請《しょう》じられて対座すると、総監は言いだした。

「どうも、民党の奴にも困ったものだ。このままゆくと、どのような騒動を起こさぬとも限らない。現在の政府は絶対に安全に護《まも》らねばならぬ」

はたして彼の言うことは民党弾圧の話であった。現在の条令ではまだ手ぬるい。よって、予に参考になる外国の法令を聞かせよというのである。

あいにくと予にその知識はなかった。お役に立たないだろうとは前に断わったとおりである。それでも予はせっかくのことであるから、お座なりに虚無党に対する魯斯《ロシ》亜《ア》政府の対策など、思いつくまま話した。もとよりそれは蕪雑《ぶざつ》なものであった。……樺山は後年海軍大臣の時、議会で公然藩閥政府擁護演説をやって物議をかもしたほどの政党嫌いであった。

この時、話半ばに総監の部下がはいってきた。

「閣下」

と、言いかけて、予がいるので、ちょっとためらった。

「いや、こちらは司法省のお方だ。かまわぬから用を言いたまえ」

「はい。例のをつれて参りました。どうしても、閣下からお言葉をいただきたいと申しております」

「うん？　あ、そうか、では、ここへ通せ」

「は――」

「心配せんでもよい。ちょっと、失礼して、ここで会おう。――松枝さん、この男は河岡警部じゃ。お見知りおき願いたい」

九

やがて、河岡警部につれられて部屋にはいってきた客を見て、予は一驚した。半白の長髪、削《そ》いだような頬、深い顔の皺《しわ》、ぬけあがったひろい額、それはいつか柳橋の旗亭で、ふと予が垣間《かいま》見た男なのだ。着ているものの粗末なのも変わりはなかった。

その男は、警部が総監に対して鞠躬如《きっきゅうじょ》としているのにひきかえ、はなはだ悠然としていた。彼は何ら臆《おく》するふうもなく総監の前にすわると、ちょっと、形ばかり頭を下げた。それはむしろ傲然《ごうぜん》たる態度であった。面上には酒気さえあった。

「わしは樺山《かばやま》じゃ」

と、総監は彼に向かって言った。

「君のことは河岡君から聞いて承知している。いろいろとありがとう。今度はなかなか重大なことゆえ、よろしく頼む。国家のために、大いに働いてもらいたい」

男は大きくうなずいた。

「総監。我輩は足下に会いたかった。足下は我輩を国士として認めるか」

酔っていて、声は嗄れていた。

「もとより君は国士だ」

「その一言や知己なりだ。よろしい。知己のために粉骨砕身しよう」

「失敬じゃが、お礼は相当出す」

「やあ。いつもながらというところじゃ。はははは」

傍らから河岡警部がたしなめるように言った。

「あまり派手に遊ぶと、連中に怪しまれはしないか」

「心得た、心得た。その辺はチャンとやる。なに、タカが烏合《うごう》の衆じゃ。何も知っとりゃせん。騒ぐばかりじゃ」

「その騒ぐのが穏やかでないのだ」

「それだ」

と、男は、片手を上げて、

「まあ、任せておきたまえ。引き受けたからには、ご満足のゆくようにする。大事なお客をしくじってはならんからな」

と、声をあげて笑った。

この対談は確かに予の眼前において行なわれた。予は、しかとこの対談中、この男をこの眼で見守っていたのである。奇遇だったのは、過日柳橋の旗亭で見た男とこの席で会ったことで、予が彼を観察したのは、この一事からのみであった。予に、今少し鋭い洞見の明があれば、彼の風丰《ふうぼう》からさらに驚くべき事実を発見したに違いない。しかし、そこまでこの場合において及びいたらなかったのは、後から考えて、かえって幸いであった。

その奇怪な漢《おとこ》は警部とともにまもなく、部屋を去った。奇怪という形容のほかはなかった。官員でもなく、実業家でもなく、学者とも思えない。時めく総監にこのように無遠慮に談笑し、その話の内容も尋常のことではなさそうだった。

部屋はふたたび、総監と、予のものとなった。

「今の男は、自由党に入れているわがほうの味方です」

と、総監は説明した。予は深くうなずいた。対話の様子から考えて、彼が密偵であっても、辻褄《つじつま》の合わぬことではなかった。

「自由党員では、なかなかの人物だが、今度、こちらに引き入れたのです。あれを使って、自由党の勢力を根こそぎにするつもりで」

「なるほど」

と、予はまたうなずいたが、あまり愉快な気持ではなかった。政府が密偵を放ち、その工作で〝政府顚覆《てんぷく》〟のような犯罪を捏造《ねつぞう》して、民党の勢力を掃滅するのは、これまでのいつもの手段であった。

密偵は、必ず同志たちの中にあって、激語し、刺激して脱法行為に奔《はし》らせるので、かなりの指導力も持っているのであった。その点今の男は、その態度から見て平凡な者とは思えなかった。

「閣下、いったい、あれはどういう男ですか」

と、きくと、

「自由党では、なかなかの人物じゃよ。有数な論客で、多数の党員からも尊敬されていることじゃ」

という返事だった。論客という語が、予の耳にひっかかった。

「論客というのは、名は何というのですか」

「君もご存じかもしれない。谷山輝文という男じゃ」

予の耳には百雷が破裂したような気がした。驚愕《きょうがく》を通りこして茫然《ぼうぜん》となった。

「今のが谷山輝文ですか」

と予は思わず、日ごろの自分の声とも思えぬものを出した。

「ご存じですか」

「いや、ただ名前だけです」

と、辛うじて答えたが、

「そうじゃろう。かなり有名な男じゃから」

と総監は、予の愕《おどろ》きを単純に解して他意なかった。

十

予は今まで谷山輝文を嘉門とのみ思いこんでいた。予の驚愕《きょうがく》は、今の人物がはからずも谷山であったこと、嘉門とは別人であったことを知ったからであった。さらに（嘉門ではなかったにしても）谷山輝文という、予にとっては因縁の深い人物が政府の密偵を働いているという事実に驚倒した。予は、ひそかに彼に敬意をよせていたのであった。

「しかし――よく彼のごとき人物が、密偵になりましたな」

と、意外な疑問のままを問うた。すると、総監はやや得意げに微笑して、

「それは河岡警部の手柄じゃ。いろいろ苦労してやっと手なずけたのですよ。なかなか初めはうんと言わなかったのでね。もっとも、あれほどの人物だから無理もない」

と、話しかけた時に、当の河岡警部がふたたび席に戻ってきた。

「やっと、そこで別れました。何しろ酩酊《めいてい》しておりますので、いろいろ失礼を申しあげました」

「いや」

と、総監は軽くうけて、

「今も話していたところじゃ。よく谷山を手なずけたと、松枝さんが感心しておられる」

と、水をむけた。

河岡は予に頭を下げた。

「それです。私もはじめは成功するとは思いませんでした」

「やはり誘いは金ですな」

「金もむろん欲しがっています。何しろ、片時も酒がはなせないのです。それも、なかなかの豪遊でして」

予は柳橋の旗亭で芸者を侍《はべ》らせている彼を思いだした。

「あまり、派手にやるので金の出所のことを仲間から感づかれはしないかと、こちらがはらはらするほどです」

「私は谷山の書いた本を読んだことがあるが、よいものでした」

「そうです。なかなかの秀才でしてね。理論家じゃ自由党でも馬場（辰猪《たつい》）や中江（兆民《ちょうみん》）とならべてよいほどです。壮士たちにも多数の崇拝者があります。はじめは、党のおもだった者にも信頼されていました」

「はじめは？」

「そうです。はじめは、です」

と、河岡は断言した。

「はじめは非常な信任を得ていたのですが、だんだん主脳部から冷たくされてきたのです」

「どういう理由からですか」

「わかりません。はっきりしたわけはないのです。理由はただ谷山が何となく他人から親しめぬ性質からきているのです」

「……………」

「これは谷山自身が私にも話したことです。おれはどういうものか他人から好かれない運命を持っている。はじめは都合よくいくのだが、だんだんおれは嫌われてくる。理由もなく嫌われるのだ、そう言うのです。谷山が政府の密偵を結局承知したのも、自分に冷たくなった党への不満からです」

予の背に寒々と冷気が走った。これはいったい誰のことを言っているのだ。それこそ石内嘉門のことではないか。急に血が逆上するのを覚えた。

予は先刻眼前に見た男の風丰《ふうぼう》を考えた。半白の長髪、深い皺《しわ》、削《そ》いだような頬。あれが嘉門であろうか。彼を見ざることすでに二十年余、予にも判じられぬほど面相が変貌《へんぼう》したのであろうか。

もし彼が嘉門であれば予を認めて気づかないはずはないと思った。が、彼は総監と対談中、予の同座を知りながら一顧もしなかった。それは全く未知の者に対する態度であった。しかし、予が彼を気づかなかったように、彼もまた予であることを気づかないのかもしれない。二十年の歳月が隔っている上に、予の面上には当節の官員の流行にしたがって、洋風の髯《ひげ》が頬から叢《くさむら》のように生じている。彼が予を弁別しえなかったのは当然だ。それに——そうだ、谷山輝文の書いた『民権弁解』の一節を思いだす、「タトエ同年同月同日ニ生ヲ同ジウシタル者ト雖《いえど》モ云々《うんぬん》」の章句ははたしてよく余人のものであろうか。予は谷山こそ嘉門であるという当初の考えがあらためて毫《ごう》も謬《あやま》りでないことを知った。

気づかぬとはいえ、予は多年心にかかっていた旧友と先刻まで膝《ひざ》をつきあわせていたのである。

それにしても、彼の面貌《めんぼう》の変わりはてようはどうであろう。頬豊かな二十年前の面影は微塵《みじん》もなく、髪は白くなり、皺は深く、頬はこけて老人と見まごうばかりだ。予は三十七歳となっていたが、とうてい彼を同年と見ることはできぬ。それは彼の今までの生活の不幸と荒涼を思わせた。

嘉門が密偵にまでなりさがっていることは、予の心を、底知れぬ暗鬱《あんうつ》にひきこんだ。衆人にすぐれた才知を持ちながら、ただ他人の愛を獲《う》ることの不能な男の末路に、一種の戦慄《せんりつ》さえ覚えた。

かつて草場佩川《はいせん》は、少年のころの彼のことを「あれは可愛気《かわいげ》のない男だ」と言った。彼は佩川から断わられ、主君直大《なおひろ》に見すてられ、大隈に見放され、最後の拠《よ》り所とした自由党にも容《い》れられなかった。——こういう予も彼を逐《お》った一人ではないか。

十一

予は何ともいえぬ心になり、顔色も変わったことであろうが、それを気取られぬよう努めながら総監邸を辞した。思わぬ長座のために、夜もよほど更《ふ》けていた。予を乗せた馬車は人影ない通りを轣轆《れきろく》と走った。

予は嘉門のことを考えて思いに耽《ふけ》っていたから、どの辺を走っていたかわからぬが、とつぜん御者が何やら声を短くあげたと思うと、馬車は揺れて急に止まった。

「あいすみません。酔っ払いが道を塞《ふさ》いでおりますので。危うく轢《ひ》くところでした」

御者は若者だったが、気短かに言いすてて御者台をとび降りると、前方に歩いていった。まもなく彼の何やら罵《ののし》る声が聞こえた。

予は身体をのりだして、その方角をすかしてみた。遠い所に瓦斯灯《ガスとう》があり、その淡い光が二つの黒い影をうかしていた。一つは路上にすわりこんでいて、それを摑《つか》んでいるのが御者の影である。予の注目はそのすわっている影に吸いついた。先刻の場所で見覚えのある肩つきだった。予はいそいで車を降りた。

「どうしたのだ」

「へえ、すっかりすわりこんじまやがって――」

いいから向こうに行けと、御者を手真似《てまね》で退かせ、予はおもむろに酔漢の顔を見やった。

はたして彼は、さきほど会った谷山輝文である。あの時も酔っていたが、あれからどこで飲んだのか、正体もない。足腰も立たぬふうに尻餅《しりもち》をついていた。薄い瓦斯灯の光にすかして、じっとその面貌《めんぼう》を食い入るようにして予は見た。半白の長髪や深い皺《しわ》のたたんだ、老人めいたその顔から、予は懸命に記憶を辿《たど》って何かを捜し求めた。

あった。やっぱりあった。皮膚はたるみ、皺はよっているが、その眼尻《めじり》の表情に、予は若い時の嘉門の名残りが黄昏《たそがれ》のように残っているのを見た。つづいて鼻の格好にも、口もとにも、嘉門の一つ一つを発見していった。総体には全く変貌《へんぼう》していても、こうした一々の顔の部分部分には、彼の特徴が老いながらも残されていた。

「嘉門」

予は激情に駆られ、肩を摑んで揺すった。

「嘉門。おれだ。松枝慶一郎だ」

彼は顔を上げて、予を見た。熟柿《じゆくし》くさい息が正面から予の顔をうったが、予は避けなかった。さらに光が暗いので、御者に命じて、馬車の角灯を持ってこさせた。明るい灯の下で、彼の眼はぎらぎら光っていたが、見れば見るほどまさしく嘉門であった。

彼は急に光から顔をそむけるようにした。

「おい、嘉門。松枝だ。わかるか」

また彼の肩を摑んだが、彼はもう予の顔を見ようともせず、

「人違いするな。我輩は谷山輝文だ」

と、大きな声でどなった。

「何を言うか、嘉門。おれだ。誰もほかにはおらんぞ。安心しておれに仮面を脱げ」

「きさまは誰だ」

「松枝だ。慶一郎だ」

「松枝慶一郎？　ふん、たしか司法少丞《しょうじょう》だったな。薩長《さっちょう》の走狗《そうく》じゃ」

「きさまのその論文も読んだ。『民権弁解』も読んだぞ。なつかしかった。おれは長い間、きさまの行方を捜していたのだ」

「我輩の行方？　勘違いをするな。君なんか会ったこともない。自由党員谷山輝文は、俗吏に知りあいは持たん」

「嘉門。もう、いい加減によせ。気づかなかったろうが、さきほど、きさまが総監と会っていた席におれはいたのだ」

たしかに彼はぎくりとしたらしかった。彼はふたたび予の顔をまじまじと見つめた

が、眼の光に、今までの強いものは消え、怯懦《きようだ》と狼狽の色が代わっていた。それから何ともいえぬ悲哀の色に移った。

「嘉門、きさまをこんな境遇においたのは、おれが悪かったのだ。千恵も心配しているぞ」

千恵の名を言った時、彼の動揺はほとんどその極限に達した。彼の顔は歪《ゆが》み、今にも怒号するか、泣きだすか、と思われた。

「さあ、今夜はおれのところに来い」

予は彼の手をとった。

もし、この時、余人が現われなかったら、彼はあんがい、言うままに、素直についてきたであろう。そして予は必ず彼を更生させえたであろう。少なくとも、彼の悲惨な最期《さいご》から救ったに違いない。

「やあ、先生。ここでしたか。ずいぶん捜しました」

「谷山先生。さあ」

駆けよってきたのは、壮士風な男二人だった。いずれ若い自由党員であろう。彼を両方から抱きかかえるようにした。

――これで万事は休したのだ。

彼は蹌踉《そうろう》と男たちの肩にすがって起《た》ちあがり、声をあげて笑った。

「いやァ、失敬した、諸君。どこでも連れていけ。まだ飲むぞ」

壮士二人は、ちらちら予のほうに胡散《うさん》な眼をくれ、彼を扶《たす》けて歩きだした。彼の肩は寂しかった。それはかつて、柳橋の旗亭で見た彼と全く同じであった。

「谷山君」

予は思わず、その後ろ姿に叫んだ。何か叫ばずにはおられなかった。感慨が迫って、胸が詰まった。

「では、ご奮闘を祈っているぞ」

はっきり、普通の返事があった。

「ありがとう。君もだ」

ふたたび歩きだした。左右の若者が、あれは誰ですか、ときいているらしい。彼の声が聞こえた。

「なに、昔の知りあいさ。先方から名乗られたのでね、はじめてわかったというわけだ。順当に世の中を歩いてきた幸運な男だよ。我輩と違ってな。——」

言うまでもなく、これは予へ投げた答えだった。予は闇《やみ》の中をしだいによろめきながら去っていく彼の姿を茫乎《ぼうこ》として見送った。

十二

谷山輝文が政府の密偵であることが露見し、自由党員某等三名に謀殺されたのは、それからまもない秋の十一月であった。

彼は欺《あざむ》かれて奥多摩山中の一党員の家に誘いだされ、一室で酒を飲んでいる時、待ち伏せていた党員がとつぜん猟銃で射殺したのである。弾丸は胸部を貫通したが、心臓をはずれたため、しばらく息があった。

「政府の犬は、自由党の名において天誅《てんちゅう》する」

と党員が言いきかせると、笑って、大きくうなずいたそうである。

「何か言いおくことはないか」

と、言うと、

「この齢になって、女房も子もない。言い残したい者もおらず、かえって気楽だ。ただ――」

と言いかけて、黙った。

「ただ――何だ?」

と促すと、

「いや、よい。それだけだ」

と口をつぐんだ。

何か言いたそうにして、ふと気を変えたのは、確かだった。

これは、予が裁判記録を見て、逐一知ったことである。

「どうして、君ほどの人物が、政府の犬などになったのか」

と、きくと、

「宿命だ。こうなるようになっているのだ」

と、答えたそうだ。

予は、これで彼自身が自己のどうにもならない性格的な運命に敗北したことを知った。人一倍の才能がありながら、しかして、彼自身も努力したであろうが、ついに誰からも一顧もせられなかった。

いや、当初はいずれも彼を認めたが、途中で離れてしまうのである。彼に欠点も落度もあるわけではない、他人に終生容《い》れられない宿命だった。

彼が最後に、何も言いおきたいことはないが、「ただ――」と言いかけたのは、あるいは予と千恵への言葉ではなかったか。生涯女房もなく、希望も絶えた後は、専《もっぱ》ら酒中に自己を没し、虚無の果て、密偵にまでなったのだ。

しかし、最後まで谷山輝文で通し、佐賀県士族石内嘉門の名が出なかったことは、予にはわずかのなぐさめであった。

戦国権謀

善き因果は、報い共覚えなし。悪《あ》しき因果の悪しく報いは見え易《やす》し。さもある、佐渡は三年も過ぎずして、顔に唐瘡《とうそう》を出かして、方顔くづれて奥歯の見えければ、其儘《そのまま》死。子にてある上野守《こうずけのかみ》は、御改易《ごかいえき》被《され》レ成而《て》、出羽国由利へ流され、其後秋田へ流されて、佐竹殿へ預けられて、四方に柵《さく》を付、壕《ほり》を掘りて、番を付られて居たり。皆〳〵申しならわすも、実には、さもあるか。(『三河物語』)

一

慶長十二年、家康《いえやす》は駿府《すんぷ》に引っこむと、今まで従っていた本多佐渡守正信《さどのかみまさのぶ》を江戸の秀忠《ひでただ》のもとに傅役《もりやく》として置き、自身は正信の子の上野介正純《まさずみ》を手もとに使った。

駿府は上方から江戸に行く途中で、西国の大名たちがしきりと伺候《しこう》する。このとき大御所に謁《えつ》する者はすべて上野介を通せとあって、いずれも正純に取次を求めた。正純の計らいがなければ家康に会うことができぬ。どのような有力な大名も正純には会《え》釈《しゃく》した。

事実、家康は何事も正純任せである。駿府の政務はほとんど彼の一手にあった。家康は齢《よわい》七十に近づいている。顔艶も光っていて、この四五年いささかの衰えもない。ひまさえあれば近辺の野に出かけて放鷹《ほうよう》をしていた。大坂にはなお、秀頼《ひでより》母子が健在であり、家康は心中期するもののごとく、山野を歩いて、自ら老体を鍛錬するふうに見える。

家康の執事として、いっさいを任せられた正純の取りさばきは、てきぱきと見事であった。その仕事ぶりは傍から見る者にも爽快《そうかい》なほどで、彼の頭脳のよさを知らされるのである。十六の時から家康に仕えた彼は、家康の心の隅まで肉親のように心得ていた。家康から一々指図をうけるまでもなく何事も自分で処理した。それが悉《ことごと》く家康の心に叶《かな》わないものはない。家康の勘どころを押えて狂いがないのである。

駿府に伺候する諸大名は、誰もがまず正純の顔色をうかがった。正純の一諾一否がそのまま家康の意志につながるからだ。

正純は四十二三の壮年である。眉《まゆ》濃く精悍《せいかん》に溢《あふ》れている。眼は大きく唇は薄く、親しみのある容貌《ようぼう》ではない。こちらから話をしても眼を別なところへ向けて聞いている。常に満身の触角を動かしている感じである。何かを頼みにいく者のほうでは、剃刀《かみそり》の冷たい刃色を見るような印象をうけた。

駿府を発して、江戸に着いた大名たちは、将軍秀忠に謁した。その謁見《えつけん》の前後には老職本多正信に会わねばならぬ。駿府でその子の正純に会った者は、ここで同じ鋳型《いがた》の年老いた面貌《めんぼう》を見るのである。正信は額が禿《は》げあがり、頰骨が出て、くぼんだ眼窩《がんか》に眼玉だけが大きい。もはや、七十を越し、深い顔の皺《しわ》は無数である。瘦身《そうしん》、背も曲がりかけている。

彼に会った感じは、一口に言うとおだやかであった。いつも老人のおとなしい笑いを顔に湛《たた》えている。世辞がうまく、話の仕方も如才がなかった。これは子の正純と反対であった。が、会う者はこの老人が辣腕家《らつわんか》だと聞いているだけに、かえって薄気味悪く感じた。

正信の働くことは人一倍である。ひとりで江戸の政務を切りまわしている。やはりこれも正純と同じであった。老職はむろん他にもいたが、正信の前にはまるで精彩がない。秀忠も彼に向かっては自由なことが言えなかった。正信の言うところがすべて家康の意志なのである。

江戸と駿府と、同時に父子は相ならんで老職出頭人であったから、権力は知るべしである。

――諸将軍士、皆膝《ひざ》を屈せざるなし、武門にありて父子柄をとる、細川頼之、頼元の管領たりといえどもまた過ぐる能《あた》はざるなり。

とは本多父子を評した或《あ》る儒者の文章である。

しかし、この正信もかつては一度、家康から背いて去ったことのある男なのである。

正信が以前、家康のもとを逃げたのは、永禄《えいろく》六年の秋、三河の一向宗一揆《いっき》の時であった。まだ家康が松平姓を名乗っていたころで、家康は二十二歳、正信は二十六歳であった。

家康と一向宗との争闘は些細《ささい》なことから口火が切られた。

家康はかねて手切れとなっていた今川氏真《うじまさ》に備えるため領国佐崎に新しい砦《とりで》を築いた。その糧米を土地の上宮寺から借上させることにした。折りから収穫がおわって寺内には籾《もみ》が秋陽の下に夥《おびただ》しく干してある。寺の承諾の返答がないのに、軍兵たちはこれを全部砦に運び入れてしまった。上宮寺は一向宗の院家である。守護不入と称《とな》えて領主の干渉も許さない。籾を強奪したのはこの特権を侵犯したというので、寺側は人を集めて当の支配であった者の邸《やしき》に押し入って狼藉《ろうぜき》を働いた。これが発端となって騒動がひろがったのである。

口火は些細でも、紛争の根は深かった。北陸、近畿、東海の諸国はいずれも一向宗の勢力が盛んである。乱世にあっては、どのようにありがたい深遠な仏恩も、実力がなくては何のかいもない。宗徒はことが起こると、すぐ一揆となって戦さを仕かけた。三河の一向宗の勢力は宗祖親鸞《しんらん》の矢作《やはぎ》での説法や蓮如《れんにょ》の巡教以来国内に蔓延《はびこ》っていた。

針崎、野寺、佐崎はいずれも家康のいる岡崎から一里もはなれぬ土地だが、院家の三カ寺があり、宗権を張って領主と対抗していた。

一揆方は諸方の同宗の者に呼びかけて、人数を駆り集めた。これに馳《は》せ参じたのは庶民ばかりでなく、家康の家臣からも出た。君臣の縁よりも、仏縁の未来永劫《えいごう》をたのむ信仰からである。

城方で一揆の陣に投じていった数は少なくなかった。譜代の将や、家康の妹婿《むこ》まであった。本多正信もその一人である。

一揆にたいして家康は必死に闘った。背後からいつ押しだしてくるかわからない今川勢のことを考えての働きは必死と言うも大げさな形容ではない。氏真が大軍をあげて殺到してきたら一堪《たま》りもなかった。が、爾後《じご》しばしばおとずれた幸運が、すでに若い家康に顔を出していた。好機を逃がして氏真は戦わず、家康は頑強な一揆を無事に鎮圧することができた。

宗徒勢が降伏した時、家康が命を許したにもかかわらず、一揆のおもだった者はほとんど逐電《ちくでん》してしまった。正信もその中にあった。正信は早くから家康に仕えていたが、鷹《たか》扱いが巧者だというだけで、格別、この時までは家康は重く見ていなかった。

正信がそれから十九年の間、畿内、北陸、東海の間を放浪していたことは間違いない。時には一時の主取りをしたこともあった。が、すぐ暇をとって流浪《るろう》した。大和の松永久秀《ひさひで》は、正信を見て、自分のところに来た徳川家の侍は少なくないが、彼は強からず、柔らかからず、卑《いや》しからず世の常の人物ではない、と言ったというが、それほどの男がいたずらに漂泊に年月を送った。その間の苦労辛酸は誰も知る者がないのである。

十九年の歳月はもとより逐電当時二十六歳だった彼を初老の男に仕立ててしまった。若かった彼も長い放浪のうちに、つぶさに人の心を知り、世の推移を知って、老成した。同時にようやく流浪の生活がもの憂《う》く思われはじめた。両鬢《りょうびん》に白髪が目立つにおよんで、さすがに心に寒い風が吹くような寂しさを覚えたのであろう。

彼が旧知、大久保忠世を通じて、旧主家康に帰参を願い出たのは、こういう心からであった。

二

天正十年六月、家康が堺《さかい》を見物していた時に、本能寺の変が伝わった。さすがの家康もうろたえて、このまま入洛《じゅらく》して知恩院で腹を切ろうなどと言いだしたのを皆でなだめた。あまりの変事に家康ほどの者が動顚《どうてん》したのである。

にわかに家康主従は帰国をいそいだ。すると一行が宇治のあたりまでくると思いがけぬ人物に出会った。十九年前三河を出奔した本多正信である。家康はおどろいて彼の顔をみつめた。その顔はすでに老人にちかかった。

正信は家康の不審に答えた。忠世を通じてさきごろから帰参を願ったところ、幸いお許しがあった。よろこんで加賀からいったん三河に帰ったが、ご上洛《じょうらく》と聞いてじっとしておれず、京にのぼる途中、大津でさらにご滞在中であることを知って慕って参った、と言った。家康はそれを聞いて悦《よろこ》び、この変動の旅先で、一人でも味方の者がふえたのを気強く思い、正信に道中の案内を申しつけた。彼が長年諸国を流れ歩いていただけに、この辺の地理に明るかったからである。

彼らがふたたび主従の縁を戻した時は家康は不惑を越え、正信はさらに四つ年上である。爾後《じご》の正信の分別が家康をよろこばせたのは、部下の多くが世間の事情にうとい田舎の武辺者であったにくらべ、放浪十九年にわたる正信の体験と見聞が天下の情勢に通じていたからである。彼の見識が一段と諸将を抜いていたのは当然で、しだいに家康の重用するところとなった。

慶長三年秀吉《ひでよし》が死んだ時は、家康五十七歳、正信六十一歳である。お互いがすでに気心を知りあっていた。

こういうことがあった。石田三成《みつなり》が福島、加藤、黒田などの諸将に追われて女乗物にのって家康の伏見の旅舎にのがれてきた時である。自ら手中にとびこんできた三成は活殺自在である。その夜、家康が三成の処置を考えていると、夜半近くになってしきりと咳払《せきばら》いをしながら正信が寝所近くにはいってきた。今時分、何事かときくと、余事ではござらぬ、三成がことはいかが思《おぼ》し召さるるかと、正信は反問した。家康が、されば自分もそのことで今いろいろと考えている、と言うと正信は微笑して、さても心やすくなって候《そうろう》、そのこと御思案なされる上からは、この上何を申そう、と言って退った。家康はそれでにわかに悟ったように三成を無事佐和山に帰す決心になった。

正信は家康の腹の中にはいったように、その考えを知った。家康が迷っていれば自信をつけてやった。家康は正信の言うことなら、何でも安心できた。後になると、二人は主従というよりも友人の間であった。また、よく働くことでも正信は家康に気に入られた。江戸城の経営は文禄《ぶんろく》元年から翌年にわたってのことだが、普請《ふしん》は正信が奉行した。彼は夜の明けぬ暗いうちから工事場に出て指図し、朝めしは昼ごろ、夕飯は宿にかえって深更におよぶという精勤である。風雨、雪中にも一日の懈怠《けたい》もなかった。この普請の出来は深く家康の心に叶《かな》った。

が、正信がしだいに登用されるのを、むろんよろこばぬ者も出た。正信が武功一つないのを蔑《さげす》んだのである。

ある時軍議の席で正信が何かの発言をすると、榊原康政《さかきばらやすまさ》は彼を睨《にら》みつけて、その方などのように味噌《みそ》塩の算用だけで腸の腐った者には、かような手だてはわかるまいと、罵《ののし》った。本多忠勝《ただかつ》は正信を評して、腰ぬけ者じゃとはばからず嘲笑《ちょうしょう》した。

このような面罵《めんば》も陰口も正信はとりあわなかった。彼らの単純さを肚《はら》でわらっているだけである。相手の者から見たら、そういう正信の態度は老獪《ろうかい》に見えたに違いない。苦労人と見るのは味方の側からだけである。これはまるで、人物の風袋が異っていた。

関ガ原役がすむと、康政も忠勝も家康の周囲から離れる仕儀となった。休息せよ、との命で、おのおの在所の居城に遠ざけられたのである。これが正信の策動だと察した時の彼らの憤《いきどお》りは言うまでもない。が、どうすることもできなかった。ただ、康政が自分の病気見舞いにきた家康の使者に、それがしも近来腸が腐って、かような身体になり申した、と蒲団《ふとん》から下がりもせずに言い、同じく家康から使いをもらった忠勝が、お礼に江戸に参りたいが近来腰が抜けて、と言ったような皮肉を吐くのがせいぜいの反抗であった。

正信の地位がすすみ、権勢がつくと、不思議と対立者は墜《おと》されるのである。

正信と相役であった内藤清成、青山忠成《ただなり》の両名が関東奉行職をはがれたのもそうである。両名については正信は家康に向かって或《あ》る諷諫《ふうかん》をした。それが何となく底意のある言い方である、畢竟《ひっきょう》、肚では両人をわざと落とそうためであろう、というのが人々の取り沙汰《ざた》であった。

正信と同席の、秀忠付きの老職大久保《おおくぼ》忠隣《ただちか》が改易されたのも、そうである。大久保家は三河譜代の中でも忠功比類のない家柄で、代々老職に列し、ことに忠隣は秀忠の補導役であった。その息忠常は家康の外孫を妻にもらったくらいである。それほどの忠隣が改易を命ぜられたのであるから世間は奇異に思った。

三

正信と忠隣《ただちか》の間は、すでに慶長五年、秀忠が中仙道を通って関ガ原に急ぐ時、上田の城にかかった折りに戦法のことで意見が分かれ、感情的な不快があったと言われている。が、もとよりそれが二人の溝の大きな原因ではなさそうである。

正信にとっては忠隣の父忠世というのは恩人であった。正信が若いころから何かと力になってやり、彼が出奔して十九年めに帰参を望んだ時に、家康にとりなしてやったのは忠世である。忠世にすれば正信は見所ある若者と思ったであろう。正信もその恩義を感じて、佳例として大晦日《おおみそか》と正月三日間は忠世の所で必ず食事をするのを例としていた。忠世が死ぬ時、正信に、わが子忠隣にはこの後も無沙汰《ぶさた》してくれるな、と言いおいたほどである。

忠隣は十三の時から五十年間家康に仕え、その寵《ちょう》をうけ、文禄《ぶんろく》二年以後は秀忠付きの老職であった。権勢ならびなく、その門前には毎日輿馬群をなした。忠隣は己れに取り入ろうとするこれらを一々もてなし、面識のない者が座敷に黙ってすわっても膳《ぜん》が出るというほどである。茶の湯好きな彼は大名たちはもとより、使者にまで手ずから茶を振る舞う。人望が集まったわけだ。

だから、その子の忠常が居城小田原で死んだ時は、人々は争って江戸から弔問にかけつけた。小田原に駆けいく者、日に数百人、諸大名や旗本の諸士で道も捌《さば》けぬほどであったという。支配方や組頭にも無届けで急行した者も多数である。秀忠の近侍の者でも断わりなく闕勤《けっきん》して奔《はし》った。

この、同席老職の異常の人気を、正信はどうけとったか。

まもなく、家康、秀忠は、「あまりに仰山なるしかたである」と言って、近臣の弔問の者どもを譴責《けんせき》した。正信が、そう進言したのだ、との陰口が行なわれた。

忠隣は、そのことを聞くと、小田原に引きこもって急には出仕しなかった。表むき遠慮の体《てい》だが、内心怫然としている。彼は事ごとに短気となり、愚痴が多くなった。

日を経て、ようやく出勤したが以前のとおりの勤仕ぶりではなかった。

ある日、家康は正信に言った。

「近ごろ、相模《さがみ》（忠隣）が、しかしかと出仕もせぬと聞いたが、いかなるわけか」

正信は答えた。

「されば、何事とは存じませぬが、亡《な》きわが子の嘆きに沈んで、自然とご奉公も疎略《そりやく》になったのでござりましょう」

彼は、はっきり、ここで〝ご奉公が疎略になった〟と言った。

家康はそれを聞いて眉根《まゆね》を寄せ、

「余人ならば格別、相模には似合わしからぬのう」

と呟《つぶや》いたが、家康があきらかに不機嫌になる表情を、正信は黙って見ていた。

まもなく忠隣は耶蘇《やそ》宗門取締まりのため上洛《じょうらく》を命ぜられたが、このときすでに家康は正信や藤堂高虎《たかとら》などと密談して彼の罪科をきめていたようである。忠隣は京都の旅舎に着いた時、不審を蒙《こうむ》って改易の命をうけ、彦根《ひこね》にお預けの身となった。

忠隣の改易のもう一つ、心当たりの原因は、彼の苗字子《みょうじご》であった、大久保長安の不始末もあって、家康の心証を損ねていたにもよろう。長安はもと大蔵十兵衛といって一介の能役者であったが、その鉱山開発の特殊な才能を家康に認められ、用いられて佐渡、石見《いわみ》をはじめ、諸国の金銀山を開発した。この十兵衛に大久保姓を名乗らせたのは家康で、彼を登用するあまり譜代の名家大久保の籍につけたのである。忠隣は、つまり長安の苗字親であった。しかるに長安に私曲があり、彼の死後、家康はこれを追罰した。家康が忠隣を不快に思ったのは、そういう長安の曲事を、長い間、苗字親として常に出入りをさせていた忠隣が知らぬはずはない、というところからである。長安の不浄財が忠隣にも流れていたと家康は想像したのであろう。

家康は人一倍、私欲の人間を嫌った。彼が正信を寵用したのは正信に私利の心がなかったからである。家康が天下をとってから、譜代の武将たちがいずれも禄高《ろくだか》の少ないのに不平を持《い》っている時、正信は一万石か二万石で満足した。それ以上やろうと言っても要らないと断わった。年頃御恩に潤《うるお》うて家富まずといえどもまた貧しからず、若い時から打物とってさしたる功名もなく、齢傾いた今ではこれから先の武功も望めない、どうか余分があれば他の勇力の士にやっていただきたい、と言った。正信が家康の心に深くはいりこむはずだった。正信の言うことなら家康は何でも信用するわけだ。忠隣を疎《うと》む心が、正信への信頼となって倍になって傾斜していったと言ってもよい。

正信は忠隣改易の相談にあずかったくらいだから、忠隣を助けようとはしなかった。

大久保一族は、忠世に恩義の深い正信が、忠世の子の忠隣の改易には傍観していたばかりでなく、足をすくって落としたのだ、と言って恨んだ。

忠隣が改易になった時、あれほど群らがってきた者で、誰一人としてこれを助ける人物がいなかった。酷薄な人情というよりも、正信をはばかったのである。

忠隣が寂しく配所に赴いた慶長十八年以後は、本多正信、正純父子のひとり権勢の時代である。いわゆる〝諸将軍士、皆膝《ひざ》を屈せざるなし〟のありさまであった。

四

慶長十九年十月一日、家康は鐘銘問題から秀頼《ひでより》の大坂方と手切れとなり、諸軍に出動の令を発した。家康年来の宿望である。

老齢すでに七十三、絶えず自分の死期と願望と競っているような焦慮を感じていた彼は、ことここに至った本懐に欣喜《きんき》した。

「すみやかに馳《は》せのぼって敵兵を打ちはたし、老後の思い出にせん」と、大刀を抜いて床の上に躍りあがった。顔色も動作も急に若やぎ、別人と見紛《みまご》うばかりである。秀忠が土井利勝《としかつ》を使いとして、ご老体なればそれがし一手にて当たるべし、と請《こ》うたが、すぐに斥《しりぞ》けた。家康の勇躍はこの眼で大坂の崩壊を見届けたいからである。彼は老来の意気揚々として駿府を発し、途次、鷹野《たかの》を愉《たの》しみながら西上した。

しかし、家康の期待に反し、大坂は急には落城しない。十二月二十日、両軍の和議が成った。

家康は旅先で越年して正月をすごし、途中ふたたび悠々と放鷹《ほうよう》しながら帰東の途につき、岡崎に到着した。この時、心中、何かの知らせを待つもののようであった。

――和議の条件の一つは、大坂城本丸を残し、二丸三丸を壊し、外濠《そとぼり》を埋めることであった。この工事奉行は本多正純《まさずみ》、成瀬隼人《はやと》、安藤帯刀《たてわき》などである。労役を命ぜられた先手の諸将は士卒数万人を引き具し、大坂城に雲霞《うんか》のように群れて、櫓《やぐら》といわず、塀といわず、ことごとく打ち毀《こわ》して濠の中に投げ入れて石垣を崩しこんだから、外濠は数日もたたぬうちに平地となった。なおもすすんで、二の郭《くるわ》にはいり、中仕切りの濠も同じく埋め立てはじめたから、城方は仰天して抗議したところ、大御所の仰せにて本多正純よりの指図なり、ご不審があれば正純に申されたし、われわれは正純の支配で働いているだけでござる、と答えた。

それでは、正純に掛けあおうとしたが、このほどは正純所労と称し、住吉《すみよし》の旅宿に引っこんで会おうとしない。この使いは、お玉という淀《よど》君の侍女であったが、成瀬隼人は、さてもお玉殿の眉目《みめ》美しさよ、などと口戯《ざ》れを言い安藤帯刀は、一言も口をきかず、かまわず人夫どもに濠埋めの工事をすすめさせた。

城方では憤《いきどお》り、いそいでお玉に大野主馬《しゆめ》を添えて京都にのぼらせ、本多正信に面会して詰問《きつもん》すると、正信は驚いた体をし、

「正純め、うつけ者にて物の下知するすべも知らぬとみえ申す。ただいま、この由《よし》を大御所に申したいが、それがしもこの二三日来、風邪をひいて薬を用い、引きこもりいる体で、やがて出仕いたすほどにしばらくお待ちくだされ」

と、答えた。しかし正信の病状は日々長びき、大坂の使者は苛立《いらだ》って他の者に掛けあったが、本多殿でなければ、といっこうにらち
があかぬ。とかくしているうちに、濠は本丸近くまで半ば埋まったころ、はじめて正信は家康の前に出て、大坂の使いのことを言った。

家康はそれを聞いて、これまた驚いたふうに、

「使いの申し条もっともである。さっそくにも見てまいれ」

と正信を大坂にやった。

正信が現地に行ってみると、濠は本丸まで埋まっている。彼は言った。

「これは思いもよらぬこと。方々には申しわけがない。わが子、正純はじめ奉行の者ども、死罪にも申しつけるでござろう」

とあやまって引き返した。

当の正純の言い条はこうである。

「ただ濠を埋めよと仰《おお》せつかったが聞き過って総濠を埋めたのは、われらが越度《おちど》でござる。かかる上は、謹んで罪を待ち申さん」と言った。

この事件は、家康が大坂方に言いわけした、「正純には切腹申しつけんとは存ずれども、せっかく和議のめでたき折りから、一人でも人を殺すとは不祥のことである。まげて予に免じておゆるしあるべし」の言葉で有耶無耶《うやむや》となった。家康、正信、正純の三人の辣腕《らつわん》にかかっては、幼稚な秀頼母子や大野治長《はるなが》など歯が立つ道理がない。

家康は秀忠より先に京を発《た》った。彼が岡崎まで来て逗留《とうりゅう》している時、大坂城の埋立て工事が全く成った旨《むね》の報告が秀忠から届いた。

家康が待っていたというのは、この知らせである。家康は太い安堵《あんど》の吐息をした。

二月七日、遠州中泉では、家康と、後から京都を出発して追いついた秀忠と、本多父子とが会合した。ことごとく人を遠ざけ、他に何人もまじえず、密談に刻《とき》をうつして果てなかった。早くも再度の大坂攻城の相談である。

板倉勝重《かつしげ》が大坂方再挙を報じたのは、三月十二日で、待ちかまえていた家康は、四月四日駿府を発してふたたび上方へのぼった。

今度は去年と異《ちが》い、大軍をひきつれず、去年の半分ばかりの人数で、部将も、藤堂、伊達《だて》のほかはいずれも元亀《げんき》天正以来、世に鳴りひびいた諸将は除いて、一世代遅れた若年壮年の輩《やから》だけを率いた。総濠を埋めた大坂城にかかるは裸城に打ち向かうようなもので、さしたる難儀はないと思ったのであるが、一つは、この戦さかぎり世は泰平となる、この最後の機会に若い者に戦場を踏ませておいてやろうとする、家康の心づかいであった。

五

家康は老来、ますます元気である。

このたびも大坂よりの帰途は放鷹《ほうよう》しながら駿府《すんぷ》にかえった。八月二十九日で、日中は残暑がきびしい。大坂の陣で日焼けした顔がいっそう盛んに見えた。大坂の始末が思いどおり楽に終わったせいと、長年の肩の荷をおろした安堵《あんど》で、暑さもこたえず、いささかも疲れた様子はなかった。

家康は駿府に一カ月あまり休養しただけで、九月の終わり、また関東へ放鷹のため下った。十月十日江戸着。二十一日より戸田、川越、越谷《こしがや》、岩村、葛西《かさい》、千葉、東金《とうがね》と関東一帯の狩り場を巡り放鷹に暮らした。

家康は正信を伴った。正信は鷹匠《たかじよう》出身である。七十四歳と七十八歳と二人の老翁《ろうおう》は、満足気に晩秋の野山を鷹を合わせながら歩きまわった。

二人とも老いた。今は、主従というよりも老友である。思っていることは、口に出さないでも心に通った。

昔から家康が考えを述べて意見を求めると、正信はそれが気に入らないと空眠りをしていて返事をしなかったものである。それで家康もたびたび思い返したりした。その代わり、よいとなると、正信の機嫌のよい、相づちの返事がもらえた。家康はその返事がもらえると、盤石のような自信がつくのが例であった。

家康が隠居して駿府に落ちつくと、正信はよく江戸からやってきた。政事むきの相談やら決裁をとりにくるのであるが、まるで茶飲み友だちのところに来たように、いそいそとしていた。その姿を見ると、家康は、何となくこの老友の寂しさがわかる気がした。

駿府の奥深く、家康と正信は、水入らずで何刻も話しこんだ。すると、二人の親しげな笑い声が、襖《ふすま》を越して廊下まで聞こえるのがいつもであった。

家康は今、自分の横で老いの眼を一心に凝らして折りから空に舞っている獲物《えもの》へ鷹を合わせようとしている正信を、充《み》ちたりた思いで見ている。夕陽をうけて秋のかや野に彳《たたず》んでいる死期遠くないこの二老人の姿はそのままに人生の残照の中に互いに寄りあって立っているふうに見えた。

家康は十二月四日、江戸を発《た》って駿府にかえった。これがはからずも彼の江戸の見納めとなった。

放鷹は家康の最大の道楽である。前年からことに頻繁に鷹狩りにくらした。念願にしていた大坂落城も思いどおりとなり、武家諸法度《はっと》、公家《くげ》諸法度、諸宗本山諸法度も制定して、今は心ゆくまで、この道楽に溺《おぼ》れていくようであった。

七十五歳の元旦《がんたん》を駿府で迎えた家康は、その正月二十一日、またも田中の鷹野に出かけた。寒気ゆるまぬ中を、おどろくべき精力である。が、ここで食べた鯛《たい》の油揚げに中毒し、ついに死病にとりつかれた。

家康不予の知らせが江戸に伝わると、上下震撼し、駿府には秀忠《ひでただ》はじめ、諸大名が駆けつけて詰めた。駿府の町はこれらの供人の人数で混雑を極めた。伊達政宗《だてまさむね》などは、奥州《おうしゅう》からわざわざ駆けつけたほどである。

家康の病状は一進一退をくり返しているうちに、四月にはいって篤《あつ》くなった。

彼は死床にあって、あれこれ思い患うふうであった。

ことにしきりと正信に会いたがった。

が、正信も去年の暮から床についていた。衰弱が加わって、駿府にくることは、とてもおぼつかない。

この期《ご》になって、家康の最期《さいご》に会えぬ正信の焦慮も家康以上である。彼の病気は、老衰ともいうし、顔貌《がんぼう》くずれて奥歯が見える一種の業病《ごうびょう》であったともいう。家康は正信に会って心おきなく後の始末を託しておきたかったのである。

自分の命運を悟ってか、家康は見舞いの諸大名を一人一人病間によんで後事を頼んだ。大御所の懇《ねんごろ》な言葉をもらって退出してくる大名たちの顔は、いずれも感激していた。伊達政宗のような海千山千の男でも随喜した。

その中に、ただ一人、福島正則《まさのり》だけは異例であった。家康は正則の顔を見ると言った。

「その方のことは、いろいろ言う者もあって、将軍家も心を置いておられる。予も種々とりなしてはいるが、その方に不服があれば遠慮はいらぬから国もとに帰って籠《ろう》城《じょう》せよ」

これを聞いて、正則は電撃にあったように身をふるわせた。正則が帰ったあと、家康が正純を呼んできくと、正純は答えた。

「福島殿はそれがしの前にすわって、太閤《たいこう》在世の折りから当家に対しては二心なかりしを、ただいまのご上意はあまりに情けないお言葉と申し、涙を流しておりました」

家康は満足そうに笑ってうなずいていたが、

「今は大事ないが、福島もやがては、とりつぶさねばならぬ」

と洩《も》らした。

傍らには秀忠も、土井利勝《としかつ》もいた。しかしこの時の遺命を心に刻み、後日になってその実行に当たったのは正純であった。それも、彼らしいやり方で事を運んだ。

六

家康は病中に太政大臣の宣下をうけ、元和《げんな》二年丙《ひのえ》辰《たつ》卯月《うづき》十七日巳《み》刻、他界した。

その死の報が江戸の正信の病床に届くと、正信は声を放って哭《な》き、すでに衰弱しきって枯木のような身体を床に転がして悶《もだ》えた。この世にただ一人とたのむ老友にはなれて、魂も晦冥《かいめい》の暗黒に落ちた思いであったろうが、家康に死なれては正信も一個の無力な老人である。

家康の遺体は遺言により西向きにして久能山《くのうざん》に埋葬された。西向きにしたのは西方浄土を欣求《ごんぐ》したのではなく、西国大名どもを死んでからも押えんとする執念からだった。

十七日夜半より家康の柩《ひつぎ》は久能山頂の仮屋に向かったが、折りから雨が降っていた。遺言によって棺側には、本多正純、松平正綱、板倉重昌《しげまさ》、秋元泰朝の四人が扈従《こじゅう》し、あとから秀忠の名代、土井利勝《としかつ》、三家の名代、尾張《おわり》の成瀬正成、紀州の安藤直次、水戸の中山信吉が供奉《ぐぶ》した。天海、崇伝《すうでん》、梵舜《ぼんしゅん》の三僧は特別に従った。この葬列の人数はこれだけで、これ以外は何人も山に登るを許されなかった。

雨の山径に黙々と棺を担《にな》い、足をはこんでいる一行の耳にはいるのは、梢《こずえ》の葉を打つ雨音だけで、山は昏黒《こんこく》の闇《やみ》に閉ざされていた。

柩はおりおり休息のためにとまった。そのたびに正純は棺の前に進みよってうずくまった。髪は雨に濡《ぬ》れて雫《しずく》がたれた。口の中に始終言葉を呟《つぶや》いていた。

「殿、正純はこれに控えておりまする」

「それがし、ここにお供つかまつっておりまする」

このような言葉を、生ける者に、言うように言っていた。百十数日をこす家康の看侍《みとり》と、死去の傷心で正純は憔悴《しょうすい》しきっていたが、この夜の彼はさらに悲嘆に心もとり乱しているかに見えた。

この始終の様子を見ていた成瀬正成は、しきりに感動して傍にならんでいる土井利勝に話した。

しかし利勝は、正成がどのように正純の誠忠ぶりをたたえても、にこりともせず、一言もそれにふれなかった。その眼は冷たく、皮肉な表情があった。

正純は遺命どおり、久能山埋葬のことから、駿府《すんぷ》の遺金遺品を三家に分与すること、その他いっさいの跡始末を一人で片づけた。

いつもながら、鮮かな才人の働きであった。もとより切れる男なのである。こう切れる手腕と才知と、家康の信寵《しんちよう》が、彼を自信にみちた傲岸《ごうがん》な男に仕立ててしまったのだ。

正純の容貌《ようぼう》からもうけとれる親しみのない冷たい印象が、さらに彼の権謀を好む沈《ちん》鬱《うつ》な性格と俟《ま》って人を畏怖《いふ》させた。陰険の声は父の正信からもうけたが彼には老来の円熟があった。若い正純にはそれがない。露骨で圭角《けいかく》がある。家康が生きている間はそれで通った。威光を笠《かさ》にきていたと言われても仕方がなかった。

家康が世を去り、正信がつづいて死ぬと、正純の背後に聳《そび》えていた権力が、徐々に崩壊していく。

正信の死は家康に遅れること五十日。老友の跡を慕うように最後の息をひいた。

「正信が奉公の労を忘れたまわで、長く子孫の絶えざらんことを思《おぼ》し召さば、嫡男上《ちやくなんこう》野介《ずけのすけ》が所領今のままにてこそ候《そうらい》べけれ。必ず多くは賜《たま》わるべからず」

と秀忠に言ったのが遺言であった。

自らを恃《たの》む者の常で、正純は自分の勢力が日ごとに崩れていくのに気がつかない。彼は家康の死後、駿府から江戸の老職にかえり咲いた。同席には、土井利勝、酒井忠世などがいる。正純の眼には重厚な性格の利勝など、何者ぞ、の気概がある。

父の正信が生きていた当時でも、正純は父をしのぐ驕慢があった。ある時、正信がしきりと述懐して感動し話すのを正純は鼻できいていた。老人の世迷言《よまいごと》と聞いたのであろう。彼から見れば父も老朦《ろうき》である。そのため父子の間は遠かったのである。

その上、彼に自信をつけたのは福島正則《まさのり》を改易せしめたことである。正則は居城広島城の修理を口頭で正純に届け出ていた。正純は請けあった。それで正則は安心し、別に書面の允許証《いんきよしよう》もとらずに居城の普請《ふしん》をした。これが許可なく工事したという幕府の口実となり、不意に改易となった。

福島を処分せよ、とは正純が直接に聞いた家康の遺命である。彼が二年もたたぬうちに、荒大名といわれた正則をあっさりほうむった辣腕《らつわん》は、大坂城の総濠《そうぼり》を有耶無耶《うやむや》に埋めて以来、少しの衰えもない。

正純は秀忠さえも、内心おそれてはいなかった。家康が生きているころ、秀忠は正純にはばかる色があった。その優越がまだ正純に残っている。

それに、彼は秀忠に昔、恩を売っている男である。慶長五年、関ガ原に秀忠が遅参し、戦い終わって大津に着いたので、家康は怒って対顔も許さぬばかりか、内々は廃《はい》嫡《ちゃく》まで考えた。井伊直政《いいなおまさ》のごときすら、ひそかに望みを忠吉（秀忠の弟）にかけたほどだった。この時正純は家康に請うて、このたびのことは全く傅役《もりやく》の父正信の罪であるから、父の首をはねて秀忠公を許されよと諫止《かんし》したので、ようやく家康の怒りもとけた。秀忠は正純の手を押しいただいた。正純の性格として、この事実が、何となく秀忠に一物あずけた気でいる。

秀忠の側からすれば、いつも強引に片足踏みこんでいるような正純という男は、不愉快な存在であった。

七

正純《まさずみ》は利勝《としかつ》を少し見くびりすぎたようである。

利勝はもとより才子肌の男ではない。一個一個石を積み重ねていくような確かな、堅実な型であった。じみな人柄はそのためである。さればこそ正信と長く相役でありながら無事であったのだ。利勝は浜松の家康の居城に生まれ、家康自ら膝《ひざ》の上に置いたり、食物を箸《はし》でたべさせたりしたので、家康の落胤《らくいん》であるという噂《うわさ》もあったくらいだ。天正七年、秀忠が浜松の城に生まれたので、その七夜の日、家康は七歳になった利勝を秀忠につけて米二百俵を与えた。爾来《じらい》、秀忠の傍から離れたことがない。四十五歳にして帰り新参となり、老いて秀忠の傅役《もりやく》となった正信とはよほど違う。利勝がきかぬ気でいたら、たちまち本多父子から追い落とされたかもしれない。今まで本多父子に追われた者は、内藤清成、青山忠成《ただなり》、天野康景《やすかげ》、榊原康政《さかきばらやすまさ》、大久保《おおくぼ》忠隣《ただちか》などいずれも対立意識を起こさせるような人間であった。利勝はつとめて目立たぬよう、正信の下風に立つのを好むよう心したから事なくすんだ。しかし畢竟《ひっきょう》するに、それは家康、正信の生きていた間のことで、正純が当時のものさしで利勝をいつまでも見くびったとすれば、怜悧《れいり》な彼も自負のために眼がくらんだのである。

元和五年十月、正純は十五万五千石となって宇都宮に封ぜられた。これは誰の策から出たのであろう。

正純はそれまで野州小山で三万三千石であった。十二万二千石のにわかの加増は、本多父子の長年の功労からすると、むしろ当然である。正純が易々として、これを請けたのは自分でもそう考えたからである。

が、彼の亡父正信はそうではなかった。正信は家康から話があったとき、齢かたむきこの上の武功も望めぬ、さらばこのまま心静かに老いを送らんことこそ本望に候《そうろう》と辞退した。死ぬる時も秀忠に、わが家の安泰を思し召《おぼ》すなら、せがれ正純には加封しないでいただきたい、と言った。正信には世の変転、人情の推移までわが掌《たなごころ》のようにわかっていた。やはり十九年の放浪という人生経験に年季をかけてきている。正純が父のこの意志を無視したのは彼の自負と若さである。

正純が宇都宮に入部したとき、些少の紛争があった。

宇都宮はそれまで奥平家の居城である。それが当主家久が死に、後嗣は七歳の幼児であった。宇都宮は奥州《おうしゅう》から江戸への要衝で、大切な土地に幼主では心もとないというので、命じて下総古河《しもうさこが》に移し、正純と替わらせた。

この処置を恨んだのが奥平家で、ことに幼主の祖母は家康の長女於亀で、加納殿といって気性の激しい女である。長篠籠城《ながしのろうじょう》には亡夫の信昌《のぶまさ》とともに防戦した勇婦で、癇《かん》癖《ぺき》が強い。かわいい孫を移して、そのあとに戦場の武功一つない正純がはいってくるのが腹が立って仕方がなかった。理非も何も考えていられない老婆《ろうば》は、腹癒《はらい》せに宇都宮城内の竹木を伐《き》り、建具をはずして古河に持ち去ろうとした。

正純も立腹し、これは城地明け渡しの大法に背くなされ方であると、関所を設けて持運びの品をことごとく取りもどしてしまった。将軍の姉であろうと容赦はせぬという気迫である。加納殿はこのことを深く根に含んでいた。かつては彼女の娘の嫁ぎ先、大久保忠隣が不幸に遇ったのも本多父子のためだから重なる遺恨と言ってよい。

元和八年四月七日は家康の七周忌である。秀忠は日光参詣《さんけい》をふれだし、途中、正純の居城宇都宮に一泊する予定となった。

正純はそのため遽《にわ》かに城内の普請《ふしん》にとりかかり、昼夜数千の人数をいそがして、将軍御座所など造営した。

四月十二日、予定のように秀忠は江戸城を出発して十四日に宇都宮につき、その夜は正純の供応をうけ、城中に一泊した。十九日、日光山に出立《しゅったつ》、法会《ほうえ》儀式をおわって、帰りはまた宇都宮に宿泊のはずであった。

十九日は、朝から正純は城中を清めて秀忠の帰着を待った。これがすめば、今度の大役がおわる。普請から諸事の準備、接待、警備まで苦労は一通りではない。さすがに正純も気をつかい、家中の者はふだんの顔色がないくらい、身を削った。が、十九日が最後でこの大役もおわるというので、宇都宮の城中では、とみに緊張して秀忠の到着を待ち受けた。

が、予定の刻限をとうに回っても秀忠一行は着かなかった。どうしたことかと気を揉《も》んでいるところに老中奥係り井上正就《まさなり》だけが到着した。意外な面持でいる正純はじめ一同に、井上は言った。将軍家はにわかに御台所ご病気のしらせで壬生《みぶ》から急に江戸に帰城された。本多殿にはこのたび格別の骨折りであるから出府におよばず、そのまま宇都宮へ休息あるべし、との秀忠の言葉を伝えた。それから、井上はさらに、御座所を拝見したいと言って新造営の建物を点検するように見てまわった。

秀忠が急に予定を変更して壬生から帰った事情は、井上に言わせた口上のとおりではない。彼が日光から下山すると、加納殿の密書が届いていたのである。

密書は本多正純に対する一種の密告状であった。鉄砲をひそかに堺《さかい》からとりよせたことが書いてある。それを通すに関所を欺《あざむ》いたと書いてある。根来《ねごろ》同心という直参の者を多数殺したと書いてある。今度造営した将軍御座所の建物は怪しい建築であると書いてある。要するに正純謀反《むほん》の兆《きざし》があるという文意であった。

秀忠はこの書状を土井利勝に見せて、前の晩泊まった宇都宮城にはたしてそのような怪しい点があったかときいた。利勝の近臣の者は、そういえば、いかにもさることなしとは断言できぬと答えた。心得がたきことが思いあたる、寝殿の戸に枢《とぼそ》がつけてあったが、庭におりようとしても枢がおりて、戸をあけることができなかった。また、火事の用意のためといって城中の火を消した。そのため先着の者ども行李《こうり》もとかせず、利勝の家来に病人ができて薬の湯を請《こ》うたが、それも与えなかった。本多の家臣いずれも野陣をはり、馬の鞍《くら》をも取りおろさずに用意していた。これらを考えてみるとはなはだ不審である、と口々に申したてた。これを聞いた秀忠と利勝は意味ありげに顔を見合わせた。秀忠は取りあえず、井上をひそかに検分にやり、自身はにわかに帰府したのであった。

元和八年七月の暑いさかり、正純が最上《もがみ》家収公の公用で山形に出張した時、にわかに旅館で改易の命をうけた。

前に加納殿の密告につき幕府は調査したが、謀反の疑いは認められない。許可なく鉄砲を取りよせたことは、正純の心にすれば公然とやっては他の外様《とざま》大名たちへの影響を考えたからで、他意あったわけではない。根来同心を殺したのは、工事の妨害をして騒いだから首謀者を数人斬《き》った。城内の火を禁じたのは将軍家お成りの夜に出火しては一大事の故《ゆえ》だ。馬から鞍をおろさずにいたのは万一の警備のため。新殿の建築は何も怪しい個所はない。ただ床の高さが普通より高かったくらいだと、いちいち怪しむに当たらなかった。しかし、これが不審の口実となって改易されたのである。上使は伊丹康勝《いたみやすかつ》、高木正次の両名であったが、

「その方、ご奉公の仕方上意に応《こた》えざるにより、宇都宮地召しあげられ、出羽国由利

において新規五万石をくださる」

という上意を読みあげると、今まで頭を下げて聞いていた正純は、急に顔を上げ、使者を睨《にら》んで言い放った。

「それがしの奉公が上意に叶《かな》わぬとは迷惑。この上は五万石の新地も差しあげ、千石だけ拝領つかまつろう」

正純の火のように燃えている胸中には、この処置をした者、秀忠や土井利勝への瞋《しん》恚《い》が渦まいていた。五万石の返上は彼らの面上に叩きつけたつもりである。

使者はあわてて江戸に還《かえ》り、この旨《むね》を復命したから秀忠はまた怒った。正純の申し条、重々上を蔑《ないがしろ》にいたす段、不届き至極といって、その子出羽守正勝とともに、出羽国由利に配流《はいる》され、佐竹義宣《よしのぶ》に預けられることになった。

八

いったん出羽国由利郡本庄に幽せられた正純は、元和八年秋から翌年冬までこの地で過ごし、再度幕命によって同国横手に遷《うつ》されることになった。

佐竹の家老、梅津政景《まさかげ》という者が主人義宣《よしのぶ》の命で途中の大沢口まで出迎えた。正純《まさずみ》とせがれの正勝は駕籠《かご》に乗り、十人ばかりの家来が従った。

政景が挨拶《あいさつ》すると、正純は駕籠から顔を見せてこれに応《こた》えた。髪は真っ白になり、頬はこけ、眼だけが大きい。老いてきて亡父正信の相貌《そうぼう》と全く同じである。その大きい眼を笑わせて出迎えの労を謝した。六十歳の年齢よりはずっと老《ふ》けて見える。五月の強い日光に眼を細めながら空を見上げた。どう見ても無心な一人の隠居である。

政景は先導して横手城へはいり須田新右衛門に正純父子の身柄を申し送った。新右衛門は預かり主の世話役である。

佐竹義宣の扱いは丁重であった。彼は、不自由があれば何なりとお世話いたそう、と申し出ていた。

大事な公儀の預かり人であるが科人《とがにん》である。蟄居《ちっきょ》させて外にも出さぬが法であるが、義宣はご気鬱《きうつ》ならば、外を歩かれてもかまわぬと言った。

爾来《じらい》、付近の田野を三四人の供人を連れて歩いている一人の老人を見かけるようになった。百姓たちは老人のことを陰で「上野《こうずけ》さま」「お殿さま」と呼んでいた。

奥州《おうしゅう》の秋は早い。一面の野山はわずかな間に冬近い色になる。正純は散歩に出ることが多くなった。満目蕭条《まんもくしょうじょう》たる北国の秋が罪人である彼の心にかなったごとくである。

横手は四方が山に囲まれた盆地である。幽居は三の丸に近い東の山裾《やますそ》の高台にあって、盆地一帯を見はらせた。正面には山脈《やまなみ》の上に遠く鳥海山が雪をかぶって聳《そび》えてみえる。鳥海山はこの辺から見る姿がいちばん美しいと土地者の警固の藩士が正純に教えた。

幽居から山裾の街道を北に少し歩くと一帯は沼の多いところである。鈍い色の沼の水が枯れた木立や野草の間に光っている。その寒々とした景色が好きで、正純はよくここに来た。

この辺は後三年の役《えき》で有名な清原武衡《きよはらのたけひら》、家衡《いえひら》の金沢柵址で、昔、八幡太郎義家《はちまんたろうよしいえ》が雁の乱れを見て伏兵あるを知った故事はこの西沼のあたりという。

しかし十一月にはいると、雪もしだいに深くなって外へ出られなくなった。正純は幽居に閉じこもって冬を迎えた。

見るかげもなく痩《や》せて老いた姿だが、眼の光は鋭い。この境涯にあっても胸中何を恃《たの》んでいるのであろうか。

ある時、政景が藩士に命じて鉄砲で雉子《きじ》を仕止めさせ、五六羽届け正純をよろこばせた。

世話役兼目付役であった梅津政景の書いた「政景日記」というのが今残っている。

○　晩虻川より菱喰《ひしくひ》二つ上野殿（正純）へ被進候様伝五申越候間即町送にて差越申候。

○本多出羽殿（正勝）へ雉子《きじ》十被進候。
○本多上野介殿同出羽殿江御帷子《かたびら》五つ宛《あて》御進候是《これ》にて大樽《おおだる》二つづつ塩引十本づつ差添御進候。
○夜に入黒沢味右衛門下着岡内記所より本多上野殿へ御帷子五の内単物一つ御樽肴《さかな》三献差添被進候。
○本多上野殿へ御小袖《こそで》二つ御茶器一つ大樽二つ大鯛《おおだい》十枚浪井権右衛門に為持越申候忝無由御返事有。

種々の進物は義宣が正純の失意を慰めるためである。事実、義宣自身も幽居に足を運んで、正純と談笑した。

が、この好意も長くつづけられなかった。

寛永三年二月末のことである。久しぶりに義宣が見舞いにきたので、正純は機嫌よく雑談の末に、こう言いだした。

「関ガ原の役後、神君から佐竹殿の処分のことが、それがしに御相談があった。神君の仰《おお》せに、このたびの佐竹の態度は敵対というほどではないから、そのままにしておこうと仰せられたのを、それがしがおさえて半分の二十万石に決まりました。今日、かようにご厄介になることがわかっておれば仰せのとおりにしておくところでした」

むろんこの場の茶のみ話で、主客は声を合わせて笑った。がこの話を伝え聞いて笑わなかったのは秀忠であった。「配流《はいる》の身で天下の仕置きのことを口に出すなど不届き至極」と、すぐ使者を向けた。

正純の懐旧談は、知らずに彼のありし日の権勢を語ったことである。彼の一言がかつては四十万石の大藩の運命を左右した。天下の政治が家康と本多父子とで決められた時代のことで、秀忠は正信から、若殿、若殿と言われて子供扱いであった。家康が生きている間は秀忠は正純にもずいぶん気兼ねした。今、正純の半分自慢気に聞こえる昔話が秀忠の瞋恚《しんい》を買った理由である。

四月、上使島田利正がくだった。さきに預けられた本多正純が罪なお露顕せるを以《もっ》て保護方を厳にし、看守人をして人の出入りを止め従者を禁ずる旨《むね》を伝えた。佐竹でも詮《せん》なく、正純の住居の周囲に柵を設け、濠《ほり》を囲《めぐ》らした。番士も人数を増し、それまで大目にみていた人の出入りを厳禁した。横手の藩士のほとんどがこの警固勤務についた。住居の戸障子は、わずかにあかりをとるほかは、全部釘《くぎ》打ちされた。この処置は完全な虜囚である。

正純も、こうまで江戸の憎悪《ぞうお》がかかっているとは知らなかった。佐竹の好遇には、いつか正純の復帰を予測したところが多少あろう、自分でもひそかにそれを待っていの利勝《としかつ》などの秀忠、正純は、た。が、この峻烈《しゅんれつ》な処置は万一の希望を容赦なく崩した。正純は、秀忠、利勝などの白い冷たい眼が自分の上に執拗《しつよう》に粘りついて片時も油断していないのを知った。以後の正純は人間が変わったようになった。家の奥に引っこんで、滅多に番士にさえ顔を見せぬのである。

従者がいなくなってからは、番士たちが食事の世話などした。別棟から膳《ぜん》を運び、そこだけ釘づけを免れた一カ所の戸をあけて差し入れるのである。番士がその軒に吊《つ》ってある鉦《かね》を叩《たた》くと、時には「おう」と応える声がする時もある。が、普通は返事もなかった。むろん、老人の姿を見ることはなかった。番士が、そこで帰って半刻《はんとき》もたったころ、ふたたび行ってみると、膳部の皿は空になって置かれてあった。番士たちは暗い奥にうずくまっている、何か怪物に供物《くもつ》しているような気持に襲われた。

正純がこのような暗い幽居に以後十五年もうごめいて生きていたのは、後人にとって一つの驚きである。

その間、長子正勝は三十五歳で死んだし、付近で百姓をしながら主人の前途を見届けるつもりの若干の家来も、不慣れな労働と、寒気と、飢饉《ききん》と、主家への絶望から、あるいは逐電し、あるいは死亡した。

寛永十四年丑《うし》年二月二十七日ごろ、老人が食事をとらぬところから、世話する小者が家の中にはいってみると、正純は大鼾《おおいびき》をかいて寝ていた。揺り起こしても眼をあけない。藩医が呼ばれたが、脈をみただけだった。鼾は二十九日に至ってやんだ。それが彼の息をひいた時であった。七十二歳である。

佐竹藩では遺体を塩漬けにして埋め、検屍《けんし》を待った。子息正勝が死んだ時は、正純が生きているため二人の検使がものものしく江戸から来たが、正純自身の場合は、東条伊兵衛という者がただ一人くだってきて、簡単に検屍しただけで、奥州の春をほめながらすぐ帰っていった。

江戸では秀忠が世を去り、家光《いえみつ》の代になっていたから、奥州の果てで、本多正純という老人が一人死んだことなど、もはや、誰からも何の関心も持たれなかったのである。

権ごん

妻さい

一

女が妊娠したというので、杉野織部《おりべ》の顔色が変わった。うかつだが、思ってもみなかったことである。妻のけわしい顔がすぐ眼の前に浮かんだ。

「ほんとうか」

と思わず声まで変わった。

確かだと女は言うのである。羞《はじら》いで顔は真っ赤に血がのぼっていたが眼の色は真剣であった。

きいてみて四カ月に近いというので織部は息をのんだ。女はつねといって士分の女房であったが夫とは一年暮らしただけで先立たれた。国もとから出てきて京の親戚《しんせき》の家にいるうち織部と知りあったのである。

困惑が織部の顔いっぱいを占めた。悪いことに京都勤番の自分のもとへ妻が江戸から到着したばかりのところであった。家つきの娘で、他家から養子になった織部は小《こ》糠《ぬか》三合《ごう》まではないにしても、やはり妻は日ごろから扱いにくい重たい存在であった。

妻が知ったら何としよう、それを考えると彼は眼の前が真っ暗になる思いであった。

つねとこうまで深入りしたのは、女に急に再縁の話がわいたときからであった。国もとから来た手紙を持って見せてから、急にこの女が欲しくなったのである。縁談の相手が、すでに初老に近い年配であることも嫌らしい気がした。女は若く、娘として立派に通る弾《はじ》けるような肢体をもっていた。これを他人に渡したくない本能がここまできた理由であった。

女には、妻のあることを言ってなかった。だますつもりではないが、つい言いそびれたのである。相手はもとより夫婦になるつもりでいる。

——弱った。

と思った。困ったことになった。四カ月といえばもう身体に無理はさせられない。腹帯というのは、いつごろからさせるのであろう。人眼にたつようになっては親戚の家にもおりにくいし、だいいち、産む場所をどこに求めてよいかわからなかった。弱った、としんから思ったがさらに始末の方法がなかった。織部に落ちついて眠れぬ夜がつづいた。こうしていても女の身体の中の生命が一刻一刻成長していくことを思うと、じっとしていられなかった。心労で彼の顔は冴《さ》えた色がなかった。

顔色が悪い、と最初に注意してくれたのはやはり組頭《くみがしら》であった。よく気の届く人で部下に評判がよかった。おれはあの人から特に眼をかけられていると誰にも思いこませるほどの老練さがあった。

――そうだ、組頭に相談しよう。

と、思いついたのは、何か心配でもあるか、という言葉をかけられた時からであった。普通なら組頭といえば煙たがって敬遠するのに、親友にも話せないこのような秘密を相談する気になったのは、やはり相手の人徳であった。実際、人生の経験を五十を越した年配の皺《しわ》にたたみこんだ組頭の顔は、でっぷりした体格や落ちついた声音とともに、どのような知恵が出るかと思われるほど、たのもしげであった。

織部はある夜、思いきって組頭の役宅をたずね、冷汗をかいて低頭しながら、ことのしだいを告白した。

黙って聞いていた組頭は、やはり世間なみの教訓めいた叱責《しっせき》をいちおう忘れなかった。織部はいよいよ低頭した。

「貴公には子供がなかったな」

というのが、この老練な上役の質問であった。

「は」

「夫婦になって、どれくらいになられるか」

「五年ほど相たちまする」

「うむ。世間にない例ではない。いっそ生まれてくるその子を、貴公夫婦で引きとられてはどうじゃ」

「………」

「いや、御内儀のほうはわしが話そう、とくとな。貴公では口がきりにくかろう」

組頭の解決案は最も常識的であった。しかし常識的なのが、この場合いちばん最良であった。

組頭が非番の日、妻はその役宅に呼ばれていった。

織部は恐怖して妻の帰りを待った。

帰ってきた妻のとみのの顔は心なしか蒼《あお》すごんで見えた。織部はその顔を一瞥《いちべつ》しただけで二度と正面から見られなかった。

「わたくし、今日は一生の恥をかきました」

と、妻は落ちつこうとしながら、声をふるわせた。織部は面《おもて》が上げられなかった。

「組頭さまのお話でなかったら、きっぱりお断わり申しあげるところです。それを我慢したのは家名のためです。万一のことがあって江戸の父上に嘆きをみせてはすまないからです。組頭さまのお話はお受けいたしました。生まれるその子は引きとりましょう。身二つになる家や場所は組頭さまのお話もあり、わたくしがいっさいとりはからいます。どのような素姓の女か存じませんが、向後いっさい、かかわりのないことにしてください。しかと申しあげます」

もとより気の強い女であった。怒張している神経にいちいちふれる思いであった。

「相手の女には、わたくしをあなたと他人にしておいてください。恥は組頭さまのところだけで結構です」

織部がいくぶん助かったのはこの言葉であった。女に最後まで妻のあることを隠せるのは何よりだった。

二

とみのが計らった家は加茂川を東にして八瀬に行く道の辺鄙《へんぴ》な産婆《さんば》の家であった。ずっと遠方を選んだのも彼女らしい思惑である。この家の所書きを教えるため織部はつねと会った。妻から許された最後の逢瀬《おうせ》である。

「所はここだ。おれの知人の女房が万事やってくれるからいっさい任せて心配するに及ばぬ」

さすがに自責が織部の心を嚙《か》み、胸をしめつけた。

女はもう眼をうるませていた。

「あなたがときどき見にきてくださらないと心細うございます」

「行くとも。公務の暇をみて必ずゆくよ。大事におし」

「子供が生まれたらご一緒になれますわね。早く手続きをしてください」

「わかった。とにかく、身体に気をつけるんだね。――うむ、よいものがある。この印籠《いんろう》をあげよう。気分のすぐれぬ時、薬をのみなさい」

黒塗りの印籠には定紋の唐花菱《からはなびし》が金泥で描いてあった。

京の空には秋風が渡っていた。高瀬川の水が流れる雲のかたちを映している。狭い木屋町《きやまち》の道路に車を据えて、京染め職人のような男が三四人、何やら京言葉で話している。陽はあかるかった。――

織部が、後年いつまでも忘れえなかった別れたその日の光景であった。


とみのが産婆から使いをもらったのは織部が役所に出勤した留守であった。彼女はすぐ支度をして供の小者も断わって家を出た。二条からは遠い道程であった。

この時までのとみのの気持は、たしかに織部に言ったとおりのものであった。千八百石直参《じきさん》の家柄は、素姓も知れぬ女と同列ではなかった。感情を動かして顔に表わすのも恥ずかしいことだった。主人の過失はやむをえないし、間に生まれてくる子も家名のために眼をつぶろう。だが、女は別であった。これは卑《いや》しい、素姓もわからぬ者なのだ。自分は高いところにいて黙って処置をはこべばよいので、杉野の家内ということさえ気取《けど》られてはならぬのだ。このことは産婆にも注意がわたっていた。

「おなごはん、昨日から来てはりますえ」

と入口に迎えた産婆は卑屈な顔でとみのに言った。どんな女か。はじめて、とみのの胸が騒いだのはこの興味からである。

暗い家の中を通って階段をのぼった。上方建築特有な、どの木口にも紅殻が塗ってあった。

日なたのあかるい二階座敷にすわっていた女が、とみのを見てあわてて縫いかけのものを膝《ひざ》におろした。一目見てそれは生まれてくる者の小さい産衣《うぶぎ》だ。これがとみのの心に刺さった思わぬ最初の矢であった。

女は色白であどけなく、想像したように卑しいかげはなかった。

それに、母性になる何となく安定した態度がとみのを逆上させた。自分でも予期しない言葉が口を衝《つ》いた。

「わたしは杉野の家内です」

すわりもせず仁王立ちになったような構えであった。つねは弾《はじ》かれたように後ずさりした。眼は何を聞いたか、確かめるふうにいっぱい開いていた。

「何と仰《おお》せられます」

「杉野はわたしの夫です」

と直参の妻は誇らしげに浴びせた。

「あなたのような女をお世話することはできません。その腹の子もあなたが勝手に始末してください。わたしはそれが主人の子だとは思ってないのです」

驚愕《きょうがく》とも悲痛ともつかぬ表情がつねの顔を歪《ゆが》めた。

「そ、それは織部さまのお心でしょうか」

「あたりまえです。主人はあなたにだまされていたのです。組頭さまからもきついお叱《しか》りをうけました。このうえ、あなたがつきまとっていては主人の不首尾はまぬがれません。この家も出ていっていただきましょう」

狂ったようにつねは立ちあがった。顔色は死人のようだったし、つりあがった眼に殺気が閃《ひらめ》いて、さすがのとみのも思わず、一二歩退った。だが、それも一瞬で、つねは身体をふるわせて座敷を階下に駆けおりていった。

その夜、とみのは夫の前に逐一報告した。さりげない口調は、勝者の余裕でもあった。

「組頭さまにはわたくしからよろしく申しあげます」

織部は始終、息を詰めて聞いた。残忍な真剣勝負を眼の前で見た思いであった。胸に動悸《どうき》さえ打った。

つねへの慚愧《ざんき》と追慕の情がわいたのは、その興奮がおさまってからであった。

三

これが二十数年前の話だった。

今の織部は五十五歳の老人である。もう、こういう記憶も風化して、間違っても思いだすことはない。長い歳月のせいばかりでなく、この時の流れに押された世間の移り変わりが、あまりに織部に苦労だったことである。

——とみのはよいときに死んだ。

というのが織部のいつもの感慨である。生きていたら何と言って嘆くだろう。あれほど大事がっていた直参千八百石の格式は、とうにけしとんでいた。

いまだに夢のようである。公儀が倒れたのだ。自分たちが地球のように安泰だと疑わなかった公儀がたあいなく瓦解《がかい》したのである。信じられないのが本音だった。家に伝わっている系譜で、百年も二百年も三百年も、まるで雲烟《うんえん》のように遠いとしか思えない時代から載っている先祖の多くの名前が、公儀へ奉公の歴史なのである。自分の代になって、その公儀が引っくり返ったとは正直、地球が潰《つぶ》れたように、信じられなかった。

諸事御変革ということである。世も明治に改まっていた。前の上様（慶喜《よしのぶ》）は水戸に引退し、当代様（田安亀之助《かめのすけ》）は駿府《すんぷ》に移封となった。七十万石というから、何万という家族を合わせた家臣の多くは無禄《むろく》移住である。織部の友だちも京の鳥羽《とば》伏見の戦で死んだり、上野にこもって死んだり、駿府にお供して行ったりして、さらに身辺は寂しい。たった一人の息子、今年二十になる進介というのと二人暮らしである。とみのは進介を生むとすぐ世を去った。まだ、千八百石の格式の微動だもせぬ時代なので、後の苦労もみずに死んで、織部をいまだに羨《うらや》ましがらせるのである。

織部の今の生活を支えているものは古道具屋渡世であった。むろん、俄《にわ》か商法である。商品はことごとくわが家の什器《じゆうき》で、先祖の匂《にお》いのこもった拝領物までならべたてた。屋敷の垣を切りひらき、出窓もくずして商品の置き場になっている。

近所は大きな屋敷の空家が多くなり、手入れのよかっただけに、無人となって荒廃が目立っていた。前住者はたいてい駿府に移住したか、在所に引っこんで帰農したかである。残って踏みとどまっているものが、織部のような商法を開いているのである。そば屋、甘酒屋、茶屋、餅《もち》屋、易者などが、そのころの旧幕臣の渡世だった。

織部の住まっている家の隣り屋敷は千坪以上もある大きな構えで、前の主は何かの奉行まで勤めたことのある五千石の大身だった。この人も今は一家をまとめて知行所だった土地に隠棲《いんせい》して屋敷は空いている。

もとの主が庭の凝り屋で、京の古い庭園を模して自分の意のように造らせた。見事なもので、織部もたびたび案内をうけて覗《のぞ》きにいって見て知っている。空屋となってからはもちろん門の戸も閉ざしていることで、あたら庭が荒れ放題となり、外から気を揉《も》むだけの始末だった。実際、その荒廃は表門の前に青々と伸び放題にしげっている雑草でも知られた。他の屋敷町では家を崩して茶畑になった時代である。

織部の屋敷と接した側に高々と一本の銀杏《いちょう》の木が立っている。隣り屋敷はこの木のため外を歩く者に目印のように特徴があった。日の加減では、この木の影が織部の家の前に長く伸びる。

織部は一日じゅう、店の番をして家にいた。商品ははかばかしくは売れないが、それでもぼつぼつ減っていく。これが全部生活費になるので全くの売り食いである。

進介はそのころできた洋学塾に通っていた。洋学を修めることは織部の気に入らないが、進介が熱心に口説きおとしたのである。

ある日、塾から帰った進介が、父に、

「隣り屋敷には、どなたか越してみえるようです」

と言った。

「なぜだ」

「大勢人がはいっているようです」

家に引っこんで何も知らなかった織部は、さっそく外に出てみた。なるほど門があいている。大勢の人というのは、大工とか庭師のような職人である。広大な邸《やしき》の塀の内側で何か声高に話しているし、何となく忙《せわ》しい気配がしている。

――誰がくるのか、なかなか行きとどいた手入れをするものとみえる。

と思った。

その翌日から織部の興味は隣りに移った。庭師の使う木鋏の音がしきりと聞こえてきた。大工の釘《くぎ》を打つ音が間断なくする。銀杏の木も人が登ってムダな枝を払いおとした。

十日も十五日も造作はつづいた。

織部が、大工の一人を摑《つか》まえてきくと、

「何でも新政府の官員さんということです」

という返事であった。

織部は苦りきった。憤怒《ふんぬ》さえ覚えてきた。自分らを追って、権勢の座についた成上がり者が隣りにくる。時を得た者と、時の敗残者とが隣り同士になる。屈辱と感じて織部はだんだん腹が立ってきた。相手が主となる隣り屋敷が自分のよりずっと広大なのも癪《しやく》に障《さわ》った。それ以来、隣りの様子を見に出ることもなくなった。いらいらした気持で不機嫌に一日じゅうすわっていた。

二十日ばかり過ぎたころ、やはり塾から帰りの進介が告げた。

「隣りも人がはいったようですね。外から見ても屋敷が見違えるように立派になっています。標札も掲げてあります」

「何というのだ」

「太政官《だじようかん》出仕畑岡喜一郎と書いてあります」

父親は返事もしないで、それ以上その話題に取りあわなかった。あきらかに機嫌が悪くなっているのだ。

四

隣りの引越しの挨拶《あいさつ》はたしかにあった。

用人のような男が来て口上を述べ、何か菓子折りのようなものを置こうとしたが、織部は断わった。先方はこちらが遠慮しているものととって、さらに置こうとするのを、

「無用です」

と思わず、けわしい声で織部は叫んだ。用人はこちらの顔色にはじめて気づき、これも顔色をかえて出ていった。

それきり隣りと直接の交渉はない。

当の畑岡喜一郎は三十二三の肥えた精力的な男で、頭は散髪で分けていた。それから、これも異人の真似《まね》だが、口髭《くちひげ》を生やして威厳をつくっていた。口髭は行儀よく左右に八の字をつくり、まだ髭が珍しかった時分で、見る人に奇異の中にも多少の滑稽《こっけい》さを思わせた。織部がもとより気に入る顔ではなかった。

この顔が朝と夕方に織部の家の前を通る。役所の往《ゆ》きかえりだ。紋付、袴《はかま》がゆったりと馬に乗っている。役所で相当な身分だということも気にくわぬことだった。

織部は苦虫を嚙《か》んだ顔で毎日この姿を見送った。

——何とかならぬものか。

じりじりしてくるのだ。あの顔を見ただけで癇《かん》に障《さわ》るから妙だった。老人の短気がこのままでは虫が納まらなかった。手もとが近ごろ不如意《ふによい》になってきたこともこの短気を助長した。相手の余裕のある豊かな生活を想像すると、世が普通なれば逆な立場だったものをと口惜《くや》しいのだった。

「おい、紙を求めてまいれ。戸板一枚分だ」

何を考えついたか織部の顔がほころんだ。

進介が命令のまま、買ってきた白紙を戸いっぱいに貼《は》りつけるのを、その用意のできるまで、何か案をまとめるように横で静かに墨をすっていた。

「久々ですな、父上のご揮毫《きごう》は。しかし何ができるのですか、戸に紙を貼るとは妙ですが」

「まあ見ておれ」

久々の機嫌である。墨をたっぷり含んだ筆が紙に落ちると、たちまち躍った。

「あ。これは——」

文字ではない、絵だ。それも無格好な歪んだアタマの魚で、口の部分に特別長い髭がついた。

「鰌《どじょう》だ」

と自分で説明した。それからさらに、
　鰌　うり申し候　　当家
と、これは見事な達筆で書いて筆を措いた。立ててみて出来栄《できば》えに満足した様子である。長い勢いのよい髭が八の字に黒々と目立った。

「これを、明朝、表に出しておけ」

と言って息子を唖然《あぜん》とさせた。

「隣りの官員殿の髭とどちらが立派かくらべるのだ」

「…………」

「そうだ、明日、先生がこれを見たら思わず自分の髭に手を当てるはずだ。これは見ものだ」

言いだしたら引く老人ではなし、翌朝になって進介は仕方なしに言いつかったとおりにした。

朝起きたときから、子供のように織部は何か愉《たの》しい期待をもっていた。道具をならべている店さきにいつもより早目にいそいそとすわった。

時刻である。蹄《ひづめ》の音が近づいた。織部は緊張した。

思ったとおりであった。馬上の畑岡の眼が戸板に貼られた看板にふと触れたと思うと、ギクリとなった。はっきり、顔色が変わるのが見えた。風刺はわかったとみえる。髭のことから、官員全体のアダ名が鯔とか鯰《なまず》とか陰口されたのは、もう少し後のことであるが、誰の連想も同じこと、織部もこの滑稽な魚のヒゲを思いついたのだった。畑岡はギロリと眼を光らせてこちらを向いた。織部の平気で向けた眼と合ったが、相手の顔にはあきらかに血がのぼっていた。が、そのまま馬をうたせて通りすぎた。

「はははははは」

織部はひとりで笑った。実際、何年かぶりの笑いである。息子が塾に出た後で、見せてやれなかったのが残念である。

何か言ってくるかな、おもしろい、と老人は張りきった。青年のように挑んだ気持になった。

しかし何ごともなかった。看板は毎日出してある。畑岡は毎日見ているはずだった。しかし織部が注意して観察しても、畑岡の髭のある顔は、もう水のように冷ややかに家の前を馬上で通るのだった。

相手にされない、とわかると、老人は腹を立てた。あらためて看板の絵に手を入れた。ヒゲの部分にだけ、丁寧に上から墨で濃く重ねた。

――これで憤《いきどお》らなければ。

と織部は効果を期待したが、畑岡はジロリと修正された絵に眼を向けただけで、知らぬ顔をして素通りした。

はっきり、こちらが黙殺されたとわかると、屈辱はまた自分の心にはね返ってきた。織部はよけいに憎悪《ぞうお》が加わった。

だが看板の効果は意外なところにあった。

夕方近く、進介もいる時だったが、本気に鮪を買いたいと言ってきた女があったのである。

すらりとした上背のある色の白い整った顔立ちの女で、着ている着物も見た眼は贅《ぜい》沢《たく》だった。

不意で、また考えてもいなかったことで、織部は口ごもって答えた。

「あ、あいにくと、しまい申した」

女は笑った。

「せっかく、柳川でもと思いたったのにくやしいわ」

その次、蓮葉《はすっぱ》に言った言葉はさすがの織部をおどろかせた。

「ヒゲがうちの旦那《だんな》に似てるから食べてみたくなったのにねえ」

女には酒気があった。

五

この女が隣り屋敷の権妻《ごんさい》だということを織部父子は後で知った。

女はお由という名である。二十二と自分では人に言っている。

瓦解《がかい》前は柳橋で鳴らした妓《おんな》だった。それが幕府が倒れると、それにつれて有力な顧客を失った花街は水を打ったようにさびれた。新しい客となった薩長《さっちょう》は初め浅黄裏などと妓たちからも軽蔑《けいべつ》された。だが、やはり時世である。その薩長出の官員が羽振りがよいとなると、名のある妓が落籍《ひか》されていった。

お由は江戸前で売った妓で、今の旦那の畑岡――これも長州人だったが――にひかされるまではずいぶん駄々もこね、すねもしたが、眼に見えぬ糸が特別張りめぐらされているのはこの世界で、とうとう無理強いに周囲の言うことをきいて畑岡の権妻となった。

畑岡もこの女がかわいいので、相当、甘やかしているという奉公人の話だった。酒の好きな女で、平気で昼でも酒を呷《あお》る。酔うと旦那の畑岡にからんで、雑言《ぞうごん》を浴びせたり、泣き喚《わめ》いたりする。日ごろ、むっつりした旦那がまた、にこにこして女の酔態を見ているということだった。

真っ平さ」

「駕籠《かご》だねえ、やっぱり。あたしゃ、いくら速くたって、イザリの乗るような箱車は真っ平さ」

人力車のことを言っているな、と思ってそのとき歩いていた杉野進介は声の主の方を向いた。そのころの、ぼつぼつ見うけられるようになった時分の人力車は全く無格好なものだった。

女連れ二人で路《みち》から引っこんだ路地の軒下に立って話していたのだが、進介の向けた眼と声の主とはふと見合った。おや、と言いたげな表情が走って、女は格好のよい姿で腰をかがめた。

進介も思わず赤くなってお辞儀をして通りすぎたが、その女がときどき見かける隣り屋敷の権妻だった。自分は洋学塾の帰りなのだが、女はこの辺に昔の朋輩でも訪ねていたのであろうか。見なれぬ花を見るような印象だけが残った。

その日を境にして進介は顔が合うとお由の黙礼をうけることになった。広い屋敷のようでも、やはり隣り同士では姿を見かけることがたびたびだった。お由から挨拶《あいさつ》を送るのである。遠くからでも女の眼が笑っていることがわかった。進介にとって、いくぶん迷惑めいた態度であった。

ある日、やはり塾の帰りだった。進介が歩きながら話しこんでいた友だちと別れて、ひとりになって足を運んでいると、不意に後ろから駕籠が追いぬいて眼の先にピタリとおりた。垂れを上げて笑って出て立ったのがお由だったので、進介は眼をみはった。

「あ」

「まあ、お隣りの若さま。駕籠の窓からお姿を拝見したんですよ。ご迷惑でなかったらご一緒に願いますわ」

女が三つ年上なので、女から仕向けられた恋だと、結果から言える。それもあるが、このような若い年齢ごろの男は、えてして年長の女に惹《ひ》かれるものである。進介とお由の間は急激にはこんだ。

女には旦那があり、男には昔気質《かたぎ》の父親があった。だからこの恋はごく内密にすすんだ。二人の逢瀬《おうせ》は男が塾の帰りを利用することだった。この時間なら、お由の旦那は役所にいるはずである。

進介には、若さからくる純情で、お由と一緒になる希望があった。女が不幸で日陰者だという同情がよけいにこれを駆りたてた。人が見て手に負えぬ莫連女《ばくれんおんな》だというが、進介には柔順で親切な女なのである。

「お由さんはきっと自分のところへ来てくれますか」

「でも、もったいのうございます」

「また、そんなことを言う。そんなことを言うのは、まだ本気でない証拠です」

「まあ、何をおっしゃいます、若さま。わたくしの気持がおわかりになりませんか」

「わからぬ。実意があればもったいないなどと言うはずはない」

「でも、わたくしは芸者で、権妻ですよ。若さまのお傍にまいるわけにはゆきません」

「何が若さまだ。落ちぶれた今、直参も何もあったものか。昔の格式はもう夢だ。親《おや》父《じ》を口説いてきっとお由さんを迎える」

「まあ、うれしゅうございます」

逢《あ》うたびに二人の話はこういうことの繰りかえしである。

しかし男はやはり父親に話すのを気重に思っていた。頼んでもとてもおぼつかない話である。父の頑固さもさることながら、自分はまだ部屋住みで、塾に通っている身であることを思うと絶望に近い気持だった。

女も年下の男に情熱をかきたてていても、今の旦那と切れるのが、そんなに容易だとは思っていない。何といっても大金がかかっている。畑岡は役所で切れ者で、下僚はこわがっているが、お由には目がない。かなりのわがままを許しているのもそのせいである。このような男の嫉妬《しっと》がどのようにひどいものか、女にはわかるのである。

それでも二人の逢瀬はつづいた。

ある日、進介がこんなことを言った。

「お由さんの身の上をまだ聞いていない。お父さん、お母さんのことが知りたいな」

お由の父母は相州の山奥の百姓で、どちらも死んでいる。しかし、それをあからさまに言うのが、何となく恥ずかしかった。そこでとっさに思わぬことを言った。

「父は京に来ていた江戸の旗本でした。お羞《はず》かしいことですが、私の母が京の親戚《しんせき》のところにいる時分、愛しあって私をやどしたのです。でも事情があってすぐ別れ、母は死に、私は父の顔を知りません」

「それなら立派に直参武士の胤《たね》だ」

と進介は明るく叫んだ。

「なぜ早くそれを言わない。少しも卑下するところはないではありませんか」

実のところお由の身の上話は、三年前、柳橋で出ていた時分、仲のよかった朋輩のそれを、そのまま自分にしたにすぎなかった。その女はおとなしい、どこか寂しい翳《かげ》をもった妓で、始終自分が何かと味方になってやり、それを感謝しながら胸の病気で死んでいったのである。

「それで、父上のお名前は何と言われましたか」

この質問はちょっと、お由をまごつかせた。実は何とか聞いたこともあるようだが、忘れてしまったのだ。それで、お由は答えた。

「父の名は母が堅く秘密にしていました」

六

織部はわが耳を疑った。前に端然とすわった息子が嫁が欲しいと言いだしたのである。それも隣り屋敷の権妻《ごんさい》をと言うのだ。

「たわけ奴《め》、逆上しおったか」

と織部は罵《ののし》った。実際、これ以外、言いだす言葉がなかった。

「いえ、逆上はいたしませぬ」

と進介は真剣な眼の色をみせてにじりよった。思いきってとうとう言いだしたからには必死の面持だった。

「まだ部屋住みの身でお叱《しか》りは覚悟しております。が、由をどうしても妻にしとうございます。どのような孝養もいたしますから、まげてお許し願いとう存じます」

「黙れ」

と父は一喝した。

「さては、狐《きつね》女郎にたばかられたな」

「何を仰《おお》せられます」

「相手は芸者上がりの権妻じゃ。おまえのようなものを手玉にとるのは、わけがあるまいと申すのじゃ」

「いや、決してさようなことはございません。由はまじめな女でございます」

「ええい。まだ言うか。さような卑《いや》しい女をこの杉野家に引き入れられると思っているのか」

「なるほど由は芸者もしていたし、今も他人の権妻です。でも、これはぜひない事情のためで、決して由の望んでのことではございませせぬ。由は卑しい素姓ではありませぬ。父はわれらと同じ直参でありました」

「ふん、それも術《て》じゃ。まこと直参なら名は何という」

「子細あって母はすぐ別れ、由には名を秘していたそうです」

「それ見ろ」

と父はあざわらった。

「でたらめの名を言っても、われらに見破られるから言えぬのじゃ。きさまに、それもわからぬか」

「いいえ、由が偽りを申したとは思えませぬ」

「ええい、やめぬか。かほどの阿呆《あほう》をわが子にもったとは情けない。女の口車にかかって親の言うこともわからぬか」

「由が嘘《うそ》を言っているとは思いませぬ」

と子は必死につづけた。

「父は京勤番の旗本だったといいます。町家の母との間に由ができたのです」

不意と、それまで猛《たけ》りたっていた織部が急に沈黙したのはその言葉を聞いてからだった。今まで叱ってばかりいた眼の色に複雑な翳《かげ》が動いた。顔色も血の気を引いてきた。

進介はお由の姿を見ると、うれしそうに近づいていった。

「とうとう親父《おやじ》に口を切りましたよ」

「まあ」

とお由は眼を大きくひらいて息をはずませた。

「お父上、お怒りになったでしょ」

「怒りました。かんかんです」

「まあ」

「いや、これは覚悟の上だったのです。憤《いきどお》っている理由は、つまりお由さんが卑しいからというのです。頑固で旧弊《きゅうへい》なのです」

「お父上のおっしゃることは当たりまえと思いますわ」

「お由さんまでそれを言う。直参の子なら立派なものだ。父にもそれを言ってやりました。父は初め信用しませんでした」

「それはそうでしょう」

「しまいには、その証拠を見せろと言いました。あなたのことを急にいろいろきくようになりましたよ。あれでは、あんがい話がわかるかもしれないな。何か証拠になるものはありませんか」

「そう——」

お由が思いついたのは、やはりその死んだ友だちが最後に遺品《かたみ》だと言ってくれた印《いん》籠《ろう》だった。その父が母に与えたものだそうで、紋までついた立派なものである。帰って捜せば、自分の手文庫の中から見つかるはずである。

「ええ、何かあると思います。この次、お眼にかかるときに持ってまいりましょうね」

「ぜひ、そうしてください」

と進介は快活に言った。若者らしく急に明るい足どりで歩きだした。

織部は地獄の中にすわっているような気がした。はっきり地獄と感じたのは、進介が女から父の遺品だといって印籠をもってきて見せたときからである。まさか、と思っていたが、現品を見て、やはり事実だった。

――つね。

二十数年前の女の名を思わず呼んだ。顔だち、声までありありと思いだされた。妊娠したというので処置に窮して別れた。だまして別れたようなもので、いつまでも後味が悪かった。

別れたその日の、せつない女の表情がはっきり浮かんだ。秋の天気のよい日で、京の木屋町だった。道路に車を置いて職人が京言葉で何やら声高に話していた様子まで眼によみがえった。

妻が気の強い女で、嫉妬《しっと》からつねを追いだしてしまった。さぞ、自分を恨んでいることだろうと思うと、当座いつまでも慚愧《ざんき》がうすらがなかった。

——あの時の腹の子が隣りの権妻とは。

何とも感情の処置ができなかった。不愍《ふびん》で死んだつねのためにも、自分はもっと扱いようがあるはずなのだ。それができるどころか、進介と二人で夫婦になろうと懸命になっていることを思うと、頭髪が逆さに立つほど恐怖を感じた。

七

織部は何度か進介に自分の秘密を告白しようとしたかしれなかった。が、これは死ぬより辛《つら》いことだった。子供の時から人一倍、家風や躾《しつけ》をやかましく言って、父親を絶対人格と思いこませて育ててきたのである。どう決心しても告白はできなかった。

織部はまた、女——実は自分の娘に会って進介を思いきるように頼もうかとも思った。しかし二十数年前、この女の母にしたことをふたたび繰りかえす勇気はなかった。お由の身体の影に、つねが恨みをこめて見ているようで、その気持になれなかった。

彼はただ、自分の息子を抑えるよりほかはなかった。

「たわけ奴《め》。女に心を奪われているときではあるまい。心を入れかえて勉強に身を入れい」

彼の言うことはいつもこれだった。

進介は父が、前のように女のことを悪くいわずに、ただ、こう諭すのにさすがに心が動いた。しかし、お由を求める心はそれで少しも変わらなかった。

「お願いです、ぜひ、お聞き入れを――」

と哀願をやめなかった。

織部にとって悲しいことは、息子を勘当することができないことだった。放逐すれば、きっと進介はお由と遁《に》げるかもしれぬのだ。魔の深い淵《ふち》が眼の前に迫っている恐ろしさであった。織部は憔悴《しょうすい》した。

ついに進介が言った。

「父上。どうしてもお許しがなければ、ご勘当を願います。私は由がおらねば生きるかいがありません」

若さで押してくるふてぶてしさだった。思いつめた色が顔いっぱいに出ていた。

これは父のもっとも恐れた言葉だった。織部は白髪が立つかと思われた。今になって、つねが自分に復讐《ふくしゅう》しているのではないか、とさえ疑った。顔色は蒼白《そうはく》となり眼は血走った。

「おまえたちは姉弟だ」

ただ一言、それを言えば万事が解決するのだ。だがその一言は織部は死んでも言えなかった。毎日毎日地獄に在る思いで発狂しそうだった。

この上はただ一つ、残された途《みち》——隣りの畑岡喜一郎に会って女を息子から遠ざけてもらうよりほかはなかった。畑岡にとっても、自分の愛妾《あいしょう》が火遊びしていることは快いことではないはずだった。

——これは聞いてもらえる。

と、少しは元気が出た。日ごろ、憎いと思っている感情は、現金に消えていた。

織部が畑岡の勤めている役所にたずねると、応接間のようなところへ前もって通された。しばらく待たされた後、足音が部屋の外まで来て止まった。それから足音の主が顔を現わして織部を見て、あっという表情をした。杉野とだけ通じておいたので、他の人間だと思っていたらしい。

「これは、ご多用のところを推参して——」

と織部は挨拶《あいさつ》した。

畑岡はむっつりしている。一言も応《こた》えない。織部がからかった髭《ひげ》がいかめしい表情を支えていた。あきらかに織部に対して露骨な敵意がかくれもなかった。尊大なのは老人が何か降伏にきたと見えたためである。

この表情を見た瞬間、織部の心に逆流のように反発心が戻ってきた。相手は、てんで話を聞こうとする顔ではなかった。それもよし、と思った。彼は今さら、自分がのこのことこんな男の前に出てきたのを悔んだ。あれほど憎んだ相手に不覚にも頭を下げたことが取りかえしのつかない屈辱に感じた。自分の軽率な行為で腹が立ち、かっと頭に血がのぼった。自分の今日の不遇、不当な運命に対する怒りがいっさい、眼の前の髭の男に向けられた。お由の不幸も入れてである。憎悪《ぞうお》は不敵な表情を織部につくらせた。

「ご挨拶に伺った」

と、とつぜん大声に言った。

官員の顔にはじめて何事か、といぶかる色が動いた。

「いや、貴公ではない、その髭にだ」

と真剣に言いはなった。血走った眼だった。

＊

白昼、織部は隣り屋敷の内でお由を殺して自刃《じじん》した。間の垣根を破ってはいり、いつ彼が来たのか畑岡の雇人も気がつかない間だった。

士族の老人が隣りの権妻《ごんさい》を殺したというので評判になった。

酒井の刃傷《にんじょう》

一

寛延二年正月、老中酒井雅楽頭忠恭《うたのかみただやす》はその職を辞し、溜間詰《たまりのま》めとなり、領地上州前橋から播州《ばんしゅう》姫路に国替えとなった。

これは忠恭はじめ藩をあげての喜びといってもよかった。

忠恭は延享《えんきょう》元年から足かけ六年、老中職をつとめたが、その評判は世上にあまり芳《かんば》しくなかった。酒井家は徳川譜代の名門で、井伊《いい》、本多などとともに特別な家柄であるし、雅楽頭忠清《ただきよ》の時は大老として世に〝下馬将軍〟といわれるほどの権勢があった。忠恭は、その忠清から五代の後であるが、家筋が立派すぎて、政治的な力量はそれほどでもなかったところから、

名ばかりであまりはえぬ物　芳沢《よしざわ》あやめと酒井雅楽頭

よさそうで埒《らち》のあかぬ物は　波の平の刀と酒井雅楽頭

という落首があったほどである。

そのうえ、国替えの前年、つまり寛延元年に韓使来朝のことがあった。その接待係

の役目の者の中から収賄《しゅうわい》事件が起きて勘定奉行などが処分された。忠恭が、たまたま韓使接待方の支配をしていたところから、世間からは忠恭も賄賂《わいろ》をとったという評判をたてられた。

そのため、いよいよ忠恭の世評は悪い。

忠恭は政治力が乏しいくらいなだけに、律義《りちぎ》な、心の小さい人である。己れの批判が世間に高まるのが気になって仕方がない。

彼はしだいに顔色が冴《さ》えなくなった。仕事の疲労と心痛が、肉体にまで顕《あらわ》れるようになったのだ。下城して上屋敷にはいっても、家臣に笑顔を見せることもなかった。

或《あ》る日のことである。

忠恭がいつものように藩邸に帰って、浮かぬ顔色で何か考えていると、家臣で犬塚又内という者が目通りを願い出た。

又内は江戸の公用人で、藩の公用いっさいを取りしきっている。家老とも異う一種の秘書役のようなものだ。聡《さと》い才がなければ勤まらぬ。又内はことにその才知を忠恭に見込まれていた。

忠恭の前に出た又内は、近侍の者を退けて、こういうことを言った。

「近ごろ上様の御気色が勝《すぐ》れませぬが、足かけ六年にわたる御老中筆頭というご大役のご心労のゆえと存じまする。まことに恐れ入りましてござります。つきましては、これ以上お身体《からだ》に障《さわ》りがありましては一大事、大切な公儀の御用もさることながら、われら家臣といたしましては、上様の御身がさらに大切。なにとぞこの辺にて公辺御役の儀はご考慮願わしゅうぞんじまする」

忠恭は又内の才知な眼を見た。

「役を退けと申すか」

と言うと、又内は低頭して、

「御意」

と答えた。

忠恭は又内の才を愛している。彼は自分の愛臣から自己の苦悩に触れられたのが、かえってうれしかった。今までの鬱々《うつうつ》とした気持が急に軽くなって、苦しい気持を吐きだしたくなった。

「そちの申すことはわかっている。近ごろ、予の評判が悪いようだな。六年間の大役勤続で予も疲れたし、それに近ごろ幕閣でもいろいろ面倒なことが多い。このまま続けて万一、家に疵《きず》のつくようなことになっても困るから、実は予もこの辺で退きたいと思っていた」

と忠恭は言って、

「だがな」

と溜息《ためいき》をまじえて、少し低い声でつづけた。

「今、このまま、お役ごめんを願っては、いかにも不首尾に退いたように見える。それが心外なのだ。せめて溜間詰めにでもなれば世間への聞こえもよく、酒井の面目も失われぬと思うが、なかなかその望みも容易ではあるまい」

忠恭は悪評のために職を去ったといわれては不面目なので、その印象を消すために、溜間詰めという老中待遇にしてもらいたかったのだ。しかしその希望に見込みのないことが、忠恭を憂鬱《ゆううつ》にしているのである。

犬塚又内は進み出た。

「ごもっともなる仰《おお》せでございます。その儀ならば手前にもかねがね思案がございます。何とぞお任せ願いとうぞんじます」

「誰かに願い出てみるとでも申すのか」

「されば、いささか伝手《つて》もござりますれば、大岡出雲守《いずものかみ》様にお願い申しあげてみます」

忠恭は、又内の顔を改めて見た。

「雲州にか。うむ、雲州にのう」

と、思わず呻《うな》るように呟《つぶや》いた。

二

大岡出雲守忠光《いずものかみただみつ》は将軍家重《いえしげ》の側用人《そばようにん》である。家重の信頼を一身にうけていた。

家重は多病で、口も自由にきけなかった。舌がもつれて言語がはっきりしない。大勢の近臣が侍しても、誰も家重の言葉がわからなかった。ひとり、側用人の忠光だけがその意味を解した。

例に、こういう事がある。

或《あ》る日、家重が駕籠《かご》に乗って外出したが、途中で何か供の者に言いつけた。その言葉が、何を言っているのか、誰にもわからない。家重は苛立《いらだ》って癇癪《かんしゃく》を起こす。供の一人が営中に駆けもどって、この由を忠光に告げた。

忠光はそれを聞いて、空模様を眺め、

「ああ、それは今日は薄寒いから、羽織を持てと仰《おお》せられるのだ。」

と言った。その言葉に従って、羽織を持って戻ると、家重の機嫌が納まったという。

これでみると、忠光が家重の言語を解したというのも、半分は推量のようだ。その人物さえのみこんでおれば、当人が何を考えているかぐらい見当がつく。要するに彼は、いわゆる、未だ言わざるに察し、令せざるに行なうという勘のよい能吏であった。

家重と臣下との会話は、忠光の通辞で行なわれた。したがって忠光の言うことが将軍の権威となる。老中はじめ諸大名が忠光に特別の敬意を払った。

その権勢振りは往年の柳沢吉保《よしやす》を偲ぶものがある。

犬塚又内はこの大岡出雲守忠光に、主人酒井忠恭《ただやす》のことを頼みこもうというのだ。

忠恭はそれを聞くと、

「うむ、出雲にのう」

と膝《ひざ》を叩《たた》くようにして言ったのである。

「出雲が請けあうなら間違いないが。ではその方でよきに計らってくれ」

と、急に希望を見たように瞳《ひとみ》をかがやかした。

又内は、その言葉に、

「懸命につかまつります」

と真剣な調子をこめて答えた。

又内はこの時三十八歳の働き盛りである。それから二つ年下に、岡田忠蔵という中小姓を勤める者がいる。又内は忠蔵を仕事のうえで片腕としていた。

二人は協力して大岡忠光に手蔓《てづる》を求めて接近し、しきりに運動した。忠光は権勢はあったが、柳沢のように野心家ではなく、正直な人物だったらしい。その忠光から、ほどなく、

「酒井殿は格別の家柄でもあるし、忠恭殿は老中として長期のご勤務であるから、退かれても溜間詰《たまりのま》めは当然である」

という言質《げんち》を得た。

又内は欣喜《きんき》した。それに勢いを得た彼は、さらに国替えのことまで請願した。

酒井は上州前橋で十五万石であるが、その領地の実収は表高の半分で、七万石ぐらいしかなかった。それで代々、経済的に非常に苦しい思いをしてきている。何とかして、もっと実収の多い領地を得たいと望んでいた。

ところが、ちょうどそのころ、播州《ばんしゆう》姫路の城が明いていた。前の城主は幼少の理由で他に国替えになったままである。姫路は実収三十万石といわれるほど裕福な領土である。

又内は、酒井家を前橋から姫路に移していただきたい、ということを運動しだした。つまり、主人に、溜間詰めという名のみでなく、さらに収入の多い土地を賜わるよう実まで獲《え》ようというのである。

又内と岡田忠蔵との大岡忠光への請願工作はよほど巧妙にいったのであろう、ほどなく、

「国替えのことも異論はない」

という忠光の意向が伝わって、又内は雀躍《じゃくやく》して喜んだ。

その言葉のとおり、寛延二年一月十五日、酒井雅楽頭《うたのかみ》忠恭には、願いどおり、御役御免、姫路に国替え、溜間詰め仰せつけらる、という沙汰《さた》がくだった。

忠恭の喜びは一通りではない。これで、悪評のゆえに辞任した不面目も救われ、そのうえ、実収の豊かな土地に移って、家の将来も安定したのである。犬塚又内の功は、戦場で兜首《かぶとくび》を十とっても及ばないように見えた。

「その方の働きは過分に思う。このうえとも勤めを励んでくれよ」

と忠恭は又内を呼んで懇《ねんごろ》に謝し、その功によって、それまで六百石だったのを、新たに四百石を加増して千石とし、江戸詰め家老に昇格させた。

また岡田忠蔵には、百石だったのを百五十石加増で二百五十石、江戸留守居役に抜擢《ばってき》した。

両人の喜びも格別であるが、藩臣一同も今度の国替えを歓迎せぬ者はない。誰も実収入の多くなるほうがうれしいからである。藩をあげての喜びというのはこれだ。

だから、国替えの正式の沙汰のあった翌日、忠恭の使いがこのしだいを伝えるため、国表の前橋に到着した時は、酒井の家士いずれも満面に喜色を浮かべて城中の大広間に集合した。

しかし、藩中でただ一人、今度の処置をよろこばぬ者がいた。国家老川合勘解由左衛門《かげゆざえもん》という六十一歳になる老人だった。

三

忠恭《ただやす》の上使は大広間の上段に構えて、いならぶ藩士一同にこのたびの沙汰《さた》を伝えた。その声も弾んでいた。

一同低頭して上使の言うことをきいたが、水を打ったような静けさを破る誰かの軽い咳払《せきばら》いにも、満足気な興奮が知られた。

それで、このご沙汰は、お家のためまことに祝着《しゅうちゃく》である、と一同が顔を上げ言いあおうとした時、家老席の中から、

「ご上使に申しあげたい」

という声がした。

川合勘解由左衛門の不快な顔が愕《おどろ》く一同の眼に映った。彼はそのまま苦りきった表

情を上使の方に向けて強く言った。

「ただいま、お言葉を承ったが、われらにはどうしても腑《ふ》に落ちぬところがござる。そもそもこの前橋の地はご当家ご先祖様が神君（家康）より格別のご深慮をもって賜わったものでござる。その心は、この地は東北より江戸を護《まも》る要衝であるからとて武勇で聞こえたご当家にくだされたものである。されば当時神君も、将来所替《さきざきところが》えなど申しつけることはない、と仰《おお》せられた由《よし》をわれら承ってかねがね誇りといたしておる。しかるにこのたび、ご当家より願って国替えとなったのはいかなるわけでござろうか。なるほど、前橋より姫路は実収も多いなれば一応めでたげに聞こゆれど武勲の家柄が実収の利害損得に動かされて、由緒《ゆいしょ》の土地を離れるとは解《げ》せぬ。それでは、神君より見込まれてこの土地を関東東北の押えとしてお預かりあそばされたご先祖様に申しわけがあいたちますまい」

勘解由左衛門の声はさらに大きくなった。

「ご当家には、家老職としてこれなる本多民部左衛門殿、境井求馬殿、松平主水《もんど》殿、また不肖なれど某《それがし》も勤めおる。いったいかような大事なことを殿からわれわれに一度のお計らいもなく、すぐにお請けになったのはいかなるしだいでござろうか。われら祖先はいずれもご当家に付人として公儀よりつけられたものでござる。されば殿より何事であれ大切なことはおたずねを受け、われらそれに対しよきにお答えするが忠節と心得ている。このたび、殿がさようなことにいっこうにご頓着なくご一存でおきめになり、お国替えの趣きを一同にお達しになるのは、いかにも心得ぬしだいで、殿にはご家風を御存じないとみえる。ただいま、ご上意の趣きは承ったが、合点《がてん》の参らぬことなれば、某には納得できかね申す」

勘解由左衛門はあたりを睨みまわして口を強く閉じた。日ごろから枯木のように痩《や》せた老人であるが、この時は大広間を圧するほどの存在に見えた。

勘解由左衛門のいう付人とは、家康の代に酒井家に与えられた十六騎で、これは酒井の家臣であって家臣ではない。酒井家は徳川にとって大切な藩屏《はんぺい》だから、藩政の後見として幕府から付けられたのである。勘解由左衛門もその付人の家筋の一人だから、このたびの国替えのような大事なことに一度の諮問《しもん》もないのが怪《け》しからぬ、というのだ。

もとよりそれには替地についての不服があった。武士が損得によってみだりに領国を移る不満だ。

家康より北関東の押えとして特に酒井に名指しされた前橋である。勘解由左衛門のような老人には、武門の名誉の地と思っている。その誇りは土地への愛着ともなっている。それが簡単に蹂躪《じゆうりん》された怒りであった。

それに、由緒や面目にお構いなく、実収が多いからといって、わけもなく替地を喜ぶ藩士への憤《いきどお》りもあった。

上使は高須兵部《ひようぶ》という若い男であったが、勘解由左衛門の激しい語気と理詰めに圧《お》されて一言もなくただ困惑の表情を硬ばらせている。他の一同も老人の門地の高さと一徹な気性を知っているから、進んで何か言おうとする者もなく、先刻とは打って変わった重苦しい空気が一座を流れた。

勘解由左衛門はうつむいている一同を見まわして、

「某がここでかようなことをご上使に申しても埒《らち》があかぬ。これから直ちに出府して殿にじきじき申しあげるでござろう」

と言った。

それに対して、否《いや》とも応とも答える者がない。皆の心の中も実収のよい国替えを望んでいる。勘解由左衛門の言動は、そういう藩士の本心を承知しながら、一種の老人らしい意地悪さと取れぬことはない。が、言うことには筋が立っているから、異論をはさむことができなかった。

だが、中には勘解由左衛門の言うとおりに、なるほどとうなずく何人かはいた。たとえば、家老席にいる境井求馬や松平主水《もんど》などである。勘解由左衛門は家の旧《ふる》い由緒や慣習が埒もなく崩壊されるのを嘆じている。損得勘定で動く軽薄さを怒っている。勘解由左衛門が己れの若い時代から吸った武士道の重厚な空気から見れば、これは考えられぬ事態なのだ。

老人のその気持はわからなくはないが、一方、藩士の苦しい経済もわかっているから、求馬も主水も、何も言いだすことができなかった。

四

国家老の川合勘解由左衛門《かげゆざえもん》が不時出府したと聞いた時、その用事を雅楽頭忠恭《うたのかみただやす》は一足先に帰った使いから聞いて知っていた。

「勘解由め、今になって何を申すか。予が聞いてやろう、ここへすぐ通せ」

忠恭も肚《はら》に据えかねた語気で言った。

勘解由左衛門が平伏して、目通りの挨拶《あいさつ》を述べた時、

「おう、勘解由、聞いたであろう、予はこのたび、お役ごめんとなって溜間《たまりのま》詰めとなり、姫路に国替えとなったぞ。みなも喜んでくれている。さだめしその方も同意であろう。不時の出府はその祝いを述べるためか」

と忠恭は言った。

勘解由左衛門は面をあげて忠恭をまっすぐに見た。眼は光っている。

「情けなきことを承ります。勘解由の出府は、殿のそのお心にご意見申しあげたいためでござります」

「うむ、何か異存があるとみえるが、申してみよ」

勘解由左衛門は前日言ったとおりのことを述べ立てた。遠慮なく声も太い。

それに加えて、彼はさらに新しい抗議をした。

「そのうえ、殿には、このたびの功によって、犬塚又内に四百石、岡田忠蔵に百五十石のご加増があった由《よし》にござりまするが、真実《まこと》でござりましょうか」

「うむ。そのとおり間違いない」

「これも殿には先例家格をご存じない致され方でござります。そもそも加増と申すは容易ならぬ功労のたった者になすべきもの、しかも自から限界《きまり》がござります。まず当家の例で申せばせいぜい二百石が最上、それ以上に加増のあったことを聞いておりませぬ。犬塚殿に一度に四百石のご加増はいかなるおつもりかわからぬが、畢竟《ひっきょう》、殿にはこのお家の御《おん》作法、仕来たりもご存じなきように見える。わからぬといえば犬塚、岡田の両名が破格の加増になった功労が何かわれらには合点《がてん》が参りませぬ。これも殿からわけを承りたい」

「うむ、勘解由。さきほどからそちの申し条、理詰めにいたして予に腹を切れとでも申すのか」

忠恭は言葉につまって興奮であかくなって声が荒かった。

勘解由左衛門の眼の奥に皮肉の翳《かげ》が過ぎた。

「それほどお急《せ》きあそばすことはございますまい。しかし、たってお腹を召すとあらば、お止めいたしませぬ。某がご介錯《かいしやく》を申しあげます。その後でこの場にて一番にお供つかまつります」

勘解由左衛門は言いはなったまま頑としてその場を動く様子がなかった。

忠恭は唇をふるわして、

「もうよい、立て」

と言ったが、

「いや、立ちませぬ」

と勘解由左衛門は断わった。

「立て」

「立ちませぬ」

主従の迫った応酬が二三度つづく。

さきほどから、はらはらしていた近侍が、二三名たまりかねて勘解由左衛門の両手をとった。

「川合殿、お立ちめされ」

「君命でござる。お立ちなされ」

と勘解由左衛門の身体を抱きかかえるようにして退《さが》らせた。

勘解由左衛門は一間に下がって乱れた衣服を正した。それから運ばれてきた茶を喫《の》みながら黙って何事か考えていた。顔色も動揺していない。

しばらくして彼は手を拍って坊主《ぼうず》を呼んだ。

「犬塚又内殿と岡田氏とがおられたらこれへ」

と言いつけた。

やがて襖《ふすま》の外で坊主が両名が参った旨《むね》を通じた。

犬塚又内は多少表情を堅くしていたが、藩の長老に向かう慇懃《いんぎん》な態度は崩れていなかった。彼はその場に手をついて挨拶した。

「ご家老には道中のお疲れもなくさっそくにご出府なされてご苦労に存じます」

勘解由左衛門は会釈《えしやく》を返して、まずまず、と両名を部屋の中央に請《しよう》じ入れた。彼は二人に向かっておもむろに言いだした。

「犬塚殿はこのたびご加増になり、またご家老職をおつとめになる由で、まことにお喜びでござろう。しかし、某はその儀についていささか異存があったので、先刻殿にお目通り願って申しあげた。その由はさだめし貴殿方もお聞き及びでござろう。さすれば改まってここで申しあげることはない。ただ貴殿方のお働きが、公儀の重役に種々な手段をもって内密に取りいり、その私情を動かした点が気に入り申さぬ。さような行為を手柄としておほめがあっては、将来酒井家の士風というものは興《おこ》るまい。また家風も紊《みだ》れるでござろう。武士は武士らしき働きがあってこそ手柄でござる。ご両人をここへお呼びしたのは外でもない、君命なれば強《た》ってとは申さぬが、一応このたびのご加増を辞退なさってはいかがでござるか。それをお勧め申したいためお呼びした」

又内も忠蔵も、口を結んで眼を伏せていた。

五

寛延二年七月五日、酒井雅楽頭忠恭《うたのかみただやす》は予定どおり江戸を発《た》って新領地播州《ばんしゅう》姫路にくだった。

国家老川合勘解由左衛門《かげゆざえもん》一個の反対も大勢には抗すべくもない。鳥毛の櫓落《やぐらお》とし、爪折傘、打上の駕籠《かご》、厚総鏡付きの鞍《くら》などの伊達道具《だてどうぐ》を美しくそろえて行列は華々しい初の入部をした。

この時、忠恭から勘解由左衛門には、国入りの節、曳《ひ》いて参れ、と言って、召料の乗馬を賜わった。これは忠恭が川合を宥《なだ》めるつもりである。

だから、勘解由左衛門が、その礼にあがったとき、

「国替えについてはその方にも納得のゆかぬこともあろうが、すでに決定したことではあり、今さらどうにもならぬから、腹に納めてくれ」

との言葉があった。忠恭のほうから下手《したで》に手をさしのべたかたちになる。

それに対し、勘解由左衛門は、

「だんだんのお心づかい、恐れ入りましてござります」

とお辞儀をした。

犬塚又内、岡田忠蔵のことも、

「このたびは予に免じて大目に見てくれ」

と、それとなしに両名に為《な》した勘解由左衛門の辞退勧告にも忠恭は釘《くぎ》をさした。

また、犬塚、岡田の二人からも、自身でその後、

「貴殿の仰《おお》せはもっともしごくでござるが、君命をこうむったうえからは、粉骨して働きご恩の万分の一にお酬《むく》いしたほうがお家のためと心得まする」

という挨拶《あいさつ》があった。

勘解由左衛門は口辺に皺《しわ》をよせて薄く笑って、

「さようか。お家のためとあらば何も申すことはござらぬ。せっかくお役お大切にご奉公くだされたい」

とさりげなく応《こた》えた。

これで万事円満におさまったようだった。

「頑固者でのう。年寄りという者は、旧《ふる》い仕来たりや作法をいつまでも申す。若い者のすることが気に入らぬのじゃ」

と後で忠恭は苦笑していた。

「川合殿は忠節一徹の方でござります」

と犬塚又内はそれに言った。

又内の眼から見れば、勘解由左衛門など古風で時世のわからぬ老人でしかない。旧例とは何であろう、作法とは何であろう。そんなもので推移する時代を縛ることはできない。現に藩の財政は逼迫《ひっぱく》しているではないか。これは、前橋で表高十五万石なのに半分の実収しか得られないせいだ。そのため藩士も苦しんでいる。このままでは藩の経済は潰《つぶ》れてしまう。勘解由左衛門の理屈でこれが救えたであろうか。

替地によってやっと藩政が明るくなった。逆に二倍の実収があるからだ。不評の酒井雅楽頭が名目を立てた上、この国替えまで実現できたのは大きな成功である。その運動もたいていではなかった。いささかの手段を用いたとしても、勘解由左衛門の言うように、それが士風でないとは言いきれない。老人は時世を知っていないのだ。

又内はそう思い、藩政に参与する己れの手腕を自負していた。勘解由左衛門などはいいかげんに扱って敬遠しておけばよいと思っている。

それで、江戸留守居役となった岡田忠蔵が、自分も一度姫路を見たいと言いだした時、

「ああ、よいだろう。某から取りはからってあげよう」

と簡単に言って、一存で決めて、国もとへ来させた。

留守居役というのは江戸における一藩の交際機関の主任である。幕府要人への出入り、他藩との交際など、外交官でもある。みだりに任地から離れるべきものではなかった。

岡田忠蔵が姫路に来て城中の御廊下を歩いていると、ばったり川合勘解由左衛門と

出会った。

岡田は悪い男に出会ったと思ったが、今さらかくれることもできないので、丁重に挨拶した。

「川合殿。久々でございます。いつもご壮健にて祝着《しゅうちゃく》に存じます」

勘解由左衛門は眼を上げて岡田忠蔵を見た。

「ああ岡田氏か。そこもとも元気で何よりでござる」

そのまま行きかけたが、何を思ったか、勘解由左衛門は足を止めて忠蔵を呼んだ。

「岡田氏。貴殿はたしか江戸留守居役で、公用でお国もとにおくだりになったと聞いておらぬが、何か急用でもできましたか」

忠蔵は、はっとしたが、かねてから考えていた言いわけで、

「されば拙者は留守居役でござるが、もし公儀より姫路の様子をお尋ねなされた時、ご返事もできぬとあってはと存じ、一通りお国もとの様子を承知しておきたいと思って参っております」

と返答をした。

勘解由左衛門の眼がそれを聞いてにわかに光った。

六

岡田忠蔵を見据えて勘解由左衛門《かげゆざえもん》は叱《しか》った。

「これは異なことを承る。貴殿の申されようは、もっともらしく聞こえるが、さような挨拶《あいさつ》はない。公儀からのお尋ねと言うが、お国表のことは江戸家老にお尋ねがあり、それから国もとに申しこして、われらの方からお答えするのが定例《じようれい》でござる。貴殿のお役柄としてそれにお答えしなければならぬことはないはずだ。お留守居役というものは、公儀向き万端、ご進物、付届けの取計らい、また大名衆ご同役との折衝などを心得られるのがお仕事であって、お国もとを見にまいられる必要はない。貴殿のなされかたは慮外ながら遊山《ゆさん》気分にてお国見物に立ち越されたとしか考えられない。さようなお心がけではお留守居役を勤められてもご奉公は成りがたい。自分の役を等閑《なおざり》にして遊び歩くとはもっての外でござる。匆々《そうそう》に江戸表に立ち帰られたがよかろう」

勘解由左衛門は憚《はばか》りなく大きな声を出した。傍を通る者が、遠慮しながらも聞き耳を立てている。忠蔵は一言もなく、顔をあかくしてこそこそとその場を去った。

勘解由左衛門が調べてみると、岡田忠蔵が国もとに来たのは、犬塚又内が許したことがわかった。また、それには同席家老の本多民部左衛門が同意している。

近ごろ、本多民部左衛門は何かにつけて犬塚又内と同調するふうが見える。国替えの時も又内と一緒に運動した様子があった。本多は十六騎の一人として、付人の家柄であるが、当人は柔和な男だけに、又内のような性格の強い、切れる男には同化されやすい。

勘解由左衛門は考えた。己れはすでに老齢である。この先、犬塚又内、本多民部左衛門のような輩《やから》によって藩政が左右されたら、いったいどうなるであろう。酒井家の風儀は無視され、伝統的な士風は必ずみだれる。今でもずいぶん、国替えによって実収がふえたといって喜ぶ藩士が多い。そのため犬塚又内は権勢を得ている。又内の今後の実利政策は、いよいよ藩の士風を墜《おと》すに違いない。そうなれば酒井家の危殆《きたい》ということも考えられなくはない。

勘解由左衛門がしきりにそう憂《うれ》える底には彼の気づかない心理がある。

老人は孤独である。孤独だから本多民部左衛門のごとき自分とあまり違わないような年配の者が、又内のような若い側につくのを憎む。一種の嫉妬《しっと》だ。が、それ以上に勘解由左衛門の心には自分をとり残し孤独に陥《おとしい》れている若い世代へ対する嫉妬と瞋恚《いかり》が意識せずにひそんでいる。

勘解由左衛門は二十日間の休暇をとった。所労を申し立てて引き籠《こも》ったのだ。

家にいる勘解由左衛門の様子は別段のことはなかった。顔色もよい。庭におりて花の手入れをするのも平常のとおり入念である。ときどき、何か考えこんでいるが、いつものことなので家人は気にしなかった。

ただ、後で考えて変わったことが一つある。ある日、不意に、

「なみを呼んで参れ」

と言った。同藩の者に嫁いでいる娘である。他に子はなかった。

「今ごろ、何事でございます」

と妻女はいぶかった。滅多にないことだ。

「別段のことではない。こうして休んでいると退屈だから、娘の顔なと見て飯を食いたい」

と、少し気の弱そうな微かな笑いをもらした。

娘が来て、勘解由左衛門は機嫌がよかった。酒はたしなまぬほうだが気が向けば少しは飲む。その日も、銚子《ちょうし》を一本あけて、真っ赤な色になった。眼を細めて謡《うたい》などうたった。

妻女は勘解由左衛門が近ごろにない機嫌なので喜んだ。娘も安心して帰った。

二十日間の休みの後、勘解由左衛門は登城した。

主人の雅楽頭《うたのかみ》に目通りして引き籠りの詫《わ》びを言い、同役家老、重だった役々などの間を挨拶してまわった。会う人々は、

「ご快気で何よりでござる」

と挨拶をかえした。

犬塚又内に会った時、勘解由左衛門は言った。

「又内殿。貴殿は近いうちに江戸表にお立ちのように承ったが、日取りなど決まりましたか」

「さよう。手前も当地の滞在が長びき、お国もとの様子もわかりましたから、四月十一二日ごろ出立《しゆったつ》するようにいたしたいと思っております」

と又内はいつものように柔和に答えた。

「さようか。江戸表の政務については打合わせしたいこともあるし、かたがた貴殿ともこのうえ懇意に願いたいので、十日ごろ、拙者の宅にお越しくださるまいか。蕎麦《そば》切《きり》でもおふるまい申したい。いや、これは貴殿だけでなく、本多民部左衛門殿、松平主水《もんど》殿にも申しあげて、ご許諾を得たところでござる」

と勘解由左衛門は誘った。

七

四月十日は前夜から雨であった。

明るい雨で木の葉の色が冴《さ》えた。

川合勘解由左衛門《かげゆざえもん》の家では午後《ひる》より来客があるというので、朝から女中や下男は料理や掃除に忙しかった。

その準備のできたところで勘解由左衛門は妻女に言った。

「今日はただ、ご馳走《ちそう》を出すというだけでなく、内密な相談がある。重大な話だから、もれ聞かれても困るので下女下男は酒肴《しゅこう》を運んだら小遣いを与えて今日一日遊びに出すがよい。その方も他の方の手前、遠慮したがよいと思うので、娘のもとへでも参っておれ」

こう言いつけて、家人をことごとく外出させるようにした。

ただ一人、吉蔵という家来だけをとどめておいた。吉蔵は大きな男で、腕力もすぐれ、胆もすわっている。

「その方は客が来た後は、口々に錠をおろし、玄関に控えておれ。どのようなことがあっても、この方から呼ぶまでは座敷にはいってはならぬ」

と勘解由左衛門は命じた。

未《ひつじ》の刻を過ぎたころ、松平主水《もんど》が元気のいい顔をしてまず到着した。主水は家老格の家柄で、若いが思慮のある男である。勘解由左衛門はわけがあって彼をこの席に呼んだのだ。

少し遅れて、犬塚又内と本多民部左衛門とが別々に来た。

一同客間になっている書院にすわった。

「これは雨の中をようこそおいで願いました」

と勘解由左衛門が挨拶《あいさつ》をする。

「お招きにあずかってかたじけのう存じます」

と客の三人も礼を言う。

酒肴が運ばれ、杯の献酬となった。

その途中から言いつかったとおり、妻女や召使いはひそかに屋敷を出てしまった。

しばらくすると座も賑《にぎ》やかになりかかった。酒の好きな本多民部左衛門はしきりと杯を干す。

「川合殿。ちとお杯をお回しください」

など言っている。

勘解由左衛門は微《かす》かに笑いながら、

「いや、実は犬塚殿とちと公用で打ちあわせたいことがあるので、それがすむまで控えておりましたが、では、ご無礼ながらこの辺で用談を先にいたしましょうか」

と言った。

犬塚又内は急いで膝《ひざ》を正しながら、

「これは失礼つかまつりました。何よりご用向きが先、手前もあまりご酒を頂戴《ちょうだい》せぬうちに申し聞かせていただきとう存じます」

と言った。勘解由左衛門は、本多と松平の方を見て、

「はなはだ申しわけない儀であるが、犬塚殿と暫時《ざんじ》別間で談合いたしたいがお許しくださるまいか」

と言うと、両人は、

「ご遠慮くださらぬように。われらはここで御供応《おもてなし》にあずかっております」

と答えた。

それでは、というので勘解由左衛門は犬塚又内を案内してその座敷を出た。

広い屋敷で、間がいくつもある。雨の日だから中廊下はうす暗い。それを歩いて、一間の襖《ふすま》をあけた。

八畳ばかりの座敷である。

床に懸軸があり、花が挿してあった。

人気がないから静まりかえり、雨の音だけが聞こえてくる。

又内は座敷の中央にきて、あたりを見まわして、

「これはよいお部屋じゃ」

と言いながらすわろうとした。

この時、勘解由左衛門が傍に寄りそってきて、

「又内殿。貴殿のなされ方はお家のためにならぬから成敗する」

と耳の横で言った。その言葉が終わらぬうちに勘解由左衛門の身体がどんとつきあたってきたために、又内の足がよろめいた。

又内は短く何か叫んで、身体を崩しながら、小刀を抜きあわせようとした。

鞘《さや》から三寸ばかり走らせた時に片手の感覚を失った。勘解由左衛門がつけいって右手を肩先から斬《き》りおとしたのである。

背後《うしろ》の障子に水を掛けたように血を撒《ま》いて又内が傾くと、勘解由左衛門の刀は右頸の付根から左に斜めに下げた。それから又内の身体に乗りかかって止どめを刺した。

勘解由左衛門は太い息を吐いて立ちあがった。己れの姿を見ると血に塗《まみ》れている。

かねて用意の新しい衣類がたたんで隅に置いてある。台所に行って手を洗い、新しい着物に着かえた。

身支度をすますと、髪を撫《な》であげた。息を鎮《しず》めるために、少しの間、じっと動かない。雨にまじって遠くで稽古《けいこ》の鼓《つづみ》の鳴る音を聞いた。

八

勘解由左衛門《かげゆざえもん》が元の座敷に戻っていくと、本多民部左衛門と松平主水《もんど》とは飲みながら何か話していた。

勘解由左衛門はそれに向かって何気なく、

「卒爾《そつじ》ながら本多殿もあちらに参られて犬塚殿との談合に加わっていただきとう存じまする。松平殿にはまことにご無礼で申しわけないが、もうしばらくお待ちくださ い」

と言うと、松平主水は笑いながら、

「どうぞご懸念《けねん》なく、ゆるゆるとご用談をおすましくださるように。そのあとでまたかたがたとそろってご馳走《ちそう》を頂戴《ちょうだい》いたしましょう」

と答えた。

民部左衛門は立ちあがって、

「それでは主水殿、ちょっと失礼を」

と言いながら、勘解由左衛門のあとについて従った。

やはりうす暗い廊下を歩いて一間にはいった。六畳ばかりの小部屋である。

「どうぞ、これへ」

と勘解由左衛門が言う。

民部左衛門は座敷の中央にすすみながら、又内の姿が見えないから、

「犬塚殿は？」

ときくと、勘解由左衛門は、

「犬塚殿は先に参られた」

と言った。

「先へ？」

と民部左衛門が何のことかとわからない顔でいると、勘解由左衛門が傍に近よってきて、

「本多殿。貴殿と犬塚氏とはお家のためにならぬによってお命をもらいうけとうござる。犬塚氏は先にいただいたから、貴殿もお覚悟くだされい」

と刀を抜いた。

民部左衛門はちょっと呆然《ぼうぜん》として、勘解由左衛門の顔を見ていたが、相手の異様な眼つきを見ると、仰天して遁《に》げかかった。

「待たれい」

と叫んで、勘解由左衛門の刀が肩先に追いすがる。斬《き》られながらも、民部左衛門は刀を抜いた。

が、向き直ったまま立ちむかう気力を失い崩れるところに、まっこうから二の太刀を浴びた。彼は声も立てずに絶息した。勘解由左衛門は太い息を吐いた。

その座敷にも衣服の用意がある。勘解由左衛門は着がえて手水《ちょうず》をつかい、顔を洗い、髪を撫《な》でた。それから、玄関にふだんの足どりで歩いていった。

玄関には申しつけたとおり、家来の吉蔵が控えていた。

「吉蔵」

と勘解由左衛門は言った。

「人間はいつどこでいかなる大事に立ちあうやもしれぬ。そちにその覚悟ができているか」

と問うた。

吉蔵は、今朝からのこの家のただならぬ処置で普通のことではないと思っていたが、今、主人の顔を見ると、平静を装《よそお》ってはいるが眼が血走っている。

はっとなったが、

「もとよりその心得はいたしております」

と答えた。

「そうか、それではこちらへ参れ」

と勘解由左衛門は先に立った。

八畳と六畳の間、それに又内と民部左衛門の死骸《しがい》が一個ずつ血だまりの中に転がっているのを見せた。

まさかこれほどの変事とは思わないから、さすがに吉蔵も驚愕《きようがく》して唇の色を変えた。

「このとおり、子細あって犬塚又内殿、本多民部左衛門殿を打ちはたした」

と勘解由左衛門は嗄《か》れた声で言った。

「かねての覚悟のことであるから、自分はここで自害する。その方には介錯《かいしやく》を頼みたい。また、別間に待っておられる松平主水殿にはその後で自分の認《したた》めた手紙が手文庫に入れてあるから差しだしてくれ。両名を手にかけた子細を書いておいた。それから、主水殿には、今日の立会いのつもりでひそかにお呼びしたから、ご迷惑ながらしかるべくお願い申すように」

　そう言って、勘解由左衛門は座敷の真ん中にすわった。

　雨が降っているから日の暮れが早い。あたりが暗くなりかけていた。

「暗くてその方の介錯に不首尾があってはなるまい。吉蔵、燭台《しょくだい》を立てよ」

　と彼は言いつけた。

　吉蔵は灯をつける。外には相変わらず雨が降っている。鼓《つづみ》の音がやはり聞こえている。

「松平主水殿は別間でひとりでさぞお待ち疲れであろうな」

　と言いながら、勘解由左衛門は肌着の前をくつろげ、脇差《わきざ》しを取った。

二代の殉死

一

慶安四年四月二十日の夜、大老堀田加賀守《かがのかみ》正盛が、その日の未明、寅《とら》の刻時分に他界した家光《いえみつ》に殉じて、腹を割いて果てた。

家光はその年の早春から病を得ていたが、一般にはかくしていた。世上には、取潰《とりつぶ》しにあった大名の家士など、食禄《しょくろく》に離れた浪人共が、不平を抱いて彷徨《ほうこう》している。将軍不例のことが洩《も》れて、人心動揺につけ入って、思わぬ騒動が起きぬとも限らない。現に先年、家光死亡が誤り伝えられて、天草の乱が起こった程である。

それで今度の病気も、極く内々の大名だけに知らされていたが、侍医の必死の看護もきかず桜の花が疾《と》うに散って、吹上の庭池に菖蒲《しょうぶ》の花が開く卯月《うづき》半ばを過ぎて、大漸《たいぜん》となった。

家光の臥床《がしょう》以来、片時も傍を離れずに看侍していた正盛は、病が篤《あつ》くなってからは己れの屋敷にも帰らず、夜も昼も枕元《まくらもと》に詰めていた。

家光は病の苦しい時にはかんしゃくを起して、正盛を抑え、

「こやつが。こやつが」

といって打擲《ちょうちゃく》した。

寝返りをするのにも、食を口に運ぶにも一々正盛の手でなければ承知しない。正盛は時には家光の下《しも》の世話までした。

家光はうとうとと睡《ねむ》っている時でも、ふと眼を開いて正盛の姿が視界に見えないと、

「正盛は。正盛は」

といって求めた。

正盛は寸時も家光の傍から立てなかった。別間に退いて仮睡することも稀《まれ》であった。

病間には家光の正室鷹司《たかつかさ》氏やお夏の方やお玉の方（後の桂昌院《けいしょういん》殿、綱吉《つなよし》の母）、お楽の方などの侍妾《じしょう》が詰めていたが、家光からはさしたる言葉もなく、甲斐々々《かいがい》しく振舞う正盛の姿を羨《うらや》ましそうに眺めていた。

家光の臨終の数日前であった。

この日は何となく気分がよいと見え、家光は髪を結いたいなどと言い出して傍の者を困らせた。正盛が静かに背を抱いて床の上に起き上がらせ、髪を撫《な》でつけただけで家光は機嫌がよかった。

それが尽きる命の最後の気力であったのか、その翌日から病が革《あらた》まった。

家光は痩《や》せ細り、半眼に開いた眼の色も鱗《うろこ》のように鈍く、吐きつづける息も弱かった。誰の眼にも家光が迎え来る死魔と闘っていることが分かった。

正盛は家光の耳もとに口をつけ、

「上様。正盛もお供を仕《つかまつ》ります。なにとぞお許しの程願わしゅう存じまする」

と大声で言った。

家光はやはり半眼を天井に向けたまま、微《かす》かにうなずいて、

「許す――。正盛」

とか細い声で言った。

それからまた昏睡《こんすい》に入ったので、正盛の、

「有難き仕合せ――」

という言葉だけは耳に入ったかも知れぬが、あとは分からなくなった。

こうして堀田正盛は垂死の家光から殉死の許しをうけたのである。

その場に居合わせたものは、死出の供を乞《こ》うた正盛にも、それを許可した家光にも、もっともな因縁あることを知っていたし、この主従の親密さに今更のように感動した。

二

正盛は家光より二つ年下だった。

少年の頃は端麗な美童であった。家光が彼を愛したのはその為《ため》である。

当時は戦国から遠くなく、その遺風がまだ残っていた。

家光の寵愛《ちようあい》の対象となった家臣は正盛だけでなく、酒井山城守《やましろのかみ》重澄があった。

家光は重澄を愛すること一方でなく、夜中に重澄の邸《やしき》に微行した位だった。そのため家光が辻斬《つじぎり》に毎夜出かけるという伝説を生んだ。傅役《もりやく》の酒井忠勝《ただかつ》が心配して一晩中忍んで護衛したこともあった。

それで、正盛と重澄とは君寵《くんちよう》を争うようになり、二人の心中には対抗意識が激しくなった。二人は顔を合わせれば、微笑してさり気なくとりつくろってはいるが、胸の奥には競争心が火のように燃えている。

家光がどちらに先に言葉をかけるか、どちらに多く笑いを見せるか、細かな動作の一つ一つが彼らの喜憂にかかっていた。

ある時、この二人に家光から濃茶を賜わったが、正盛が先ず《ま》賜わった後に、重澄に賜わったので、重澄は納まらなかった。彼は正盛から茶碗《ちやわん》をうけ取ると、それを口にも当てず、いきなり、にじり上りの石に投げつけた。茶碗は粉々に砕かれた。

家光はそれを見ると、怒るかと思いのほか、

「山城、せいたな」

といって笑った。

家光にすれば、寵臣《ちょうしん》の嫉妬《しっと》が悪い気持でなかったのであろう。寛永八年に、この二人は同時に三万石に封ぜられている。しかし、その後、家光の愛は正盛に傾き、重澄への寵は衰えた。

重澄はそれをすねて、病気を言い立てて二年間出仕しなかった。

家光はその仮病を知って怒り、

「重恩の主を欺《あざむ》くとは不埒《ふらち》千万なり、取潰《とりつぶ》してしまえ」

と命じたので、所領を没収され、備後《びんご》福山の水野家へお預けとなった。

あとは正盛がひとり家光の信寵《しんちょう》をうけた。正盛は、はじめ僅《わず》か千石の知行だったが、武州川越で三万石となり、信州松本で七万石となり、下総《しもうさ》佐倉に移って十五万石となった。

正盛の父正利は、息子の出世をみて欣《よろこ》びながら、

「格別な家柄でもなく、門閥もない俺が、この上、生きていては伜《せがれ》の出世を妨げるかも知れぬ」

といって、寛永九年、五十九歳で腹を切ったといわれる。

家光の正盛への寵は飽きることなく、地位は他人を尻目《しりめ》に上がった。遠く福山の配所にあった重澄は、それを知って嫉妬と憎悪《ぞうお》に駆られ、はては零落した己が身の寂しさに絶望して、寛永十九年九月に幽居で自らの命を絶った。

正盛は権寵たぐいなく、勢いは宿老の上に出た。

これほど登庸され、君寵をうけたのだから、正盛が家光に殉死を願い出たのを誰も至極もっともだと思ったのである。

三

家光が息を引き取ったのは四月二十日で、城中は急をきいた諸大名の登城で混雑は一通りでない。

正盛は家光の遺骸《いがい》の前を退くと、老中部屋に現われた。その顔は永い間昼夜の看病で憔悴《しょうすい》し眼も落ちくぼんでいる。

老中部屋には酒井忠勝《ただかつ》、松平信綱《のぶつな》、阿部《あべ》重次《しげつぐ》、阿部忠秋《ただあき》などが居合わせたが、正盛はその場に坐ると、一同に向かい、頭を下げて、

「さて、各々方《おのおのがた》も御存知の通り、拙者は上様より莫大《ばくだい》なる御恩を蒙《こうむ》って居《お》ります。上様御不例以来、かねて是非お供をと存じて居りましたが、幸い上意がありましたから、

これより邸《やしき》に立ち帰り、追っつけ、お跡を慕う所存でございます。各々方にはいく久しく御奉公遊ばされ、天下のために御忠勤下さるよう、この段は別して御苦労に存じます」

と挨拶《あいさつ》した。

酒井忠勝はじめ、一同は、

「それはそれは」

と言うばかりで言葉もない。今から死んで行こうとする人に、お覚悟御立派だとか、お供なされてお羨《うらや》ましい、などと世辞を言うのは空々しい。

すると、一座の中の阿部対馬守《つしまのかみ》重次が突然膝《ひざ》を坐り直して、

「さすがは堀田殿。実は手前もこれよりお供仕《つかまつ》る所存でござる」

と言ったので、一同は愕《おどろ》いた。

正盛は重次に向かって、

「拙者は只今《ただいま》も申す通り、莫大な御恩を蒙った上、上意もあってお供仕るが、そこもとには左様な儀もないと思われる故《ゆえ》、ここでお供召されるよりも、大納言《だいなごん》様（四代家綱）へ御奉公の儀が忠義かと存ずる」

と言った。

他の一同も口々に、

「堀田殿の仰《おお》せの通り。何も先君のお供だけが御奉公ではござるまい」

ととめたが、重次は頭を左右に二、三度振って、

「いやいや、各々方はご存知ないから、左様に申されるが、この儀は先の上様（家光）と手前より他は知らざる事でござる。只今までは口外いたさなかったが——」

と言って、その事情を話した。

それは先年の忠長《ただなが》（家光の実弟）自刃《じじん》に関係したことだが、聞いてみると成程もっともなところがある。

「かような次第で、先年一命は上様に差し上げ置いたので、この度は是非お供仕る次第でござる」

と重次は顔を上気させて言った。

正盛は重次の方ににじり寄って、その手を握り、

「さてもよく申されたり。この上はお心のままになされよ。われら両人、仲よくお供仕り、どこまでも上様のお跡を慕い申そう」

と言った。眼に泪《なみだ》を溜《た》めていた。

正盛が下城したのは申《さる》の刻（午後四時ごろ）だった。

下乗橋で駕籠《かご》に乗る時、正盛はここまで連れ立ってきた重次と別れ、お互いに、

「さらば、やがて三途《さんず》の川辺にて再会」

と微笑《ほほえ》み合った。

四

正盛は白無垢《しろむく》の小袖《こそで》に着更えながら、

「正信《まさのぶ》を呼べ」

と妻に命じた。

正信は正盛の長子で、二十二歳の若年であった。その下に弟が四人ある。次弟は脇《わき》坂淡路守《さかあわじのかみ》の養子となった安政、次が正俊、正英、末弟を正勝といった。

正信が書院に入ってきて手をつくと、正盛は支度の衣裳《いしょう》をつけて坐《すわ》っていた。

「正信か。近《ちこ》う参れ」

と父は子に言った。正盛の整った容貌《ようぼう》は四十六の年齢を日頃から若く見せていたが、日夜家光の病床に詰めていた疲労憔悴《しょうすい》は、眼のふちの小皺《こじわ》に目立っていた。

かねて家光が息を引き取ったら、正盛が殉死することは、妻女や伜《せがれ》共をはじめ、家士、召使の一同に至るまで知っていた。それが現実に今夜に迫った今、上屋敷全体に

は悲痛とも殺気ともつかぬ慌《あわただ》しい静寂が流れていた。

正信は白紋服の正盛の前に進んだだけで、昂奮《こうふん》で身体が慄《ふる》えた。彼は歯をくいしばって低頭していた。

「かねがね申し聞かせて置いた通り」

と正盛は平常の声で言った。

「わしは故の上様より海山の御恩を蒙《こうむ》っている。千石より身を起こして累進《るいしん》し、十五万石まで頂戴《ちょうだい》したのはたとえのない重恩じゃ。分かっておろう」

「はい」

と正信は深く頭を下げた。

「わしは、この御恩にお酬《むく》い申さねばと思い、君の馬前で死働きする日を待っていた。然《しか》るに御威光にて世は泰平となり、ついにその機会なく、心苦しくもこれまで無為に日を送って参った。上様御不例になられてから、せめてもの志を遂げんものと、万一の節はお供のかなうようお願い申上げたところ、有難い上意があった。——それで、只今《ただいま》よりわしはお跡を慕う」

正信は声が出なかった。

「就いては」

と正盛はつづけた。

「世はいよいよ泰平となろう。しかしそれになれて、権現様《ごんげん》御苦心の御経営に末気遣いのことがあってはならぬ。これはかねてより台徳院様（秀忠《ひでただ》）が御戒飭《かいちょく》遊ばされていたところじゃ。お世嗣の大納言様《だいなごん》（四代家綱）はまだ十一歳のお年若であるから、もし向後、老中衆が武を忘れたるようなお守立てを致す様子があれば、遠慮はいらぬから、言い立ててお諫《いさ》めいたすべし。これが御厚恩を蒙った堀田家の忠義じゃ。その方、父の遺言と思って、しかと覚えておけ」

正信は畳に頭をすりつけて、泪声《なみだごえ》になりながら、

「御教訓は必ず――」

と言って咽《むせ》びそうになるのを堪えた。

正盛は、それを見下して、

「よい。それにて父も安心じゃ」

と言った。それから妻をかえりみて、

「今、何刻《なんどき》であろう」

ときいたが、その返事をきくと、

「これは時刻が移ったぞ。対馬守《つしまのかみ》（重次《しげつぐ》）に先を越されては追い付けぬ。では、他の

子供達も今ここに呼んで参れ」

と命じた。妻は静かに起《た》ってゆく。

手筈の通り、親子七人打ち揃《そろ》って、さりげなく最後の食膳《しょくぜん》につくためであった。

この夜殉死したものは大老堀田正盛、老中阿部対馬守重次、側衆《そばしゅう》内田信濃守《しなののかみ》正信、二十一日、小十人頭奥山茂左衛門安重、二十三日、書院番頭三枝土佐守恵正等であったが、正盛の老母いこの局《つぼね》も大奥に勤めていて、二十日の晩に殉死した。

殉死は亡《な》き主人に特に目をかけられた家来が願ってするのであるが、主従の恩愛よりも世間の思惑や批判を恐れての結果が多い。あれほど君寵《くんちょう》を蒙りながら、故主のお供もせずに生恥をさらしているといわれるのが何より辛《つら》いから死ぬ。家光に用いられた松平伊豆守信綱《いずのかみのぶつな》は腹を切らなかったというので、

伊豆（信綱）の大豆　豆腐にしてはよけれども　きらず（殉死せざるを嘲《あざけ》る）に
　してての味の悪さよ
仕置たてせずとも　御代は松平　跡に伊豆とも御供せよせよ
などと落書された。

五

堀田正信《まさのぶ》は父正盛の跡を継いで、佐倉で十三万五千石の当主となった。一万石は弟正俊に、五千石は同じく正英に分けたのである。

幕府では正盛殉死のあとの堀田家を特にねんごろに扱った。本多、榊原《さかきばら》の列に入れて功臣の家柄としたり、家光の三周忌には日光に代参を勤めさせるなどの優遇であった。

若い正信は感激した。彼は父の遺訓が身にしみている。将軍を補佐する老中共の仕置が泰平に慣れて武を忘れるが如《ごと》き守立てようであれば、遠慮なく諫言《かんげん》せよと言われた。それが堀田家の上への忠義であると言われた。死装束をつけた父親の言葉を、正信は昂奮《こうふん》で身震いしながら聞いたが、その声がいまだに耳朶《じだ》に残っている。

正信は父の遺命と、父殉死後の公儀からの懇《ねんごろ》な沙汰《さた》とがからみ合って、奉公の志が燃えた。それで幼君を輔《たす》ける老中共の仕置に誤りはないか、誤りがあればただしてくれようと、じっと窺《うかが》っていた。

家綱は十一歳で四代の将軍を嗣《つ》いだ。この幼君を擁しての老中は、松平信綱《のぶつな》、酒井忠勝《ただかつ》、阿部《あべ》忠秋《ただあき》であった。

世間は表面おさまったように見えるが、虚あらばどんな変事が起こるかも知れぬ危《き》殆《たい》が底にあった。現に、早速由井正雪の事件が起こっている。

弱年の幼主を立てて、諸大名を抑え、天下の静謐《せいひつ》を保持する老中の苦労は一通りでない。家光が死んだ時も、暫《しば》らく喪をかくそうかと言った位だ。それで政治振りは現状を維持するが精一杯、新しい革新とか、改革とかの冒険は一切しなかった。

家光の時代は、新制、新制で年々に改新がつづいたのに、今は旧制を守るだけで、何らの新味もなくなった。たまに意見を持ち出しても、老中衆から、

「それは法にない。慣例に悖《もと》る」

といって取り上げられない。

老中衆といっても、前代にひきつづき、松平信綱ひとりが諸事を取捌《とりさば》くという風で、すべて前代の遺制を守る彼の方針だった。

信綱は世を泰平に向かわせるには、武をすすめてはならぬと思ったか、武備の奨励はあまりやらぬ。その代わり、質実を専《もっぱ》らとする緊縮政策をとった。

正信はこの施政の仕方をじっと観察していたが、今こそ父の遺訓通り、老中に直言すべきだと決心した。つまり、老中のやりかたは諸事すべて算盤《そろばん》取っての仕置だけで、旗本の面々に武備の勧めなど少しもないから、諸人もその仕置になれて万一の場合、

御用に立つ心構えの者が一人もなくなるという危惧《きぐ》を感じた。

正信は父の遺命通りのことを早くも実行する機会が来たことを欣《よろこ》んだ。彼は自分がそういう行動をすることに、心の昂《たかぶ》りを覚える若さである。無論、その底には鬱勃《うつぼつ》とした功名心が張られていた。

老中の一人、酒井讃岐守《さぬきのかみ》忠勝は正信の外祖父に当たった。それで先《ま》ず正信は、忠勝の許《もと》に行って、いんぎんに申し出た。

「父正盛が先君のお供の際、手前に申し遺《のこ》しましたるに、上様御幼少であるから、老中衆のお守立てが武を疎《おろそ》かにしたる様なれば、お諫《いさ》め申すべしとのことでございました。近頃、御老中方のお仕置は、とかく武備を忘れたようにも見奉《たてまつ》りますれば、旗本衆の間にもそれに慣れて、武辺を怠る風がござります。このようでは上様御成長に相成った時、御三代の御遺言は申すまでもなく、唯《ただ》算勘のみ専らと成られては、誠に残念に存じます。何とぞ、武備に諸人勇み悦《よろこ》んで励むようなるお仕置を願わしゅう存じまする」

正信のこの言葉を、忠勝は柔和な眼もとをして聞いていたが、

「その方の申すこと尤《もっと》もじゃ。承った」

と答えた。

忠勝、学を好み、経史を講究し、智《ち》を致すこと多し、とあるが、智謀の点では松平信綱が一枚上だし、能吏でもある。それで幕閣は信綱中心であったが、信綱の万事ひとりで取捌くというやりかたに、忠勝も内心不快を覚えることが多かった。

正信の諫言は、信綱政策の非難であるから、忠勝はむしろ耳に快く聞いたのであった。

六

正信《まさのぶ》は、忠勝《ただかつ》が機嫌よく進言を聞いてくれたから、今に自分の思う通りの政策の変化があろうかと待っていたが、一向にその兆《きざし》がない。

それで、忠勝に問い合わせようと思っていた矢先、ある日、営中で正信は信綱《のぶつな》と行き会った。

信綱は御用部屋から出て、中の御廊下、俗に老中口にかかっていた。通り合わせた正信は脇《わき》へ退って腰をかがめた。

正信の心持は、この間、忠勝へ言った進言が信綱に達していよう、そうすると信綱から何か言葉があるかも知れない。言葉はなくとも、何か反応があろうかと、期待をもって信綱に会釈《えしやく》したのである。

しかし、信綱は言葉はおろか、そのままの足どりで、じろりと正信の顔をみて行きすぎた。この頃また瘦《や》せてきた信綱は、白い顔に神経質な皺《しわ》を相変わらず寄せて、表情一つ動かさない。一瞥《いちべつ》をくれた眼付も、魚のように冷たく、底意地悪い光を湛《たた》えていた。

正信は、信綱が先ごろの進言を耳にしていること、それが彼に不快を与えていることを直感した。

その上、信綱は自分がうけとった不快を、殊更《ことさら》に傲岸《ごうがん》な態度ではね返しているようであった。

「若僧が何か小賢《こざか》しいことを申したげな」

そういった嘲笑《ちょうしょう》が、信綱の取り澄した顔に出ていた。正信のことなど、茶坊主《ちゃぼうず》ほどにも思っていないことを、故意に誇示しているようでもあった。

正信の全身は憤怒《ふんぬ》で熱くなった。自分が全く信綱の眼中に、置かれていないという侮辱もさることながら、それを傲慢《ごうまん》に露骨に見せている信綱の態度が、毒のように正信の心をさしたのである。

「よし、今にみろ」

今にこの俺を知らせてやる――正信は挑むように眼を上げた。

その翌日、正信は酒井忠勝を訪問して、先日、自分が申し上げたことは、老中方にお取り上げになる意思が、あるかどうかをきいた。

忠勝の皺の多い顔は、この外孫の詰問《きつもん》めいた質問に、あいまいに笑った。

「そう急《せ》くでない。天下のお仕置のこと、そう一朝一夕には行かぬわ」

「御採用になりましょうか」

「なる、と思う。わしはの。まあ、待って居《お》れ」

ふた月待ち、半年待ち、一年待った。その間、正信は幾回となく忠勝の邸《やしき》に足を運んだ。

正信は忠勝の返事を、きかなくとも分かっていた。はっきり信綱が、反対しているのである。いや、反対というほど、正面切ったものではない、正信などの言うことは、頭から無視しているのだと分かっていた。

信綱が蒼白《あおじろ》い痩せた顔に軽蔑《けいべつ》を浮かべ、「ふふん」と格好のよい鼻を反らせて、冷笑するさままで目に見えるようであった。

正信はいつか、意地になっていた。忠勝の所へ、結果の分かっている返事を何度もききにゆくのは、信綱への敵意をいよいよ深めたいためのようであった。

人の好《よ》い忠勝は、正信の来訪に当惑し、ついに本音を吐いた。

「どうも、伊豆《いず》がのう」

「伊豆守様がお取り上げになりませぬか」

正信は予期した返事ながら、聞くと改めて腹が立った。

「うむ、伊豆は現状のままでよいと申す。——上様お年若であるから、御成長までは諸事改めることを控えようというのじゃ」

それでは、話は逆だと思った。

今の政策方針では、武備を忘れた仕方であるから、将軍成長の後が思いやられる、という進言なのに、分からぬ話であると正信は憤《いきどお》った。

七

万治元年九月、台湾に拠《よ》った鄭成功《ていせいこう》が、日本に援兵の乞《こ》いを申し入れてきた。これは長崎奉行の手から、その書が幕府にとり次がれた。

鄭成功は肥前平戸に日本人を母として生まれた明《みん》の遺臣で、清朝《しんちょう》に抗し、明の恢復《かいふく》を図って南京《ナンキン》城を攻めたが、失敗した。その後、オランダ領であった台湾を攻め、総督コイエットをゼーランジヤ城に破って、蘭《らん》人を逐《お》い、全島を占有した。

彼は明朝の再興を希《ねが》って止《や》まず、日本に援《たす》けを依頼してきたのである。

この請援の上書が江戸に着くと、大名の中でも同情者が多かった。尾張《おわり》、紀伊《きい》、水戸の三家でも、各々《おのおの》出兵すべしと言い、寄合の席でも、尾張義直《よしなお》は、

「三人のうち、某《それがし》が年長者であるから、総大将を承ろう」といった。

「台湾に赴く船路運行よく候《そうろう》間、それがしを差し遣《つか》わせ給《たま》え」と紀州頼宣《よりのぶ》が言えば、

「某はお二方と異なり、いつにても御馬前で討死と常に心得ておるので、某を差しつかわすが、ふさわしきかと存ずる」

と水戸光圀《みつくに》が主張した。

堀田正信《まさのぶ》は、忠勝《ただかつ》の邸《やしき》にかけつけた。

「待っていた時機が到来致しました」

と昂奮《こうふん》して言った。

「何のことだ」

と忠勝はきき返した。

「鄭成功の援兵に出陣することでございます。これで漸《よう》く公儀が武備を重んじられる方策となり、安心仕《つかまつ》りました。承れば、御三家様にも、御意気込み勇ましきとのこと、某も是非先手にお加え下されこれにて亡父の遺言が守れまする」

忠勝は手を上げてさえぎった。

「折角だが、今日の評定で、それは駄目になった」

「何と申されます」

「されば、今日、明と清との騒動が、わが国に何の関わりがある。明を助けるのには、算勘の上から莫大《ばくだい》な損失である。おびただしい人命も失われよう。それほどまでにして、鄭成功に加勢することはあるまい、ということに落着し、援兵の儀は沙汰《さた》止みとなった」

「しかし、御三家でも、あれほど申されておりますのに」

「御三家は御三家。お仕置とは別じゃ」

「それでは老中方の御意見で、左様なことに決定済みとなりましたか」

「老中衆ばかりではないが、責任をもって決めるのは、老中部屋の者じゃ」

正信の脳裡《のうり》には、すぐ蒼白《あおじろ》い、子細げに取りすましている信綱の顔が泛《うか》んだ。

「さだめし伊豆守《いずのかみ》殿の御発意でありましょうな」

と正信がきくと、

「誰の発意という訳ではない。皆の意見じゃ」

とたばこを吹いて煙たそうな顔をした。

正信は帰りの駕に揺られながら、信綱への怒りが胸一杯に詰まったように塞《ふさ》いだ。

「算勘々と、商人のように二言目には言い居《お》って。武備など、考えようともしない。小才ばかり利《き》かして、あれが俗吏であろう」

とひとり罵《ののし》った。

その後、暫《しば》らく経《た》ってのことである。

正信は人から、信綱が誰かにこう言ったということを伝え聞いた。

「さき頃、台湾から明人が援兵を乞うた時、お年寄に似ず意気込まれたお方もあったが、思慮の足らぬ若い者が尻馬《しりうま》に乗るのは困ったものじゃ」

正信は、信綱が薄ら笑いを浮かべて、皮肉に嘲《あざけ》っている顔を思いうかべた。

八

この時代から旗本の生活が、漸《ようや》く苦しくなってきている。

その原因の一つは、慶安四年頃からつづいた米価の下落であった。幕府は諸大名に命じ、しきりと新田の開発をすすめたので、その薬が利《き》いて米の多産となったのである。何石何俵などと米本位の給与である武士は米の値下がりは、そのまま減収であった。

次に、幕府から諸大名のように旗本にも種々の賦役《ふえき》を命ずるようになった。この賦役、例えば小さな河川工事など課せられると、その費用はすべて自弁である。この賦役が多く、なかなかの出費であった。

それから、寛永の中頃まであった、恒例の将軍家からの、種々の下され物が廃止になったこと、家族の人数が殖えたことなど、旗本の手許《てもと》が逼迫《ひっぱく》してゆくもととなった。

正信は旗本の苦しい様子を見たり、聞いたりして、老中の仕置を眺めていたが、一向に救済する策を講じない。加増もなければ、臨時の心付けもない。これでは、いざという時、困窮の果て、ものの用に役立つ旗本がなくなると思った。

こう思いついた時、また信綱の白い顔に挑んでゆく己れを感じた。

「若僧が、また何か申したそうな」

とうそぶいて、一顧もせぬ信綱の憎々しいとりすまし顔を、一撃したい衝動であった。

正信が度々進言した内容は、その後、江戸を立ち退く際《の》、出した次の上書の一節に尽きる。

「其《その》以後、知行之《の》明を相考候に、能登守《のとのかみ》跡《の》二万石、丸亀《まるがめ》五万石、平岡石見守跡日根野織部《おりべ》跡一万石宛《あて》、掛川三万石、私存付候分にても都合十三万石御座候。（略）右之通り、大分御余計御座候所、御旗本之者共へ少々之御知行御心付も御座なきにつき、御用に相立つ可《べ》き士の心掛も不罷成体之もの数多く有之と相見え申候。此《この》段年寄共、武士之吟味疎《おろそ》か故と存候。大猷院様は各々《おのおの》其の志の能所を御取用被遊候に付、何れも御奉公に勇み付申候に、御代に相成り、御幼少に付、年寄共、ただ利勘のみの御仕置に仕《つかまつり》候に、万人痛み申候」

間もなく、酒井忠勝《ただかつ》から正信《まさのぶ》へ呼び出しがあった。正信が邸《やしき》に行くと、忠勝は自分で茶を立てて振舞った。

「その方、万一、老中の御役を明日にでも仰付けらるるならば、お請け致すか、どうじゃ」

と忠勝は低い声できいた。

正信は自分の耳を疑った。そんな事があり得ようかと思った。

「左様な議が只今《ただいま》持ち上がっているのでござりまするか」

と思わず訊《き》き返した。

「その方の亡父正盛の手柄をお忘れにならぬ上様の思召《おぼしめし》じゃ。それで、その方の内意をきく」

と忠勝はやさしい眼を向けた。

——正信はどう返事したか憶《おぼ》えない程、昂奮《こうふん》して上屋敷に帰ってきた。

待っていた田中半左衛門、正木内記、牧野主人などの家老を一間に集めて、
「只今酒井殿から、余に、老中を仰付けられる内意があった。無論、お請けすると答えて戻った。父上のお手柄第一を思召されたるは、申すまでもない事ながら、さき頃から余の度々の進言を年寄方が神妙に思召されたものと思う」

と喜色をうかべて語った。

家老達は、それは祝着《しゅうちゃく》に存じまする、と言ったが、ひとりでよろこんでいる正信の顔を半分疑わし気に見上げた。

九

正信《まさのぶ》は老中任命の沙汰《さた》が今日下りるか、明日下りるかと待っていた。しかし、それきり、音も沙汰もなかった。

老中になったら、堂々と意見が吐ける。歯牙《しが》にもかけぬ風を装《よそお》っている傲岸《ごうがん》な信綱が、いやでも顔を己れの正面に向けなければならぬ。そう思っただけでも、その痛快に酔っていた正信は、いつまでも下りぬ沙汰に次第に不安を感じてきた。

内意を確めた程であったから、間違いなく決定した人事であった。それが変更になるとは考えられなかった。

その理由を忠勝に訊《き》きにゆくのも、面目の上から出来なかった。内攻した焦躁に、正信はいらいらした。

日が経《た》つにつれ、当初、花の咲いたような正信の心は、ひでりの草のように萎《な》えて行った。

それが、翌々月、稲葉美濃守《みののかみ》が老中を仰《おお》せつかったと聞いた時、正信は信綱《のぶつな》の権謀を知った。

「若僧が、何かに成りたいそうな」

と横を向いて笑っている信綱の陰険白皙《はくせき》な顔が、眼の先に見えるようであった。

正信は髪が逆立つくらい怒りが湧《わ》いた。

万治三年十月八日、正信は上書を保科正之《ほしなまさゆき》（家光の弟）と老中阿部忠秋《あべただあき》に出して、断わりもなく佐倉に引きあげた。

それがどんなに急であったかは、正信が僅《わず》かの供まわりを連れて去ったあと、正木内記にあてた直筆の封書を、田中、正木、松崎が同座して披《ひら》いて、初めて退去の次第を知った程であった。

重役の面々はおどろいていずれも私宅に立ち帰り、馬を申しつけ、家来一人も連れず、折柄の大雨の降る中を思い思いに追い駆けた。

——上書の内容は、今まで度々正信が進言したことである。旗本の面々困窮し、人馬差出すことかなわず、武芸の励みもない、誠に行末が気遣いであるから、

「私へ下され置かれし知行十三万石余、差し上げ申し候間、総御番頭物頭中へ御加増下され、其《そ》の上御旗本之《の》者へ、御知行金銀思召《おぼしめ》しのまま下され置かれ候様にと乍《おそれながら》恐奉存候」

と記した。

佐倉十三万石余を、信綱への面当《つらあ》てに叩《たた》きつけたつもりであった。

上書の宛名《あてな》を老中阿部豊後守《ぶんごのかみ》と幕閣外の保科正之とだけにしたのも、わざと信綱を無視した彼への敵意の挑みであった。

許可なく江戸を去り、国許《くにもと》に引き移るのは天下の大禁である。正信の申し条は別として、この禁を犯したかどで、正信は改易となった。

正信は諸所の配所を移って、阿波《あわ》国の松平綱矩の所へ、召し預けられた。

延宝八年五月八日に将軍家綱が死んだ。そのしらせは十八日に阿波に届いた。

正信は家来に、来《きた》る二十日は少しばかり志の事があるから、十九日には勤番の松平の家士に精進料理を振舞うように、と申しつけた。

その当日の十九日の夕刻、常から世話になっている勤番士に精進料理三汁七菜、小役人、坊主《ぼうず》に二汁五菜、小人にまで一汁五菜を饗応《きようおう》した。

正信が自らの命を果てたのは、二十日の申《さる》の下刻であった。

正信は日頃、脇差《わきざし》も小刀も持つことがゆるされなかった。鋏《はさみ》だけは置かれてあった。その鋏で双方へ引き回し、白い手巾《しゆきん》で扇の骨と鋏の元とを結び、それに指をまいて咽喉突いて息絶えていた。

世人は家綱へ殉死したのであろうと言った。

しかし、正信が家綱へ殉死しなければならぬ程の恩義もうけていないし、理由もない。殊《こと》に老中から殉死の禁止令も出ていた。

正信が殉死したのは、父正盛の最期《さいご》への憧《あこが》れと、老中どもへの面当てであったろうか。

面《めん》貌《ぼう》

一

空がどんより曇って、薄ら寒い風が吹いていた。こんな日は目ぼしい獲物《えもの》はなかった。家康《いえやす》は不機嫌な顔をして草原を歩いていたが、

「もう帰る」

と言いだした。後ろに従っていた鷹匠《たかじよう》が、不興な家康の姿に、打ちしおれていた。

家康は馬に乗って駿府《すんぷ》の方へ向かった。業腹《ごうはら》なので一散に駆けだそうかと思ったが、それも家来の手前すこしおとなげないと思ったので速歩で打っていた。十何騎の供がその後につづいた。

田圃《たんぼ》道から家の見える街道にかかった。領主の通行なので、道ばたには人々が平伏していた。

家康がその前を通りぬけようとしたとき、一人の女が何か喚《わめ》きながら道に出てきた。後ろの家来が馬から飛びおりて、その女を取りおさえたらしかった。家康は振りかえりもせずに過ぎた。

その晩、家康はそのことを風呂《ふろ》の中で思いだした。その女の横に小さな子供がいたような気がした。

家康は風呂から上がると、供をしていた平岩親吉《ちかよし》を呼んで確かめた。その女は取りおさえてあるという返事だった。やはり三歳の女の児《こ》を連れているというのである。

「どうしたのだ？」

「恐れながら、目安箱を奉《たてまつ》ろうとしたのでございます」

目安箱というのは上書である。

「おまえは読んだか」

「はい」

と親吉は頭を下げた。

「どういうのだ」

「亭主は八兵衛と申す百姓ですが、代官が無実の罪におとして殺したというのです。公正なお裁きを訴えております」

「無実の罪というのか？」

「はい。代官がその女に横恋慕をして己れのものにするため亭主を殺したと申しております」

家康は、

（そんな百姓の女房などに。代官も物好きな奴《やつ》とみえる）

と思った。そしてその女の顔を見たいと思ったが、呼べとも言えないので、

「おまえ、調べてみろ」

と言った。

親吉はかしこまって、頭を下げた。

それから五日ばかりたった。

律義《りちぎ》な親吉はさっそく調査したらしく、その結果をやや興奮した面持で報告した。

「あの女の申すとおりです。代官の非理に間違いありません」

「そうか」

家康はこの日機嫌がよかった。二日前に秀吉が親類筋の北条氏政《ほうじょううじまさ》に手切れの通牒《つうちょう》を発したが、家康は、氏政なんかとうに見限っていた。しだいに、今年あたりからいことがありそうな気がした。

「代官は斬《き》れ。それから、その女は亭主に死なれて困っているなら、城内《ここ》で使ってやってもよいな」

と言った。親吉は感激したように頭を下げた。

そのことがあって、一カ月が過ぎた。

家康は、北条征伐に近くくだってくる秀吉《ひでよし》を迎える準備に忙殺されて、そんなことを忘れていたが、ある日、風呂場の奉仕に、見知らぬ女が控えていた。二十三四の、眼もとの美しい女であった。家康を見て、お辞儀をした。それが、いつか鷹野《たかの》の帰りに馬前に訴え出た百姓の女房であった。

家康は、風呂にはいるごとに、その女がだんだん好きになってきた。百姓の女房だっただけに手足の皮膚が健康そうに締まって見えた。それはほかの色の白い侍妾《じしょう》にない誘惑だった。

彼は奥女中に、

「あの女は名は何というのだ?」

ときいた。

奥女中は、名前を答えると、心得たような顔をした。主人のそういう質問は或る意味に解していた。

その晩から、三河吉良《きら》在の百姓女房は、家康の寝所に仕えた。

家康の十五人の妾《めかけ》の一人、茶阿の局《つぼね》がそれである。

二

家康が西郷の局《つぼね》の所で遊んでいると、茶阿の局付の女中がすり足ではいってきて、

「お局様がお待ち申しあげておられます」

と言った。

「よし、参ると言え」

と家康は女中を帰しておいて、

（もう子供を産みおって。さすがに早い。また赤ン坊の顔を見るのか）

と少しうんざりした。今まで腹はみな異《ちが》うが九人の子供が生まれている。

西郷の局が少し邪険に、

「若様ご対顔なれば、お早くお渡りあそばしませ」

と促した。彼女も秀忠《ひでただ》、忠吉の二人を産んでいる。

家康は茶阿の局の部屋の前までくると、赤児《あかご》の泣き声が聞こえた。

（やれやれ、これだからやりきれぬ）

と思った。

美しい絵屏風《びょうぶ》を囲んで、茶阿が寝ていたが、家康がはいってきたのを見て、仰向い

たまま微笑した。うれしそうだった。

嬰児《えいじ》はその横の小さな蒲団《ふとん》に寝ていた。昨日生まれたのだが、家康は忙しいと言って今まで来なかったのである。

家康は蒲団の中を覗《のぞ》きこんだ。そして思わず唇を嚙《か》んだ。

生まれたばかりの赤ン坊の顔だが、これはひどい。皮膚の色は赤いというより、どす黒い。眥《まなじり》はさかさまに裂けて、鬼子のような面相だ。あまりの醜怪さに、家康は、

（これが、わが子か）

と身ぶるいした。

家康は一言も言わずに局を出た。それから鳥居元忠《もとただ》を呼びつけ、手の爪《つめ》を嚙みながら、

「茶阿の産んだ児は育てとうないわ。捨ててしまえ」

と命じた。

鳥居は愕《おどろ》いて何か言おうとしたが、家康の不機嫌な表情を見ると、黙ってしまった。

（オヤジは捨てろと言うが、まさかそんなことはできないし――）

鳥居元忠は困惑したが、近ごろ、北条家《ほうじよう》の没落から徳川に移ってきた皆川広照という男がしきりに自分の所に出入りしていることを思いだして、

（そうだ、あいつに頼もう）

と思った。

広照に事情を話すと、彼は二つ返事で養育を引きうけた。

「必ず立派にお育て申しあげます」

とすこぶる乗り気だった。元忠は、そういう広照を見て、

（ちゃんと恩を売って他日を期すのだろう。なるほど抜け目がないわい）

と思った。

皆川広照は申請して、茶阿の子を引きとった。

「辰千代君と名乗らせ申すべし」

と言って、そう名づけた。

一年たち、二年たった。辰千代は健《すこや》かに育っていった。

七年が過ぎた。この七年間が家康にとって多忙な期間であった。辰千代の生まれたのが文禄《ぶんろく》元年、それから秀吉が朝鮮役を起こしたので九州の名護屋を往復したり、秀吉の死に遇ったり、石田三成《みつなり》との悶着があったりして、辰千代のことなど家康の頭から消えていた。

慶長五年、三成と結んだ上杉景勝《かげかつ》が謀反《むほん》すると聞いて、家康は、

(だんだんおれの思うとおりの世になってくる)

とほくそ笑んだ。伏見を発《た》って悠々と東下し、途中、久しぶりに浜松の城にはいった。

その時、彼はふと、辰千代のことを思いだした。

(そうだ。あの子はどうしているか。誰かが養育していると聞いたが)

家康は最初の醜い嬰児の顔の印象を忘れてはいなかったが、何年も見ないのでなつかしくもあった。

「元忠。元忠」

と呼んだ。

対面は翌日城中で行なわれた。辰千代は皆川広照に伴われて伺候《しこう》した。子にすれば物心ついて初めての親子《しんし》対顔であった。

家康は大きくなった辰千代を見て、少しも愛情がわかなかった。子の顔をしげしげと打ち眺めて、

(やはりあの時の顔だ。ちっとも変わっていない)

と思った。それから傍らに侍している鳥居の方を向いて、

「のう元忠。おそろしい面魂《つらだましい》ではないか。三郎が幼いころと同じじゃ」

と言った。

三郎とは家康の死んだ長子信康《のぶやす》のことだが、性質が矯激であった。家康は信康を愛していたのだが、今、辰千代を見る彼の眼は少しもそんな暖かみはなかった。家康の言葉も態度も水のように冷たかった。

七歳の辰千代は、父が自分をかわいく思っていないことを子供心にも知った。

三

辰千代は成人して忠輝と名を改めた。

慶長七年には下総佐倉《しもうささくら》に封ぜられ、同八年信州川中島に移り、十年、四位の少将となった。

そのたびに忠輝は家康の前に挨拶《あいさつ》に出た。

家康は、

(何度みても可愛気《かわいげ》のない子だ)

と思った。近々しい言葉もかけてやる気にはならなかった。誰にも向ける福々しい彼の微笑は、忠輝にたいしてはついに見せることがなかった。この子だけは、何か虫が好かなかった。

忠輝には、家康のこの気持が反映した。

（どうも親父《おやじ》はおれがかわいくないらしい）

と、ずっと感じてきた。孤独の寂寥《せきりょう》が少しずつ心を歪《ゆが》めさせた。

家康ばかりではない。忠輝は家臣にいたるまで自分を愛している者が一人もいない気がした。表面はもっともらしく敬っているが、それは主人と家人という関係で、主従の心の融《と》けあった愛情は感ぜられなかった。

忠輝は、それは、自分の面貌《めんぼう》の親しみのもてないせいだと思った。そういう肉体的な欠点が原因なので、心に救いを与えなかった。彼は生まれたばかりの自分の顔を見て、

「捨てろ」

と言ったという父を悪《にく》み、自分に少しも懐《なつ》いてこない家来を憎んだ。

皆川広照は四万石を領して、忠輝の付家老となっていた。このもっとも忠輝を愛さなければならぬはずの男でさえも、そんな感情は薄いようだった。

広照の忠輝を見る眼は愛情の色は少しもなく、監督者のようだった。それは、忠輝をここまで傅育《ふいく》したという自負と傲《おご》りを含んでいた。

（広照め、おれを引きとって育てたことを鼻にかけおる。恩に着せられてたまるか）

と思った。

仕置(政治)のことで子細らしく広照が意見を言うと、わざと反対してやりたかった。

「あれはこういたしました」

と彼が報告するのは事後承諾が多かった。

(そんなこと、どうしていちいちおれに問うてやらぬ。あんまり勝手な真似《まね》はするな)

と、どなりつけてやりたかった。が、忠輝はそれが言えなかった。彼には、そういう気の弱さがあった。それでいよいよ気《き》鬱《うつ》が内攻して広照が憎かった。

広照は家中に勢力をつくり、山田長門守《ながとのかみ》や松平讃岐守《さぬきのかみ》などという重臣を完全に握っていた。そんなことも癇《かん》に障《さわ》ってならなかった。

忠輝は花井主水《もんど》という寵臣《ちょうしん》がたった一人の味方のように思えた。

主水は幼少の時、乱舞(能舞)を教えるために家康から忠輝につけられた者だが、なかなか才知があった。色白く、女のように優しい顔をしている。

何よりも忠輝が気に入ったのは、主水が忠輝に心から愛情をもっていてくれることだった。他の者が口先ではどのように言っても、忠輝を見る眼つきは情愛の破片《かけら》もなかった。主水は忠輝に真底から仕えた。

主水は、忠輝の心を見通したように、

「殿にはもっとお強くおなりなされませ」

とよく言った。

それを聞くことがたび重なるうちに、忠輝は迷いが醒《さ》めたようになった。自分に情愛を持たぬ者たちに何の遠慮があろう。この世に、たった一人自分を理解してくれる者のために、どんなことでもしてやりたいと思った。

忠輝は主水を家老に引きあげた。

それから皆川広照が言うことはいっさいきかなかった。彼が右がよいと言えば左と言った。左と言えば右と言った。

主水の言うことなら、何でもそのとおりにきいた。

(覚えたか)

と忠輝は心で広照に痛快がった。

皆川広照が蒼《あお》い顔をして忠輝の前に出た。背後に松平讃岐守も山田長門守も一緒にすわった。

「殿の近ごろのご所行は腑《ふ》に落ちませぬ。これも花井主水がお側《そば》にいるからで、主水をお退け願います」

と広照が言った。

忠輝は薄ら笑いをして、

「できぬ。おまえたちが何と言おうとおれは主水を信用しているからの」

と言った。すると広照が忠輝の顔をきっと見て、

「それなら覚悟がございます」

と言った。

忠輝は、（来たな）と思ったが、

「勝手にしろ」

と答えた。

――広照たちは、それからすぐに駿府《すんぷ》に行って、直接家康に訴え出た。花井主水のために忠輝様によからぬ振舞いが多いという口上である。

家康は、一時はその言葉を採りあげようとした。

すると茶阿が、花井主水のために百方陳弁して取りなした。茶阿は主水をひそかに愛していたらしい。茶阿の頼みで、小督《こごう》の局《つぼね》や西郷の局なども一緒に願い出たので、家康ほどの者の意志も急に変わった。

花井主水にお咎《とが》めなく、かえって訴願した三人が罪をこうむり、皆川広照は流罪《るざい》、山田、松平の両名は死罪となった。

忠輝は、この沙汰《さた》を知ると、

「見たか」

とわらった。

が、家康の気持を動かしてこの結果になったのは女どもの力で、忠輝が言ったのでは家康は一顧もしなかったであろう。そう思うと彼は寂しかった。

その後、忠輝は越後《えちご》高田で六十万石を領した。家康が忠輝に特に目をかけたわけではない。己れの子として、秀康の越前七十七万石、忠吉の尾張五十七万石との、振りあいをとったまでである。

四

元和《げんな》元年、大坂夏の陣が起こった。

暑い日である。忠輝の軍勢は琵琶湖《びわこ》を右手に見ながら、西に急いでいた。江州守山の付近だった。

とつぜん、軍勢とならんで街道を二騎の鎧《よろい》武者が走りぬけようとする。

「降りろ」「降りろ」

と軍列の中から声がかかった。その声に振りむきもせず二騎は奔《はし》った。

「降りろ。無礼な」

と軍勢の先頭から五六十人が追った。

二人の武者は愕《おどろ》いて馬を捨てて逃げた。近くの民家に遁《に》げこむのを、追いつめた二三百人の侍たちが取りまいた。興奮しているから、

「斬《き》れ」

と誰かが叫んだので、皆で襲いかかって殺してしまった。誰が手をくだしたともわからず、殺された二人の武者の身もとも知れなかった。

そんな穿鑿《せんさく》をする暇もなく、軍勢は西へひた押しに急いだ。

忠輝勢は大和口を受け持つ予定だったが、奈良に到着して戦機を逸し、道明寺の戦いが間に合わなかった。

「敵の旗印も見ず、しかるべき首一つとらず」

と家康が怒ったのは、この時の罪である。

忠輝は家康の陣所に詫《わ》びにいった。

家康は床几《しょうぎ》に腰かけて討たれた敵の首実検をしていた。本多正信《まさのぶ》、藤堂高虎《たかとら》、伊達《だて》政宗《まさむね》などが控えていた。

家康は忠輝がはいってきたのは知っていたが、見向きもしなかった。首級のほうばかり眼を向けていた。

「後藤又兵衛にござります」

「うむ」

と家康は説明のほうにうなずいて作法どおり実検をした。

「小袖《こそで》に包んで田の中に埋めてありました」

「天晴れ剛の者じゃ。次」

「薄田隼人《すすきだはやと》にござります」

「うむ」

「水野殿の家中、中川島之介、寺島勘九郎両人にて打ちとりました」

「惜しい勇士だの。次」

家康は、次々と首を見ながら、あっぱれじゃ、とか、惜しいとか、敵の首級に賞賛を惜しまなかった。一言も言葉をかけてもらえずに、その場に膝《ひざ》をついている忠輝には、それが皮肉な当てつけのように思えた。

ことに、木村重成《しげなり》の首級を前にしたとき家康は、鼻をよせて匂《にお》いを嗅《か》ぎ、

「これよ、この異香の薫ることはどうじゃ。こんな優しい嗜《たしな》みをこの若者に何者が教えたか。物に慣れた武士は雑兵《ぞうひょう》の首に紛れぬようたしなむものじゃ。こんな勇士を生かしておけば名将になったろうにの。——将にもいろいろあるわ」

と言って、ジロリと忠輝を見て、

「もうよい、退《さが》れ」

と言った。

忠輝は自陣に帰りながら、

(悪いから謝りに行ったのに、皆の前でさんざん皮肉を言って——。もう少し仕打ちがありそうなもの、そんなに親父《おやじ》はおれが憎いのか)

と腹が立った。

その憤懣で、京都に引きあげた時、家康と秀忠が内裏《だいり》に行ったが、その供をする気にもなれなかった。

(ばかばかしい)

と、病気と届けておいて、嵯峨《さが》の辺に川遊びに行った。

それでも胸がおさまらず、

（ええくそ、こんなところにおりとうない）

と家康には無断で、軍勢を連れて京都から間道を通って、越後《えちご》へ引きあげてしまった。

五

秀忠が京都を発して帰東の途中、水口《みなぐち》の付近までくると、路傍に旗本の長坂血槍九郎が悄然《しょうぜん》と待って控えていた。

秀忠が、

「長坂ではないか、どうしたのじゃ」

ときくと、

「手前舎弟が江州守山にて少将（忠輝）様の手の者に理不尽に討たれました」

と訴えた。

秀忠がなおも尋ねると、忠輝の軍勢が大坂へ行く途中、同じ道を駆けていた長坂の弟とその同僚とを咎《とが》め、皆で取りかこんで殺した、というのである。

「それは初耳じゃ。わかった、調べてその方の得心の行くようにいたす」

と秀忠は言った。

駿府《すんぷ》に着いた秀忠は、先着の家康に遇《あ》ってそのことを話した。

家康は舌打ちして言った。

「忠輝め、敵の然《しか》るべき首一つ取らず、そのうえ、許しも得ずに本国に引きあげた。わが子からして軍法を破ったばかりでなく、今またそのような話を聞く。予が生きていてさえこのありさまでは、余が死後、将軍家に対しての無礼が思いやられる。とてものことに、ものにはならぬの」

秀忠は家康の険しい顔色を見て、

(取りなしてもむだだ)

と思って黙っていた。

家康はその場で、松平勝隆《かつたか》を呼んで、

「おまえ、越後に行ってな、忠輝にこれから対面はずっと叶《かな》わんと伝えてまいれ」

と命じた。

勝隆がかしこまって退るのを見送って、家康は、

(茶阿が嘆くだろうが、あんな不肖な子では仕方がない)と思った。

忠輝は高田の城内に上使松平勝隆を迎えて初めて家康の意を知った。

(まるで仇敵《きゆうてき》だ)と思った。

越後家では、上使の口上をきいて騒動が一通りでない。さてはあの時、守山で手籠《てご》めにして殺したのが将軍家の旗本であったかと愕《おどろ》く始末だ。このうえは下手人を駿府に送れば、少しは大御所の不興もゆるもうかと、その詮議《せんぎ》にかかった。

しかし、当時、三百余人が二人を襲ったので、誰が下手人やらはっきりしない。仕方がないので、供頭が責《せめ》を負ってその下手人になろうと言いだしたところ、それではあまり気の毒というので、三人の侍が下手人を志願して出た。

ところで、これを江戸送りにするのに、罪人の扱いにするか、士分の礼をとるか、意見が分かれて決しない。三人の志願者は、せっかく藩のために無実の罪を買って出たのに、縄《なわ》をかけてさしだすなどと、そんな無礼な話はない、というので二人までが脱走してしまった。

そんなことで暇がかかり、ようやく一人を駿府に護送したが、調べているうちに、以上の事実が暴露したので、家康はまた嚇怒《かくど》した。

「公儀をあざむき、あまつさえ無実の科人《とがにん》を差しだすとは、もってのほか」

というのである。

家老花井主水《もんど》は、仕置きよろしからず、とあって常陸《ひたち》の松平家に預けられた。

次に、忠輝には、駿府の家康つきの執政本多正純《まさずみ》から手紙がきて、

「大御所様、ご立腹であるから、あなたがそのまま高田に在城あるのはお詫《わ》びのうえからよろしくない。上州藤岡辺にお移りになったがよい」

と勧告してきた。

正純の権勢絶頂の時代である。

忠輝が藤岡に移ってまもなく家康の病気が伝わった。

家康は鷹野《たかの》に出て、出先で食べた鯛《たい》の油揚げに中毒したのである。

大御所ご不例だと伝わると、江戸から秀忠はじめ諸大名駆けつけて引きも切らない。

駿府の騒動はひとかたでなかった。

忠輝も父だから見舞いに行きたいと本多正純まで申し入れた。

正純が家康にそのことを披露すると、家康は日増しに憔悴《しょうすい》してきた顔に、落ちくぼんだ眼を開き、

「あんな愚か者を見とうもないわ」

と言った。

正純は忠輝に返事して、蒲原《かんばら》あたりまでならお来《い》であるべし、と書いた。

忠輝は藤岡から蒲原に移って、臨済寺に泊まった。蒲原から駿府は六里ばかりの距

離だ。

茶阿は家康の看病に来ていたが、茶阿がどのように涙を流して忠輝のことを嘆願しても、家康の口からはついに、

(許す)

ということは聞かれなかった。

元和二年四月十七日巳《み》刻家康は他界した。家康は種々の遺言をした末、その暁方《あけがた》罪人を斬《き》った血で塗《まみ》れた剣を引きぬき、床の上で振りまわし、

「これを長く子孫の鎮護にしようぞ」

とは叫んでも、

「忠輝」

という言葉は一言半句も出なかった。

六

家康の遺骸《いがい》は久能山《くのうざん》に葬《ほうむ》ったが、父の遺体に対面はおろか、忠輝は葬送に参列することも許されなかった。宿舎の周囲は九鬼長門守《ながとのかみ》の者が固めて、忠輝を外に出さない。

(兄の秀忠は親父《おやじ》の言いなりだから、この調子だとおれの運も知れている)

と忠輝は思った。

また本多正純《まさずみ》から使いがきた。

「駿府《すんぷ》の近くにいつまでもご滞在になるのはいかがかと思われますから、藤岡にお戻りになるよう」

とすすめた。彼の言うことだから、命令なのだ。

忠輝は藤岡へ帰る途中、武州深谷で増上寺国師に会った。将軍家へ取りなしを頼むと、

「さあ。いかがなものか。拙僧の手ではどうも」

と国師は乗り気になってくれなかった。老獪《ろうかい》に瞳を外らして、狡い微笑を口辺に漂わしているだけである。

(坊主《ぼうず》め。景気のいい時だけ胡麻《ごま》をすりおって、落ち目になると見向きもしない)

と腹が立った。

元和二年六月、正式に秀忠の意志が忠輝に伝えられた。

神尾刑部《ぎようぶ》、近藤石見守《いわみのかみ》の両名が上使となってきた。

正使の神尾が、手を突いている忠輝に一礼して、奉書を披《ひろ》げ、

「では」

と声を改めて読みはじめた。

「先年、その方こと、大坂の軍に懈《け》怠《たい》、その忠、不審なきに非ず。よって、大御所様この儀をお疑いあり、ご立腹ありてついに御対面を許されず。次に上意を経ずして旗本の士を理不尽に誅《ちゅう》されしこと希代の奢《おご》りなり。大御所御憤《いきどお》り一方ならず。次に――」

聞いている忠輝は、

（いろいろ理由をならべて親父が怒っていることを言っているが、要するに親父はおれを好かなかったのだ。かわいくないからおれのすることがいちいち憎いのだ）

と思うと、くやしくなって涙が出た。

「――よって、大御所、その方ご折檻《せっかん》のご遺言にも勢州朝熊《あさま》へ遺《のこ》しおきて、まずしばらく領国を召しあげ、身の過《あやま》ちを謝すべき旨《むね》仰《おお》せおかれる間、その心得あるべきなり」

忠輝は、

（とうとう六十万石をとりあげて、おれを伊勢《いせ》へ流すのか）

と悲憤がこみあげた。

上書を読みおわった神尾と近藤が、ならんで平伏して、

「このたびはまことに不慮のことにて――」

と挨拶《あいさつ》するのに睨みつけて、

「もうよいから帰ってくれ」

とどなった。

忠輝は、家来に、

「茶入れを持ってまいれ」

と言った。運んできた桐箱《きりばこ》の蓋《ふた》をとると、白布に丁寧に包んだ相国寺の茶入れが出てきた。以前に家康からもらった唯一《ゆいいつ》の品だ。

（こんなもの要らぬ。返してやれ）

と思った。父の遺品というなつかしさは少しも感情に出てこず、癇《かん》に障《さわ》るだけだった。

それを家来に持たせて老中土井利勝《としかつ》のもとにやったが、その時の口上は、

「これは大御所様より拝領の天下の名物相国寺の茶入れである。かような品を科人《とがにん》となって遠流《おんる》される自分が持っていても迷惑だろうから、将軍家にお返しする」

と言うのだった。

数日たった。利勝が秀忠に取りついだらしい。利勝からの返事として、

「将軍家の仰せには、この品は権現様《ごんげんさま》よりの拝領のお道具であれば、いつまでもお持ちになって必ず粗忽《そそう》のなきよう心得られるように、とのことです」

と伝えてきた。

（何を今さら、もったいをつけて）

と受けとる気がしない。自分を嫌った父が、権現様権現様と日ごとに神様になっていくのも不愉快だった。

茶入れはまた土井利勝のもとに送り返させた。

「土井にくれてやる」

と使いに言いそえた。

忠輝が従士二十人ばかりと、伊勢にくだったのは、秋立つころであった。

七

忠輝は伊勢《いせ》国朝熊嶽《あさまだけ》の金剛証寺にはいったが、この寺の僧侶《そうりよ》は魚肉を食さないので、まもなく麓《ふもと》の妙高庵に移った。が、ここにも、長くはいられなかった。

秀忠の使いとして中山勘解由《かげゆ》がきた。

「将軍家の仰《おお》せには、朝熊は海道近辺に候《そうら》えば気遣いにも思われるから、飛驒《ひだ》国へお移りくださるように、との御諚《ごじょう》です」

忠輝は口上を聞いて、

(兄貴も神経質な、いくら伊勢が海道筋の要所だからといって、おれが謀反《むほん》でもたくらむと考えてか)

と思った。

(飛驒なんかの山奥に追いやるほどだから、この先、陽の目を見せるつもりはないらしい)

と腹が立った。

「おれも、そうあっちこっちを歩きたくないからの、いっそここで死なせてくれてはどうじゃ」

と腹立ちまぎれに言った。すると勘解由は忠輝の顔を見ていたが、かなしそうに、

「情けないことを仰せられますな。飛驒は人遠い辺境でございますから鷹野《たかの》や川狩りなど勝手でございます。こんな殺生《せっしょう》禁断の土地よりよっぽどいいにきまっています。将軍家が飛驒に移れと仰せあるのは、その辺のところをお考えのことと思います。してみれば、お心が和《やわら》いだ証拠で、遠からずおゆるしが出ましょう、これはめでたきお

使いを承ったものと、よろこんで参りましたのに、思わぬお言葉を承りました」

と言った。忠輝は聞いていたが、

(年寄りのくせに、ぺらぺらともっともらしいことを言う)

と思った。秀忠の性格がそんなに単純だとは考えられなかった。しかし飛驒に行って、自由に鷹狩りや川遊びをするのも悪くない気がした。すると、未知の山国の野や川が眼前に彷彿《ほうふつ》と浮かんで魅力となった。

「よい。参ろうわ」

と忠輝は吐きだすように言った。

忠輝は飛驒に旅立ったが、警固の九鬼長門守《ながとのかみ》が途中で忠輝の家来を諸所で押しとどめて供を許さなかったから、高山に着いた時は、従士は三四人しかなかった。供人を大勢つけることを嫌う秀忠の猜疑《さいぎ》心《しん》からである。

国主金森重頼《しげより》が忠輝を預かった。

だが、この国にも、忠輝に愛情をもってくれる人は待っていなかった。

彼の容貌《ようぼう》は誰からも好感はもたれなかったのだ。重頼も彼に冷淡であった。

彼の顔からうけとる印象が、冷たく、陰気で、どう努力しても、不快で親しめないのである。

忠輝は山野を歩きまわった。自然だけが忠輝を抱くかと思われた。山林を駆けぬく忠輝の脚は獣のように速い。供の者は呆《あき》れて見るだけだった。

川遊びはことのほか、忠輝の気に入った。幽谷の底を川が流れている。両岸は木が鬱々《うつうつ》と茂っている。水は緑青《ろくしょう》を溶かしたように気味悪いまでに碧《あお》い。忠輝はそれに飛び込む。白い飛沫が消え、弧を描いた波紋が失《う》せても、忠輝の姿は上がってこなかった。

警固の金森の家士は色を失った。一時間たっても姿を現わさないのだ。狼狽《ろうばい》して藩庁に告げに帰る者がある。が、二時間もすると、上流からか、下流からか、忠輝は鮎《あゆ》のように自在に水に乗って裸の姿を見せた。

金森の従士が、びっくりして、

「いかがなされました」

ときくと、

「水底の獺《かわうそ》と遊んでいた」

と笑っていた。

不時に居館を抜けて、二日も三日も帰らないことがたびたびであった。帰ってきた時は、きまって手足に山を歩いた証拠の傷があった。

人間の誰からも愛情をもってもらえない忠輝は、その孤独を自然の世界とそこに棲《す》む獣だけに甘えようとしているように見えた。

が、これでは金森重頼もお守りができない。ついに老中に忠輝の守護の辞退を申し出た。

忠輝は三度移されて、信州高島城に預けられた。今の上諏訪《かみすわ》である。

新井白石の『藩翰譜《はんかんふ》』には、

「忠輝殿は御齢もすでに傾き、心も昔と変わり、諏訪頼水《よりみず》が、またよくいたわってお世話したから、この地を住所と思われたのか、その後はおとなしく籠《こ》っておられた。齢《よわい》九十三歳で天和三年七月三日にこの世を去られた」

とある。

上諏訪地方の郷土史家によると、忠輝はこの地に来て、諏訪頼水の計らいで土地の百姓の娘を妾《めかけ》にして、子まで儲《もう》けたそうである。忠輝の晩年の平穏はその女の愛情によったのであろうか。

書き忘れたが、忠輝の妻は伊達《だて》政宗《まさむね》の娘だった。どうせ政略結婚だから、さのみ愛情があったとは思えない。この妻は忠輝が改易になった時すぐ仙台に帰されてしまった。短い同居である。

諏訪元子爵《ししやく》家の古い記録を見ると、忠輝は年老いてから、よく人に、

「自分にも妻があった。どうしたか、もう死んだことだろう」

と述懐している。あわれな言葉である。

同じ古文書に、忠輝の死に顔を、

「御眼は大きく逆つりてすさまじき御容体に御座候」

と誌《しる》してあるから、家康が見た嬰児《えいじ》の時の不幸な面貌《めんぼう》を、そのまま九十三年間もちつづけたのである。

恋情

一

己《おれ》は田舎の小さな旧藩主の長男として生まれた。

明治十七年に華族令が定まったとき、父は男爵《だんしゃく》をもらったが、本家筋に当たる山名家は伯爵であった。大藩の大名でありながら、侯爵にならなかったのは、維新のさい、狼狽《ろうばい》して、さしたる働きがなかったからである。

新政府になってからは何となく疎《うと》まれがちで、ずいぶん有能な藩士でも官途に重く登用されることはなかった。そのため山名の当主は薩長《さっちょう》をにくむことはなはだしく、口をひらけば新政府を罵倒《ばとう》した。

「天子の政府ではない。薩長の陰謀幕府だ」

山名伯は五十にも満たぬ壮齢である。鬱勃《うつぼつ》の気風があったが、この政府では手も足も出ず、かげで鬱憤《うっぷん》を吐くよりほかはなかった。

己の家と本家とは、支藩と本藩の関係で、現在では血縁のつながりはなかったが、己は当主の包幸《かねゆき》を〝伯父さま〟と呼んでいた。

「あれは偉い男だ。世に出したら仕事のできる男だ。政府の改革もやりかねないから、薩長から警戒されているのだ」

と父は包幸を評した。これがほめすぎであることは後にわかったが、包幸の精悍《せいかん》なあから顔や政府への毒舌を聞いていると、そんな錯覚が起こる。

己は包幸を尊敬した。それは、彼が律子の父だったからによる。

律子は己より四つ年下であった。初めて見たのは己が十五のとき、父に伴われて高《たか》輪《なわ》の本家の邸《やしき》に行ったさいであった。

居間で、包幸は己を見て、

「坊主《ぼうず》、大きくなったな、おれを覚えているか」

と言った。大人《おとな》のこのような懐柔的な言いぐさに己はすでに狎《な》れていた。が、己はあいにく十四の齢《とし》まで国元で育ったから、幼時に一度会ったという包幸には記憶はなかった。

「そうそう、おまえひとりでは退屈じゃろう」

と言って、婢《げじょ》に、

「律子をつれてこい」

と言いつけた。

その時、己ははじめて律子を見たのである。

律子は紫色の被布を着ていたが、色の白い顔に似合った。黒瞳《くろめ》がちの眼が大きく見つめるように開き、怜悧《れいり》な容《かたち》の唇は憂鬱《ゆううつ》げに微《かす》かに閉じていた。躾《しつけ》も行き届いたものだと思った。

己はまわりが山野ばかりの田舎の邸で大きくなったから、このような少女を見て、少なからず心の度を失った。頭に血が上がるのがどうしようもなく、今にも失笑されはしまいかと狼狽した。

――己が律子を愛したのは、この時にはじまったと言ってよい。

それから、しばしば惹《ひ》かれるように高輪の邸に行くようになったが、律子をひそかに愛する心は己たちの成長する歳月の経過とともに深まった。

己が律子とすごした時の幸福な回想をいちいち挙げるならば数限りがない。どのように些々《ささ》たる場合も、律子とともにあったかぎり、心に灼《や》きついて強烈な記憶となっているからである。

たとえば、ある時、己は学習中の Peer Parley の万国史を携えて律子の部屋に行ったことがある。この教科書にはたくさんな挿絵があった。

律子はページをめくり、珍しそうに絵を見ていた。ときには、

「これ、何でございますの、お兄さま」

と小指を絵のはしにのせてきいた。トロイ戦争か何かの細密な銅板画をさした小指は透きとおるように白く、しなやかに弾み、爪《つめ》は貝細工のように可憐《かれん》であった。己は今にもその指をとって口にくわえんとする衝動に駆られて困った。

それから律子と並んで邸の芝生に立って遠くに燃える火事を見たこともあった。こなたの森を影絵に浮きだしたのを前景に、火の色は暗い夜空を艶冶《えんや》に紅《あか》く染めていた。

「こわいわ」

と律子は呟《つぶや》いて胸に袖《そで》を抱いた。美しい夜の炎上である。暗黒の中で、匂《にお》うばかりの律子の吐息が近々と己の頰に触れる気がした。

もしも、この時、婢が手燭《てしょく》を掲げて近づいてこなかったら、己はいつまでも胸を締めつけられるようなこの甘美に陶酔していたであろう。

律子と会い、律子と語って、帰りの時刻のいかに早く来たことか。やむなく辞去して己の俥《くるま》が門前数丁を走らぬうちに、たちまち辞を設けて引きかえしたい心が起こったことも一再ではなかった。

二

己《おれ》は二十になり、律子は十六となった。

この三四年の間、己は絶えず律子に思慕を寄せながら、ついぞ、おのれの愛情を表白したことはなかった。己の怯懦《きょうだ》は、万一彼女の拒絶に会った場合を恐怖したのである。

律子が己に好意を持っていたことは、その様子でわかったが、はたして己の望むような愛情であったか、単に近親の隔意なさであったか、その区別の判断ができなかった。

ただ、慰めとするところは、律子の父包幸《かねゆき》の態度で、己に会うと柔和な笑顔を見せながら、鷹揚《おうよう》で親切な言葉をかけてくれた。己が律子とともに二人きりでいても、少しも猜疑《さいぎ》のふうはなく、かえって喜んでいる様子さえ見えた。

己は律子さえ承知ならば、包幸は律子をくれる気持ではないかと思い、あるいは父にすでに話があり、縁組みの約束がひそかにできているのではないかなどと想像したりした。

後になって聞くに、これは己の空想ではなかった。事実、このころ、包幸と己の父

との間には、

「どうじゃ、坊主《ぼうず》はうちの律子が気に入っているらしいが、もらってくれるならやってもよいぞ」

「それは願ってもない話だ。それではここでそう決めてもよい」

というような口約束があった。これは、当人同士にはもう少し先まで話を伏せておこう、ということであった。

このまま何事もなく経過したら、己は律子を娶《めと》ることができたかもしれぬ。そして己の一生も幸福平凡に暮らせたに違いない。人間運命の不測は神も知らぬ。

——明治十九年の早春のある宵であった。

あたかも独逸《ドイツ》国皇族フレデリック・レオポール親王が来朝し、某宮邸で開かれる歓待宴に在京の華族が招待された。

己は律子をともなって宮邸へ急いだ。馬車の内では振袖《ふりそで》に着飾った律子が絶えず晴れがましい不安をうったえ、己も美しい律子を携える歓喜に高鳴る胸の動悸《どうき》をおさえかねながら、窓外の高台の灯の疎《まば》らな黒々と多い木立の影が過ぎるのを眺めていた。

馬車が大名門をはいり、宮邸の破風《はふ》の屋根のある玄関の車寄せに止まると、紋服の召使が急いで近づきうやうやしく扉をあけた。

ちょうどその時、一足先だった三人の客が式台に上がりかけながら、馬車から出る己たち二人を見返ったが、律子を見て声をのんだような顔になった。ことにその中の若い女は、驚きの眼つきのなかに早くも嫉妬《しっと》を閃《ひらめ》かせていることを己は一瞥《いちべつ》のうちに知った。

廊下では独逸公使館の若い館員が用あり気な足を少時停めて、律子を空色の瞳《ひとみ》で呆《あき》れたように見送った。

その廊下にも、洋風に改装した二階の大広間にも鉢植の梅が置かれ、庭には夜目にも木に雪の積もったように満開の白桃が咲いていた。

主人の宮は、日本と独逸国旗とを飾った優雅な組入天井の下で、背の高い赤い髪を分けた異国の皇族と矮小《わいしょう》な下品な顔つきの日本の大臣とを交えて歓談していた。その周囲には一重にも二重にも礼装の貴族がそれぞれ囁《ささや》きながらとり巻いていた。

この風采《ふうさい》は上がらぬながら高貴な服飾に身体を包んだ五十近い男が、包幸の攻撃する藩閥政府の代表井藤伯であった。窪《くぼ》んだ眼窩《がんか》に切れ長に光っている好色そうな眼、低い鼻、腭《あご》に垂れた濃い鬚《ひげ》、尊大な身振り。

が、ふと、彼が律子を見た瞬間の眼は、意外なものに不意に出会った驚愕《きょうがく》があった。その瞬時の表情はいっさいの偽りを剥《は》いだ幼児のように生《き》のものであった。もとより、この老獪《ろうかい》な宰相は一瞬にそれを露呈しただけで、たちまちもとの取りつくろった表情に戻った。

己と律子が席についたとき、宮と井藤伯は遠くからこっちを見てはしきりと私語していた。

あとで、当夜の会に参会していた知りあいの華族から、

「井藤伯爵《はくしゃく》がね、君と同伴のお嬢さんを、あれはどこの令嬢だときいていたよ」

と告げられた。

この時、己が井藤の真意を知らず、少々得意を覚えたのは、われながらお人よしであった。

三

それからも別段のことはなかった。己《おれ》の高輪《たかなわ》訪問も月に四五度は必ずする。包幸《かねゆき》も機嫌よく迎えてくれるし、律子の様子にも変わったところがない。

しかるに、のちになると、己が訪ねて行っても、律子の不在が多くなるようになった。以前にもあまりなかったことである。

己は玄関で婢《げじょ》から律子の不在の口上を聞くと、内心の失望が表にあらわれぬよう、

さり気ない様子をするのに苦労した。そういう時にかぎって、婢に向かって何やら軽口めいた短い言葉を言って、快活をよそおった。

ある時、己は律子に会った時、先日の訪問には不在でしたね、と言うと、

「あら、何日でございましょう」

と律子はあの大きな黒瞳《くろめ》を驚いたように己に向けた。

己がその日付を言うと、不審そうに考えるような眼つきをしていたが、すぐに、

「そうでしたわ、青山のお友だちの家に参っておりました」

と小さな声で答えた。これが、律子が何かの事情を悟って、とっさの取りつくろいであることを己は気づかなかった。

律子の不在の日でも、そのまま踵《きびす》を返したのではあまりに内兜《うちかぶと》を見透かされる。己は仕方なく包幸の居間をうかがうが、律子のいない邸《やしき》は寂しいかぎりで、空気まで乾いていた。

そのころ、父が己にこんなことを言った。

「近ごろ聞く噂《うわさ》では、本家（包幸）が井藤伯に接近しているということだが、まさかと思うな」

「それは、世間の、いいかげんな根のない噂にきまっていますよ。本気にすることは

ないでしょう」

と己は答えた。

実際、そんなことは考えられなかった。薩長藩閥《さつちょうはばつ》をにくみ、政府を罵倒《ばとう》し、井藤伯を憎悪《ぞうお》してきた包幸が、当の本尊に近づくなどということがあり得ようか。

「そうだろうな」

と父も安心したようにうなずいた。

己はその後、高輪の邸に行った時、包幸に会い、このことを言って、

「伯父さまにこんな噂があるそうでございますよ」

と笑った。

包幸はそれを聞くと、素早い一瞥《いちべつ》を己の顔に投げたが、

「ばかなことを言いふらす奴《やつ》がある。取りあわずにおいてくれ」

と渋い顔をしながら、手を伸ばして卓上の箱から悠々と舶来煙草《たばこ》をとって火をつけた。

――それから十日もたたぬうちに、突然、包幸の使が来て、話したいことがあるから来いと言う。

包幸は茶室にすわって待っていた。今日は珍しく病身の妻女が炉の前にすわってい

る。妻女は中国筋の大藩の娘で、権高でわがままだということだが、己はもともとあまり好きでなく、年中病室に籠《こも》っているのをさいわい、近づかない。

「先日、これの実家の家来が西洋から帰って挨拶《あいさつ》に来た」

と包幸は茶碗《ちゃわん》を両手に抱えて言った。廃藩置県後十五年を過ぎても旧藩臣を家来と言ってはばからぬ。

「若い男での、向こうの様子をいろいろと話しおった。聞いていると、おれが前に読んだ福沢の『西洋事情』などより一段の進みようじゃ。これからの若い者にはどうしても西洋を見せておくことだと思った。その男は今度、大蔵省の少書記官になる。おれは薩長勢力は反対だが、政府そのものは否定せん。新知識を得たその男は前途有望じゃ。それで」

と飲み残しの茶を呷《あお》るように飲みほすと、

「もう一服」

と妻女の方に茶碗を差しだした。

「おまえも西洋に二三年行って勉強してはどうじゃ。おれもおまえの親父《おやじ》も旧弊で、これまでの人間じゃが、おまえはこれから花の咲く身だからの。将来を考えて、今のうちに勉強しておくことだ。おまえにその気があれば、三年ぐらいの留学費は出してやってもよい。おまえの親父は金をもたんからな」

と包幸は薄笑いしながら己の顔を見た。

妻女が茶を立てながら、権高な顔を向けて、

「まあ、結構なお話でございますこと」

と言った。

茶室から庭の芝生が見える。春に萠《も》えた青草の上に陽炎《かげろう》が揺れている。己はその上に五彩の虹《にじ》がかかっている思いがした。

四

包幸《かねゆき》のこの申し出は、己《おれ》を有頂天にさせた。彼の心底を勝手に忖度《そんたく》してよろこんだ。己をまず洋行させ、一種の箔《はく》をつけて律子を娶《めあわ》すのではないか。滅多に病室から出てこぬ妻女を同座させて話を持ちだしたのも、特別の意味があったに違いない。こう考えると、己は自分の未来がばら色に輝く思いがした。

父は己以上によろこんだ。律子については密《ひそ》かに包幸との口約束もある——。包幸が己を外国に留学させるという意味を、父も暗黙の婚約だと解釈した。

——しかるに、己が外国に行くと決まってから、律子と会うに、律子の面ざしは何

となく元気ないように思われた。その唇はいよいよもの憂《う》げである。己はそれを単純に己が西洋に行くことに結びつけて考えた。それでかえって律子の愛の証《あかし》を知り得たように心が躍った。

もし婚約の話でも表面に出ていたら、己はどのようにでも言葉を尽くして律子を慰めたかしれない。三年の留学は短いとは言えない。さりとて未来のことを考えれば、帰朝の幸福を待つという愉《たの》しさがある。己はそう言って慰めたかった。ところが、それが口に出して言えない。

己に勇気があり、体面などというものにとらわれなかったら、律子に愛を告白する機会は幾度かあった。しかし己の性格の優柔と、野人匹夫《ひっぷ》の劣情にとられはすまいかという懼《おそ》れとで、ついにそれらしい言葉も吐けなかった。

出発を数日後に控えたある日のことである。高輪《たかなわ》の邸《やしき》で己のために送別の小宴を催してくれた。同族と、旧の重だった藩臣も参会した。己は上座にすわらせられ、父と包幸との間に挟まった律子は美しく粧《よそお》っていた。

内輪のことであるから、たちまち酒間に笑い声が湧《わ》くようになった。座談の中心はやはり主人の包幸である。彼は福沢諭吉の「西洋事情」などの半解な知識を振りまわしていたが、しだいに得意の政治論に移っていった。ところが後で気づいたのだが、いつもの薩長罵倒論《さっちょうばとう》がいっこうに出てこなかった。

ふと見ると律子の姿がしばらく席に見えない。己は用あり気に立って、律子の部屋に行った。

折りからの夕闇《ゆうやみ》は蒼然《そうぜん》と庭樹を融《と》かしはじめ、部屋の内も暮れてさだかに見えぬ。凝視すると、薄暗がりの中で、灯もつけずに律子の黒い影が机の前にすわっているのがわかった。

己は廊下から部屋の内にはいりかねて、立ったまま、

「律子さん」

と声をかけた。

律子は返事もせずにいたが、やがて忍びやかにすすり泣く声が洩《も》れた。

己はその泣き声に惹《ひ》かれるように部屋へはいろうとすると、

「おはいりになってはいけませんわ」

とあんがいはっきりした声で制した。

己は廊下に黙ったまま立ちつくした。言葉に出すと何かつまらぬことを言いそうであった。そのくせ、胸は騒いでいる。歓喜と不安の感情が激しく己の身体を揺すった。

その時、律子は、

「お兄さま。——」

と言いかけて黙った。何かためらっている。己は息苦しい思いで次の言葉を待った。

すると、遠くの部屋で笑いくずれる声がした。同時に廊下を走ってくる小さい足音が聞こえ、お姉ちゃま、お姉ちゃま、と親族の子供が呼んだ。

これで事はおわった。己は律子のあの言葉を聞く機会を永久に失った。

五

己は、横浜解纜《かいらん》の英国郵便船で出発した。

その見送りには山名包幸《かねゆき》も律子も来なかった。家令が名代に来て、くどくどと余儀ない事情の申しわけを言い、

「お嬢さまからこれを」

と言って一通の薄い封書を渡してくれた。己は落胆したが、顔色に出ぬよう、つとめて快活を装《よそお》い見送りの誰彼と談笑した。思えばわれながら情けなきお体裁屋であった。

たとえば、父に従ってきた小間使のお篠《しの》がものめずらしそうに船を見ているのに種々の説明をしてやったがごときである。このようなよけいな振舞いは内心の失望を

人前にかくすためであった。

己は船中でひとりになると、急いでポケットにしまった封書を取りだして破った。それは一枚の書箋《しょせん》にただ一行、

百千《ももち》波《なみ》かくて隔つるものながら　君まさきくて越え給《たま》えかし　　律子

と認めてあった。千言万章は望まなくとも、せめて数十行、いや数行でもよい、何かの文句が欲しかった。少時は茫然《ぼうぜん》とした。

が、ものたりないだけに、その一首が宝玉のように貴重であった。これを律子と再会の日まで、肌から離すまいと決心した。

己は相模《さがみ》沖を走る船の甲板に立って、紫色に暮れる空へ、何度律子の名を投げたかわからぬ。

暑い印度洋を過ぎ、蘇西《スエズ》海峡の掘割を通り、地中海を横切って、英吉利《イギリス》に着いたのは明治十九年の暮であった。

予定どおり、牛津《オックスフォード》大学に入学の手続きをとった。紹介する者があって、さる退職官員の家の二階に下宿した。

すでにチルターンの丘陵には薄い降雪があり、テームズ河の水の色も寒い季節であ

ったが、希望に燃える己《おれ》には早春の景色のように光っていた。この大学で法律学を修め、三年後には一かどの業績を身につけて帰朝しようという模糊《もこ》たる功名心は、自ら身を下宿の一室に閉じ込めて勉強に専念させた。

やがて降誕祭《クリスマス》が来た。下宿人の己も家族とともにこの夜を過ごした。一家団欒《だんらん》で聖夜を愉《たの》しむ。

「バロン・ヤマナも何かお唄《うた》いなさい」

と主婦が言う。襲爵《しゆうしやく》はしていないが、公使館の紹介状が〝男爵〟となっていた。退職官員とその娘とが促すように拍手する。

己は国元の俚謡《りよう》を唄った。木挽唄《こびきうた》で同族が寄りあって酒が出ると必ずうたわれる。日本を発つ時、己の送別の宴でも皆で唄った。

己は唄いながら、その席にいた律子の姿を想《おも》い浮かべた。下宿の親娘は、歌詞はわからぬながら、その哀調が気に入ったと見え、しきりと繰りかえしをせがんだ。

日ごろ、ものさびしいこの街の通りも今夜ばかりはおのおのの家の窓は明るく、弾く楽器の音が路上に流れてくる。

それを聞いていると、故国万里を離れた旅愁と、律子への思慕が心に水がひろがるように滲《し》みた。

降誕祭がすむと、一八八七年（明治二十年）の正月を迎えた。

日本の新聞は数十日遅れて届く。元旦《がんたん》づけの東京日日新聞を手にしたのは二月の半ばごろであった。

一面に四十六歳になられた帝《みかど》の御製をかかげている。日本国の新興雄飛の気風は紙面にみなぎってたのもしかった。

しかるに〝竹の園生の弥栄《いやさか》〟という見出しの記事を何気なく読んで、己はわが眼を疑った。

「新玉《あらたま》の年はじめに畏くも皇室の御慶を拝するこそ目出度けれ。――、東山科宮英彦王殿下と伯爵山名包幸氏の長女律子嬢との間にご婚儀がととのい、勅許もありたれば、二月に入りて佳日を卜《ぼく》し、ご成婚の儀が取りおこなわせらると洩れ承る」

二三度読みなおしたが、活字が二重に見えるくらい視覚が乱れた。己は顔から血の気を失い、頭が真空になるのを覚えた。

六

数日煩悶《はんもん》の後、己《おれ》は旅装をととのえ、汽車に乗ってヨークシャア地方の東海岸へ当てもなく行った。陰鬱《いんうつ》な雲の垂れさがった冬の荒い北海を見たら、この気持がぴたりと合うかと思われたのだ。

時間の経過は、当初とり乱した己の心をしだいに落ちつかせ、思考も働くようになった。

今となっては何もかもわかる気がした。間違いなく、この婚姻の背後には、宮中に絶対な勢力をもっている井藤伯がそびえている。これだと信じた。彼はいつぞやの会で、律子を好色な眼で見ている。「あれはどこの令嬢か」ときいたという。おそらく、この時、すでに、律子と東山科宮家との婚姻が彼の胸を掠《かす》めたのではないか。理由は明白である。律子の容姿を見、宮家にすすめて、さらに宮中に勢力を張るためであろう。

包幸《かねゆき》が最近井藤伯に近づいているという噂《うわさ》も、急に己に留学をすすめて、律子から遠ざけたのも、それで理解ができる。

律子も、すでにその婚姻を聞かされていたのだ。己の出発前から元気を失ったように見えたのは、そのための変化と思われるが、それはどのような心理からであろう。灯もつけぬ部屋の暗黒の中で泣き、「お兄さま」と言いかけて逡巡《しゅんじゅん》したのは、何をうったえようとしたのであろうか。

己はいろいろに想像をたくましくしたが、今となっては何を考えようとも詮《せん》ないことである。

二月の佳日を卜して、と新聞にあるから、もはや、婚儀もすんでいるかもしれぬ。このうえ、考えれば考えるほど自分でおのれの心をさいなみ、苦しめるだけであった。

——鉱夫の多い町に下車して、田舎馬車を雇い、どこでもよいから海の見えるところまで行け、と言うと、御者は眼を丸くした。雪降りのこんな日に、さらに寒風の吹きすさぶ海岸を見に行くという客の物ずきに驚いたのである。

名も知らぬ漁村で降りたが、どの家も戸を閉ざして人の子一人歩いていない。海からの風がじかだけに、顔も上がらぬくらいの吹雪である。己は部落をはずれ、外套《がいとう》の襟の中に首を縮めながら海ぎわに出た。

この辺は岩礁《がんしょう》が多く、砕ける白波が宙に飛沫《しぶき》を上げている。その辺の岩角に腰をおろし、じっと沖を見つめた。船もなく島もない海と雲だけである。雲は水墨の濁ったような色で層々と重なり、海は蒼味《あおみ》を失《う》せてうすぐろかった。

己は真冬の北海の厳しい形相を見ているうちに涙が出た。当初の未来への希望や、模糊《もこ》たる功名心は跡かたもなく消え、空虚と孤独感が心を嚙《か》んだ。己は暗鬱《あんうつ》な沖合を凝視しているうちに、この世に生きる望みを捨てる気になった。

どのくらいその場を動かずにすわっていたのであろう。寒気は手足の知覚をうばいそうになった。己はやっと立ちあがり、のろい足どりで彷徨しはじめた。半分、無意識に死場所を捜していた。

そのとき、漁夫が見かけなかったら、己の身体は冬の海の波濤《はとう》の底に沈んだかもしれない。漁夫は己の身体を引っぱって自分の家に連れ帰った。早口の細君と二人で種々に言ってくれたが、訛が強くてよくわからないながら、粗末な暖炉に薪を燃し、熱い汁《スープ》をすすめるなどの淳朴な親切はうれしかった。

己は大学に籍を置いたまま、牛津《オックスフォード》を引きはらって竜動《ロンドン》に移った。もはや、学業をつづける気力もなく、さりとて故国に帰りたくもなかった。包幸からの送金は三月分ずつきまってあった。断わろうかと思ったが、律子の件に拗ねたようにとられるのも気鬱だったから、断わる辞もないまま、受けとっていた。

竜動は今までいた田舎と異なり、己の眼をうばうものが多い。牛津の思索に適した物静かな通りと違い、馬車の来往繁く、二行にも三行にも絡繹《らくえき》とつづき歩行を阻隔することしばしばである。

己はロンドンタワーその他の名所の見物などする気はしなかったが、一夕、レーゼントパークに歩を入れた時、月下に逍遥《しょうよう》する人影の群を見て、ここで詠《よ》んだという中井桜州の詩を思いだした。

「路ヲ照ラス汽燈燦《さん》トシテ花ニ似タリ　遊人終夜家ヲ思ハズ　騒雨恰モ初月ニ先テ歇《や》ム　緑蔭榻《とう》ヲ移シテ唐茶ヲ試ム」桜州はそれにつづいて、「園中日没ニ至レバ妻娘妾妓婢媼老弱群ヲナシ男女肩ヲ摩ス」と書いていたが、今見れば少しもそれに違わない。油断すればたちまち媚態《びたい》の婦女が木陰から出て腕をとられそうである。

それからの二年間、己は竜動《ロンドン》で放蕩《ほうとう》な生活を送った。スペンサーやミルの分厚い本は徒《いたず》らに下宿の机上に埃《ほこり》をかぶり、ページを繰るはずの指にはボルドーやシャンペンの美酒の杯を持った。

これらのたらぬ費用は佐藤という不思議な男が持ってくれた。佐藤は公使館の三等書記官で、酒場で知りあったのである。

ある夜、己はサルガルデンの歌舞劇場《オペラ》を観《み》て、夜遊亭《ナイト・クラブ》に立ちより、酒を飲んでいると、向こうの卓から扁平《へんぺい》な顔をした日本人が近づき、

「山名男爵のご子息ではありませんか」

と丁寧にきいた。

これが佐藤で、爾来《じらい》、遊び友だちになった。己はあまり心から好きではなかったが、料亭の費用がたりなくなると、心得顔に、

「いや、お預かりしておりますから」

と言って懐ろから金を出した。それが一度や二度でなく、たびたびのことである。お預かりしております、とは妙な言葉であるが、ききかえしもしなかった。後日になって、この男は井藤伯に目をかけられていて、早い出世をしたということを聞き、はじめて何かわかったような気がした。

七

明治二十三年の春、己《おれ》は父の急な訃報《ふほう》に接して帰国の途についた。地中海、蘇西《スエズ》海峡、印度洋と往路と同じ港の光景であるが、三年前とは気持が雲泥《うんでい》の相違である。往路は功名心に逸《はや》り、希望に胸ふくらませていたから、眼に映る異国の光景がことごとく新鮮で愉《たの》しかったが、その希望も消え、父も失ってすべてに絶望し心の沈んだ今では、他の乗客のように寄港地に上陸するはおろか、甲板に立って見物する気も起こらなかった。それで微恙《びよう》を言い立てて、自室に引きこもり、食事も運ばせ、他の客と交わる機会を自分から避けた。

それでも、新嘉坡《シンガポール》から香港《ホンコン》に向かう途中、思いついて甲板に出た。帰朝までは肌身放すまいと持っていた律子の一首を書きつけた例の紙を取りだし、日本が近くなった今になって、指で引き裂いて海に投げた。千切れた紙は風に煽《あお》られ、勢いよく南支那《みなみしな》海の上に舞った。

律子に再会の歓《よろこ》びはないものと思ったのである。

――帰朝すると、雑多な用事が己を目がけて殺到した。

脳溢血《のういっけつ》で倒れたまま息をひきとった父の葬儀、家事の整理、襲爵《しゅうしゃく》の手つづきなどの面倒がつづいた。

そのことがようやくかたづいた一日、己はやむなく三年ぶりに高輪《たかなわ》に行った。律子の去った邸《やしき》は己にとって廃墟《はいきょ》だった。

包幸《かねゆき》は宮内省《くないしょう》に行って、おらず、包幸の妻女が病間から疳《かん》の強い蒼白《あおじろ》い顔をして出てきた。己の挨拶《あいさつ》をうけて、権高な顔にいよいよとり澄ました表情で、

「妃殿下が――」「妃殿下が――」

と律子のことを自慢そうに話した。いちいち敬語を使って言うのは、わが子にしてわが子にあらずという誇らしげな礼儀であろうか。

「このまえ、宮邸にお伺いしましたら、妃殿下にはたいそうお元気そうで、少しお太りになったようにも拝見したので、わたくしも安心しました」

「先日も主人が宮邸に伺候《しこう》していましたら、別の宮様がお遊びにお見えになり、ご一緒に主人にもご夕食をたまわりました。殿下にはわたくしの病身なのを常からお気づ

かいあそばされ、主人にもいろいろありがたいお言葉があったそうです。妃殿下もいよいよご立派になられ、高貴なご様子が日に日にお加わりになるので、わたくしは感激しております」

というような調子である。

己は内心の苦痛をおし隠して聞いてやった。妻女のもったいぶった口吻《こうふん》は嘲笑《わら》っても、他人の妻となった律子の消息を聞くのは耐えられぬ。

包幸が父の葬儀にも来てくれ、その後もたびたび会ったが、己はこの男を見るたびに軽蔑《けいべつ》が増す。

彼は宮内省にはいり高官となっていた。この地位が井藤伯の周旋であることは間違いない。さらに言えば、律子を差しだした褒賞《ほうしょう》であろう。

あれほど薩長《さっちょう》をにくみ、井藤伯を罵倒《ばとう》したのに、一朝にして口をぬぐって、その走狗《そうく》となる。変節というは当たらぬ。もとから彼はそのような男で、薩長閥をにくんだのは、おのれが用いられなかったためである。一度誘われればよろこんで傾く。栄達の亡者《もうじゃ》である彼には変節などと呼べる筋も初めから持ちあわせていないのだ。だが、さすがの彼も、己には多少寝覚めが悪いのであろう。己の顔を見ると機嫌をとるようにやさしく笑って、

「どうだ、あちらでも新知識を勉強したことだし、そろそろ前途を考えてはどうか」

と言う。

己は黙って聞いていたが、何をとぼけているかと言いたいくらいだ。竜動《ロンドン》の己の生活は公使館の佐藤あたりから情報がはいって承知しているはずだ。佐藤が己に、

「お預かりしております」

と言っては出していた金は、包幸が送ったものと薄々感づいていた。それで己への後味の悪さを消すつもりだったに違いない。彼はかえって己が学業をほうって放蕩《ほうとう》していたのをよろこんでいたであろう。

「おまえが官途につきたければ、井藤伯に頼んでやる。井藤さんもおまえのことはおれから聞いて気にかけておられる」

とも包幸は言った。

己は思わず彼の顔を見た。口に唾《つば》が湧《わ》いた。

八

この年は永年の要望である議会が初めて開設された。政治への関心が上下を通じて高まっている時である。

己《おれ》が外国三年の逗留《とうりゅう》を終えて帰ったことが世間にはいちおうの注目を惹《ひ》いたらしい。ある日、新聞を書く男が訪ねてきて、いろいろきいて帰ったが、それが翌日の新聞にこう出ていた。

「社員の一名、昨夜男爵《だんしゃく》山名時正氏を愛宕下《あたごした》の自邸に訪《おとな》えり。問うて曰《いわ》く、貴下新帰朝の鋭鋒《えいほう》を提げて、これより定めし花々しき運動をせらるるならん。しかし、その身を託せらるるは何《いず》れの党なるや。男《だん》、笑って答えて曰く、予は日本に帰りて僅《わず》か数十日、いわば新渡の外国人なり、皆目事情を弁ぜず、しばらく書斎に座居して静思せんと。さらに問う、貴下の才知を以《もっ》てすれば官途有利の地位につくも容易なるべし、いかんと。男曰く、にわかにその意なしと。また聞く。氏は、十九年出発以後、英国に在り、牛津大学《オックスフォード》に在りて法律学を研鑽《けんさん》せりという」

最後の大学で法律学云々《うんぬん》は記者の誇筆である。

己は一通りの用務が終わってからは、終日書斎に閉じこもっていた。つまらぬ本を読んだり、ぼんやり考えたりして日を送り、外出も滅多にしなかった。

古くからいる執事の牧野が心配して、

「それではお身体《からだ》に毒でございます。少し温泉に転地なさるか、ご旅行でもあそばしたら」

と言うが、その気も起こらず、怠惰な読書にこもっていた。

己は律子をどんなに愛しているかを思い知らされた。己の手の届かない〝雲井の上〟に拉し去られた律子への思慕は、深夜に跳び起きて庭を歩き、彼女の名をひそかに連呼しながら涙を流させた。頭髪を搔《か》きむしり、身を地にほうって、風癲《ふうてん》病者のように喚《わめ》きたくなるような衝動に駆られたことも一再ではなかった。そういう発作のほかは、己は世の中に望みを失い、何をする気力も起こらないという顔をして、一日中、われながら陰気な様子ですわっていた。

己の眼には英吉利《イギリス》で見た冬の北海の暗鬱《あんうつ》な色が鮮やかに灼《や》きついて拭《ぬぐ》い去れなかった。いつか己は自分の身体が、あんな黝《あおぐろ》い色をしたどこかの海の底に沈む日が来ると予感するようになった。

そうした己が、ある日、小間使の篠《しの》を見て、ふと、ある心を起こしたのは、どういうことからであろうか。

篠は己の家に行儀見習いとしてきている旧藩士の娘で、己が英吉利に行くときは横浜まで送ってきて、ものめずらしそうに外国船などに眼をみはっていたころは、まだ薄い皮膚の少女であった。それが帰朝して三年ぶりに見ると、花が開いたように若い女となっていた。その齢《とし》ごろの娘は頰も肌も皮膚の内側から輝きが透いて出るように見える。

篠は己の身のまわりの世話をしていた。己は今まで一度も篠をそのような眼で見たことがなかった。むしろ己は帰朝以来、彼女にとって無愛想な、気むずかしい主人であった。家では誰とでもあまり口をきかなかったから、召使たちは己をおそれていた。

その日、本を読んでいると篠が茶を持ってはいってきた。本は近ごろの翻訳になった拉塞爾《ラッセル》の「英国政治談」という書物であったが面白くなかった。ちょうど「本身自由論」のくだりで退屈していると、篠がつつましく茶をすすめた。

己は篠の顔を見て、ふと、この女に許婚者がいることを思いだした。彼は旧藩の子弟で寺田という若者だった。前に挨拶《あいさつ》に来て、己も一二度会った記憶がある。純真な青年という印象であった。国元にいて、篠が明年の己の邸《やしき》から退くのを待って夫婦になるはずである。

自分の想《おも》う女を、権力に奪われたら、他人はどのような挙動をするであろうか、という考えが己の心を掠《かす》めた。何の思考も許さないとっさの閃《ひらめ》きであった。

律子を至上の権力にうばわれた己が、おのれの何ともようせぬ腑甲斐《ふがい》なさへの自虐《じぎやく》であり、のちのひどい結果を考えぬ実験であった。

「篠」

と己は呼んだ。それから、外出の着替えでも命ずるように平然と言った。

「おまえは、己の権妻《ごんさい》になれ」

篠は仰天し、真蒼《まつさお》になってふるえた。

九

執事の牧野に言うと、牧野も顔色をかえ、口をとがらせて、

「あれはいけませぬ。あれには約束の婿《むこ》に定まった男がおります」

と言ったが、

「知っている。しかし夫婦になったのではあるまい。己《おれ》はどうしても篠《しの》を権妻《ごんさい》にする」

と言いかえした。

牧野は己の顔を情けなさそうに見ていたが、

「どうしても、そのお気持は変わりませんか」

ときくから、

「変わらぬ」

と己は別な方に眼を据えて答えた。

牧野は、それでしばらく黙っていたが、何と思ったのか、声を湿《しめ》らせ、

「御前のお気持は私には前からわかっておりますので――」

と言いだした。己は聞きとがめて、

「何をわかっていると言うのだ」

と牧野の顔を見た。牧野は禿《は》げあがった額を伏せて、小さな声で、

「高輪《たかなわ》のご本家の律子さまのことでございます。律子さまと御前とのご縁組みの話は、ご本家さま（包幸《かねゆき》）と先代さまの間でお約束があったのでございます」

と言った。

「それは誰から聞いたのだ」

「先代様がわたくしにお話しくださいました。御前にはまだ内密にしてあるとのことでございました」

己はそれを聞いて、ああやはりそうか、父と包幸との間には当時己が想像したように、律子を己に娶《めあわ》せる話があったのだ、とわかった。

「それをご本家さまは勝手に反古《ほご》にあそばされ、東山科宮さまにお輿《こし》入れなされました。先代さまはお腹立ちになりましたが、どうにも仕方がなく外国にいる時正が知ったら気を落とすだろうな、まだ約束のことを聞かせてなかったのがせめてもの幸いだ

った、と私に仰《おお》せられました。急に卒倒なされた原因の一つも——」

「もう言うな」

と己はさえぎった。

「そんなことを今聞いても仕方がない。とにかく、篠のことは承知だろうな」

と言うと、牧野はさらに首をうなだれて、

「それで御前のお気持が晴れて、以前のご快活なご気性におかえりあそばされるなら、篠も喜びましょう。わたくしが万事を取りはからいます」

と弾まない低い声で答えた。

牧野はこのことを篠の親に言ってやったと見え、国元から父親が出京してきた。篠の父が己に会いたいというので、何か抗議でもするのかと思ったら、六十ばかりの老人は、己から畳三帖《じょう》ばかりさがって平伏し、

「ふつつかな娘をお部屋さまにお取りたてくだされ、何とも、ありがたき仕合わせにぞんじまする」

と言ったのにはおどろいた。

己は打ちしおれている篠に、

「篠。当分、己の傍に来てはならぬ」

と言いわたすと、篠はびっくりした顔をした。

己は篠を別の棟に婢《げじょ》をつけて移した。初めは己がそこに通うものと思っていた牧野は、己がいつまでたっても何事もしないので、怪訝《けげん》な面持ちをした。

——それから数カ月たったある宵、己は所用があって外出を思いたち、玄関に待たせてある人力車に乗ろうとした。片足を蹴込《けこ》みに掛けた時、何か黒いものが横から飛びだしてきた。

己が身を引くのと、抱えの車夫が、

「危ない、馬鹿《ばか》野郎」

とどなると同時だった。

車夫はその黒いものに跳びかかった。玄関で見送りに立っていた二人の婢が、奥に叫びながら走った。

車夫は屈強な男だったから、たちまち怪漢を押えた。

「この野郎、とんでもねえ、刃物など振りまわしゃがって」

と奪った短刀を地に投げた。

己は玄関からさす明かりで、車夫に組み敷かれている男の顔を覗《のぞ》いた。若い男で己を睨《にら》む眼は憎悪《ぞうお》に燃えていた。その顔に見覚えがあった。

「寺田だったな」

と己は言った。若者はちょっと眼を伏せて黙っていた。

奥から二三人の男たちが駆けてきたのに、

「手荒なことはならぬ。座敷に上げて、己が帰ってくるまで待っておれ」

と言った。

己は人力車に乗って揺られながら自然に微笑が口辺に出るのを覚えた。若者の一途《いちず》な憤《いきどお》りに燃えた顔が忘れられない。寺田という篠の夫に約束された青年である。国元から出てきて、己を殺すつもりだったと見える。若さの情熱は旧の殿様であろうが、老人のように遠慮はしない。愛する女を奪った者への怒りは誰であろうと斟酌《しんしゃく》があろうか。

己はこれを待っていた。篠を権妻にしようと思いついた時から待っていた。己に欠けているものを他人に見たかった。

当初、己が気づかったのは、寺田は己が篠を奪ったと聞いて、落胆のあまり、人間がだめになるか、悪くすると自殺などしないかということであった。それ以上に恐れたのは、彼が全く篠に関心を抱かないで、平気でいるのではないかという危惧《きぐ》であった。が、そのいずれの懸念《けねん》も杞憂《きゆう》だった。彼は国元から短刀を懐《ふとこ》ろに上京したのである。

己は俥《くるま》の上で微笑がやまなかった。邸《やしき》に帰ったら、あの若者の肩を叩《たた》いて勇をほめてやりたいと思った。その勇も直情も、律子を奪われた己にないものである。己はおのれの腑《ふ》抜《ぬ》けにいよいよ愛想をつかさねばならなかった。

しかるに由来、己の国元は片田舎に在って頑冥《がんめい》で封建性が強い。三百年つちかわれた藩主への〝忠義〟の観念はいまだに信仰のように残っている。寺田が己を襲ったことを聞いた国元の者は無道の大悪をしでかしたと思ったらしい。老人の多くは朝夕裃《かみしも》を着て登城した連中である。

己は寺田と篠を一緒にさせて国元にかえしたのに、周囲は二人を圧迫したらしい。たかが女のことで血迷い、殿に刃を向けることは言語道断な不忠の痴《し》れ者と双方の親からも叱《しか》られた。

寺田と篠が人知れず逐電した、との国元からの手紙を牧野が己に見せた。

十

帰朝以来、官途にもつかず鬱々《うつうつ》として書斎から出ぬのを世間の一部では何か奇異の眼をもって見ていたが、一日、己《おれ》が朝野新聞の請《こ》いに応じて書いた「民権政治論」と題した一文と、同紙再度の請いにより与えた「巴里《パリ》コンミューヌ革命論」の稿は、たちまち己を新論客に仕立てさせ、華冑界《かちゅうかい》からは異端視されるようになった。

これが動機となって己の邸《やしき》には旧自由党員がぼつぼつ出入りするようになった。あえて彼らを自由党員と言わないのは、彼らは十七八年ごろに続発した加波山事件、飯《いい》田《だ》事件、静岡事件などの落武者で、現在の自由党をあきたらずに思っている分子であったからだ。

その年に第一議会が開かれたが、予算問題で古い自由党員の錚々《そうそう》たる林有造、片岡健吉、大江卓等が山県《やまがた》内閣に、懐柔されて変節する始末である。議員中江兆民は彼らに愛想をつかし、飄然《ひょうぜん》とアルコール中毒と称して議会を去っている。

板垣退助も昔日《せきじつ》の面影なく、外遊後は虎《とら》が猫に化けたほどになった。

旧自由党員が身をなげうち、血を流して取った〝議会〟に、自由党がこんな有様では彼らの不満となるのも仕方がない。

彼らが己のもとに出入りするのは、一つは己がわずかながら金品を与えていたからだ。彼らはいずれも貧にまみれている。

その中でも荻野憲介という男の面倒はよく見てやった。彼は牢《ろう》から出てみると家族は離散し、天涯孤独の身となっていたのである。

しかし彼らは己を高く買いすぎたようだ。己が「民権政治論」や「巴里コンミューヌ革命論」を書いたのは深い思想があってのことではない。じつは、律子を宮家に仲介した井藤伯に対する私怨《しえん》より出た藩閥への憎悪《ぞうお》からである。

——十一月の三日の夕刻であった。

己が赤坂の方に用事があってちょうど工部省のある所から明船町を通って四辻《よつつじ》にかかった時、巡査が立っていて己の人力車を停めた。

「今から宮様がご通過になるから俥《くるま》から降りて待っておれ」

と言う。

己が巡査に、

「どこの宮様だ」

ときいたら、

「東山科宮殿下だ」

と重々しそうに答えた。

己は胸が騒いだ。帰朝以来、ここで律子の姿を見ることができるかと思い、

「妃殿下もお通りになるのか」

ときいた。

巡査はうさんげに己を見たが、まんざら、ただの平民でもなさそうだと思ったのか、「今夜は青木外務大臣主催の天長節夜会が外国公使などを招いて開かれる。殿下はそれにご出席になるのだから、妃殿下もご同列かもしれぬ」

と教えた。

己は固唾《かたず》をのむ思いで佇《たたず》んでいた。

はたして遠くから蹄《ひづめ》の音が響いて、二頭立ての馬車が近づいてきた。が、己の眼にはいったのは金モールの服を着た御者と、黒塗りに光っている馬車の後ろに行儀よく取りついている従者の姿だけであった。夕闇《ゆうやみ》の立ちこめた路上を一瞬に走り去った馬車の暗い窓の内が、眼に見えるはずはなかったのである。

己は半分茫然《ぼうぜん》として馬車の去った方を見送って立った。

かの馬車の内に律子が夫とともに乗っている。己は律子の顔が見たいという気持のほかにも、全身が熱くなるような激しい感情に揺すられた。これまでに感じたことのない妬《ねた》ましさの憤りであった。手のおよばない別の人種に対しているだけに、忿怒《ふんぬ》は二倍であった。

美事《みごと》な菊が二段にも三段にも並べられ飾られた会場、同じく大輪の菊が乱れ咲いている豪華な卓、そのぐるりをとり巻いている外国使臣や貴族たちの、勲章と綬《じゅ》と宝玉とを帯びた燕尾服《えんびふく》や舞踏服、絶えず流れる美しい管弦楽の旋律、仏蘭西《フランス》王朝風の意匠を凝らしたシャンデリヤの眩《まばゆ》い光の下で上気した律子の顔まで想像されて、何とも言われぬ複雑な気持になった。その想像は、かつて律子とともに某宮邸に行った時の記憶から出ていると気づいたが、あの時の己の代わりに今は別な男が夫として横に並んでいるかと思うと、胸がつぶれた。——

いつのまにか巡査はその場を去っておらず、車夫が寒そうに佇立《ちょりつ》し己が俥にふたたび乗るのを待っていた。

十一

その年は暮れて、新年となった。

元旦《がんたん》付の新聞を見るに、勅題に因んで、天皇、皇后以下の和歌がのっている。が、次の一首を見て己《おれ》は思わずそれを読みかえした。

　暮れてなほ灯しいるるを忘れいつ　かの日と同じ雪あかりなる
　　英彦王妃　律子

己は胸の動悸《どうき》の早まりを覚えながら二三度読みなおした。この意味が、己にわかったのだ。いや、己だけ真の意味のわかる歌であると思えた。

結句の「雪あかりなる」は勅題に合わせた詞《ことば》であるから除くと、「暮れてなほ灯しいるるを忘れいつ」は、かつて己が律子の部屋で見た情景ではないか。あの時は己が外国へ行く出発の直前で、律子は灯のない暗い部屋にひとりですわっていた。それからすすり泣いた。どのような感情からか、律子の口から聞く機会を失ったが。

律子はそれを回想している。〝かの日と同じ〟がその回想ではないか。律子もやはり、〝かの日〟の己のことを想《おも》っているのであろうか。己は未だ半信半疑だった。それで去年でも、一昨年でも、律子の勅題歌を見たいとあせった。

たまたま去年の分だけの新聞を保存している人があったので見せてもらった。己は胸をとどろかして眼で捜した。

八潮路《やしおじ》の果の空こそおもほゆれ　茜《あかね》漂よう朝《あした》の海辺

英彦王妃　律子

これを読んで己は不覚にも涙が出そうであった。下の句は例によって勅題に合わせた意味のないものだが、上の句「八潮路の果の空こそおもほゆれ」は当時海外万里のはてにいた己の身のことであるのに間違いはない。

もはや、疑うことはなかった。己は、初めて律子の真情を知った。身体が宙に浮きあがるくらい、うれしかった。

己たちがもっとたがいの感情を素直に言いあえる環境に育っていたら、己も律子も疾《と》うに結ばれていよう。律子は貴族家庭の厳しい庭訓に躾《しつけ》られて何も言えず、己も徒《いたず》らに野卑下賤《げせん》の謗《そしり》を恐れて真意を吐露することができなかった。そのため律子は、父包幸《かねゆき》の命ずる東山科宮家への縁組みに一言の抗《あらが》いも言えずに従ったのではないか。

己は律子の気持を知った今、よろこんでよいか悲しんでよいかわからなかった。よろこぶには現在のおたがいの位置があまり哀《かな》しかった。悲しむには己の心はあまり躍っていた。

——その冬、執事の牧野があまりすすめるので、己は湘南《しょうなん》の湯河原温泉にしばらく滞在することにした。宿は川ぶちに立ち、眺めもよい。

東京より暖かく、すでに山に梅が咲いていた。

一日、己は梅見をかねて散歩のつもりで、道を川に沿って登って行った。湯治場の宿が切れると、百姓家がつづき、山の雑木のしげった奥からは鶯《うぐいす》が啼《な》いたりして気分がたいそうよかった。

しばらく行くと、また別の湯治場に出た。その温泉宿から離れて、別荘風の大きな家が見えた。白い塀を囲み、葉を落とした梢《こずえ》ばかりのわずらわしい庭樹《にわき》の群の奥に、かたちのよい屋根だけが覗《のぞ》いていた。

ただの旅館ではあるまい、と思い、通りがかりの百姓女をつかまえてきくと、

「東山科宮様のご別邸でございます」

と教えた。

己はここで律子に縁のあるこういうものに出会おうとは思わなかった。万一、律子がここに来ていて、その辺に姿を見せはすまいかと、空頼みとも、未練ともつかぬ心持ちになって付近をうろついた。早くも胸が鳴っていた。

冬の濁らぬ空気の中に、景色はあかるく、残雪のある遠い山や、近くの山林の奥から立ち昇っている山焼きの青い煙や、黄色な川堤の枯草や、そこに繋《つな》がれている一頭の牛など、硝子《ガラス》絵のように澄明《ちょうめい》であった。

十二

己《おれ》は、宿に帰って女将《おかみ》に問うた。

「宮様のご別邸を見てきたが、宮様は今こちらにおられるのかね？」

「はい。ただいま、ご滞在と承っております」

と女将は丁重に答えた。

「よくこちらに来られるかね」

「はい、毎年、お見えでございます」

「妃殿下もご一緒だろうね」

ときくと、

「いえ、殿下だけでございます」

と言う。

「なぜ？」

と問うたが、

「いつも殿下だけでございますので」

とだけ言った。その様子が何となくはばかるようである。

ところが、その夜、己の食膳《しょくぜん》に出た婢《げじょ》は三十四五ぐらいの女であったが、

「旦那《だんな》さまはご別邸の方に今日ご散歩でございましたね」

と言った。

「見ていたのか？」

「はい。ご別邸にはわたくしの友だちが女中でおりますので、昼間面会に行っておりました時に、お見かけいたしました」

と笑った。

「たびたび行くのかね」

「はい。じつはわたくしも以前、あのご別邸にご奉公に上がっておりましたから」

己はにわかに心が動いた。

「宮様はどうしておひとりだけでおいでになるのかな、宮妃をお連れにならないのかな」

と言うと、婢は、

「それは旦那、上《うえ》つ方でもわれわれ平民でも、ご夫婦仲のことは同じでございますよ」

と意味あり気に、にやにや笑った。

己は試みにこの女に杯を与えると、酒好きと見えたので、種々に言いなだめて、杯を重ねさせた。その結果、

「お妃《きさき》さまはおかわいそうでございます」

とついに口を割らせた。

「かわいそうだと言うと、どうかわいそうなんだ?」

と己はつとめて内心の動揺をかくしてきいた。

「それはね、旦那、ここだけのお話で大きな声では申せません。旦那もどうぞ内緒に

してくださいよ」

「うむ、わかっている。わかっている」

「お妃さまがお見えにならないわけがありますよ。宮様には前からご寵愛《ちようあい》のお方がおありなのです」

己はそれを聞くと声をのんだ。

「お驚きになりましたか」

「驚いたね」

とわざと軽口めいて答えた。

「それで、そのご寵愛というのは、どなたなんだ？」

「それはご本邸に上がっていたお女中なんですが、いつかご寵愛を受けるようになったのですね。わたくしもいつぞや、その人を見たことがありますが、きれいな顔ですけれど、険のある、いかにも気性のしっかりした人のようでした」

「なるほど」

「宮様はお妃さまをお迎えになっても、そういうお方が前からいるので、ご夫婦の間がご円満でありません。お妃さまはおとなしいお方ですから、ご本邸では、そのお方が羽振りをきかして、どちらがお妃さまかわからぬくらいです」

己は黙ってうなずいた。

「お妃さまは、別の離れにお住まいになって、宮様とお語らいのこともありません。それはお寂しいお暮らしで、皆でご同情申しあげております。ただ、公式でお出かけの時とか、ご来客の時とかはあわててお妃さまをお呼びになり、世間体をおつくろいなされますが、そんな時でも、そのご寵愛のお方が、襖《ふすま》の陰でお客のお帰りになるのを、待ちかねているのでございます」

己は考えこみながら聞いていた。

十三

その夜、己《おれ》は輾転反側《てんてんはんそく》して眠れなかった。今まで律子は少なくとも雲井の上に在って幸福な生活をしていると思っていた。聞いたような不幸があろうとは夢想もしなかった。

律子の寂しげな顔が、終夜、己を苦しめた。

だが、一人の婢《げじょ》の口だけでは真偽は信じられない。己は東京に帰ると、華族仲間で消息に通じている者にそれとなく東山科宮のことをきいてみた。

いずれも知っていた。その一人は、

「君はまだ知らなかったのかい？　もうわれわれの間では公然の秘密さ」

と言った。

己の無知であった。今日まで律子の不幸を知らずにすごしたことは、何という不覚だ。

ある者は、こうも教えてくれた。

「あの宮様は、ご気性がご濶達《かったつ》でね、たいへんくだけていらっしゃる。かなりな酒量を召しあがるし、お微行で、新柳二橋にもお見えになるそうだ。説をなす者は、ひそかに愛妓《あいぎ》幾人かの名をあげるがね」

――己が律子を救いたいという念願がこの時から心に起こった。

律子を救うものはほかにない。それはこの世でいちばん律子に愛を傾けている己だと信じた。

それには、律子を宮家から去らせることだ。

だが、そんなことができようか。

律子にその意思があっても、周囲がゆるすまい。金色の紋と幄《とばり》の内側のことである。この尊厳に瑕瑾《かきん》があってはならぬ。

これを考えると、自分が全く無力であることを知った。だが、まだ諦《あきら》めはしなかった。

己の友人にも法律をかじる奴《やつ》がいる。その男に、きいてみると、

「宮様の離婚に関する法令だって？　とんでもない。長屋の女房が出たりはいったりするのと違うよ。一緒になったら終身さ」

と一言で断じた。

その後、己が諸法令を自分で調べてみても宮妃が婚家の宮家を出るには、次の一条よりほかはないことを知った。

――原籍ヨリ入リタル妃ソノ夫ヲ失イタル時ハ請願ニヨリ勅許ヲエテ実家ニ復籍スルコトヲ得
律子は、その夫が生存するかぎり、不幸から自由になることはできないのである。

己はおのれの無力に絶望し、懊悩《おうのう》のうちに日を送った。こうしている間でも、日一日、律子の不幸が深まってゆくのを思うと、焦慮に精神も平静を失いそうだった。

そんなある日、執事の牧野が書面を持ってきて、

「ただいま、寺田与兵衛が病死したとの通知が参りました」

と報告した。

国元では旧藩士で一つの会を組織している。その会員に慶弔のあるごとに、己のほ

うからいくらかの金を出しているが、それを一同がありがたがっている。

「寺田与兵衛とは篠《しの》の亭主になる男の親父《おやじ》だったな？」

と己が言うと、牧野は例によって生気のない顔をして、

「さようでございます。与兵衛は息子が不忠を働いたことを世間に顔向けができないと愧《は》じて、謹慎して肩身せまく暮らしていたそうでございます」

と言った。篠を権妻にすると言ったら、礼を言いに上京してくる男がいる国元だから、そんな老人がいても怪しむにたりない。

が、不忠とは何だ。己はあの若者が己を見る憎悪《ぞうお》の眼を思いだした。この若者には旧《ふる》い主従関係でしばる観念はなかった。あるのは愛する女を不当に奪った男への燃えるような憎しみだけだった。

己の頭に、こびりついて離れぬ法令の文句がある。

――原籍ヨリ入リタル妃ソノ夫ヲ失イタル時ハ……

「その夫を失いたる時は」

「その夫を失いたる時は」

と、己は口の中でくり返した。

この時、己の脳裡《のうり》には寺田が持っていた短刀の冷たい色が浮かんでいたのである。

十四

荻野憲介はあいかわらず己《おれ》のところに出入りする。

彼は入獄中、妻子に捨てられ、この世に望みを絶っている。自由民権運動のため火のように燃えた往時の闘志は、今は貧窮と失意で面影もない。金があれば酒を買い、泥のように酔っては巷《ちまた》を彷徨《ほうこう》している。

荻野は己の邸《やしき》に来ては、多少の金品を得ては帰ってゆく。はなはだ己に恩義を感じているようであった。

「男爵《だんしゃく》のためには生命も惜しまぬ」

などと言っている。

己は荻野の顔を見ると、誘惑を感じるようになった。言ってはならぬことを言いたい誘惑だ。己が一言、頼むと言えば、彼が唯々《いい》として一諾することはわかっている、それがわかりきっているから、いざとなると、舌がしびれたように言えない。

いつか彼があまり酒を飲むので己が注意したら、

「私は監獄にいる間、すっかり身体《も》をやられました。医者に診せるのがこわいので診せていませんが、もう一年半とは保たないでしょう」

と言った。そう言えば弱い嗽《せき》をよくする。顔の血色がいいと思ったら、熱のせいである。

彼なら、己がどんな容易ならぬことを頼んでも、平然と笑って請けあってくれるだろう。彼は世にも、生にも絶望して天涯孤独、世間なみの道徳や理性よりも、己の言うことを義と心得ている。

己は何度、あることを言いだそうとしたかわからぬ。が、いざとなると、どうしても言えなかった。

あるいは酒の勢いをかりれば、思うことが言えるかと思い、彼と二人だけで酒を飲んでみたが少しも酔わない。かえって心が妙に尻《しり》ごみするのである。

己の生来の怯懦《きょうだ》は、自ら決行する勇気なく、他人の手を藉《か》りてする決心もつかないのであった。

そのうち、荻野が血を吐いて倒れたので、ついにある犯罪は未遂《みすい》に終わった。だが、それで己は諦めたのではない。

次には清国《しん》との戦争がはじまった。

その男は軍人として征途についた。その報を聞いて、己は期待に地に躍った。

台湾討伐で陣没した某宮を思いだしたのである。己のような男には、天の機会を待つほかはなかった。

二十七年にはじまって二十八年に終わるまで、人一倍に熱心に新聞の戦報を待った。己が待ったのは平壌の戦でもなく、金州城の攻略でもなかった。一人の男の戦死の活字であった。

無事に戦争がすんで、己は落胆した。

それから、二年たった。

己に妻をすすめる者が多い。ことごとく断わった。

国元からも老人どもが出てきて、

「お世嗣《よつぎ》がなくては」

としきりと言った。

昔はそれが必要であった。世嗣がなければ彼ら一同は失職した。今はどうでもよい。

「廃家になってもかまわぬよ」

と己は投げやりに答えた。

老臣どもは、変屈で、依怙地《いこじ》で蒼白《あおじろ》い陰気な顔をしている主家の当主を眺めて憐れむとも憎むともつかぬ眼つきをして引きさがった。

──己も疾《と》うに三十の齢を越した。

その年の秋のことである。

知りあいの子爵《ししゃく》の邸を用があって己は訪ねた。席上、接待に出た中年の女がいる。その挙措《きよそ》が眼を惹《ひ》いた。女が去るのを待って、

「あれは君の藩中の女か」

ときいた。

「そうだ、わかるか」

と反問するから、

「あれは格の正しい武家の作法だ」

と己は答えた。子爵は微笑して、

「そうだ。あれは親が死んで身寄りが絶えたので、国元から呼んでやったのだが、激しい作法の家に育ったとみえて、立派な女だ。だがかわいそうなのだ」

と言った。

「なぜだ」

「あの女は今まで八年間、夫を待っている。これから十何年もさらに待たなくてはなるまい」

「十何年？」

と己は驚いた。

「いったい、その夫というのはどこにいる？」

「監獄だ」

と子爵は説明した。

「罪名を言う必要はないが、とにかく、ある大きな過失をして極刑になるところを、死一等を減ぜられて終身刑となった。監獄の内で死ぬか、大赦があって減刑されても、もう十何年ぐらいかかる。無事に出てきたとしても、六十近い老人になっている」

「それまで、あの女房は待っているというのだな。それでは無事な対面をせぬうちに、どちらか一方が死ぬかもしれぬ」

「それはあの女もわかっていよう。だが、待つということは、希望のあることらしいな。他人の想像や考えではわからぬことさ。十何年も待つといったら気長すぎて、現実離れがするがね。今度、あの女がこの座敷に来たら眺めて見たまえ。じつに愉《たの》しい顔色をしているから」

十五

これは己《おれ》の心に沁《し》み入るように深い印象を落とした。

それから程経たある日、たまたま読んだ「後見草」という古い随筆は、さらに己に訓《おし》えるものがあった。

「鍋島《なべしま》家の家士に坂田常右衛門といふ者、をさなき時より妻を同じ家士の娘に約し、両家の親約諾、終《つい》に結納をもつかはしたるに、常右衛門二十余の頃、江戸詰申付けられ出府せしが、篤実《とくじつ》なるものにて、首尾よく勤める程に、段々劇職に移り、俸《ほう》禄《ろく》など加増あり、年末江戸にありしが常右衛門ならでは江戸の事をさまりがたき様になりて、幾年も帰国の暇叶《かな》はず、数年を経たりしかば、約諾の娘も成長し、あまり年久しくなりぬる事故、倅《せがれ》は江戸にあれども、かくても有まじき事、我等も年寄ぬるまま介抱にも預り度き由《よし》、両親まめやかにいひやりければ、娘の親も尤《もっと》もな事に思ひて、常右衛門親の元へ先《ま》づ娘を遣《つか》はしけるに、この嫁、特におとなしく、心ばへすなほにて、常右衛門親に能《よ》くつかへ、年々を送りけれども、終《つひ》には舅姑《きゅうこ》も終りぬ。それまでも此《こ》の嫁孝なる事、見聞きの人、哀を催さざるはなし。常右衛門四十年江戸に在《あ》りて、七十歳に及び、天明五年始めて江戸の役をゆるされ、帰国せしかば、終に白髪の夫婦にて、初めて婚姻の儀式を調《ととの》へけりとぞ」ここでも、己に与えた感動は、「待つ」ということであった。

待つ、という心になったとき、己の心は初めて夕凪《ゆうなぎ》のように平静となった。

何年か、何十年かわからぬ。その間に己が先方より先に死ぬかもしれぬ。が、そんなことは問題でなくなった。

律子を待っているということが、己にとってももっとも生甲斐《いきがい》のあることを知った。秋の静かな日に、おだやかな陽ざしを浴びて、いつか来る人を遠いぼんやりした心で待っているような、しみじみとした愉《たの》しさであった。

己は茶を習いはじめた。

明治四十×年、東山科宮英彦王が病で逝《い》った。

己が四十一歳の齢である。すでに両鬢《りようびん》に薄い白髪がまじりかけていた。

宮家には子がなかった。しかし妃《きさき》の実家への復籍はなかった。

これは周囲、ことに名誉に狎《な》れた山名伯爵《はくしやく》家でその実現を妨げたと人から聞いた。

妃、律子は一年後に死んだ。むろん病死と発表された。

うつせみの身は滅ぶとも何かあらむ　今こそ君がみもとにぞゆく

という辞世を世間では亡《な》き宮を想《おも》った追慕の歌であると讃《たた》えたが、己は死によってはじめて束縛をのがれ、己のもとにきた律子の歓喜の歌だと思っている。

噂始末

一

寛永十一年六月、三代将軍家光《いえみつ》が上洛《じょうらく》した。

今度の上洛は三度目で、前二回と異《ちが》い、大御所秀忠《ひでただ》も世を去り、前年には実弟忠長《ただなが》を自尽せしめ、名実ともに将軍の貫禄《かんろく》をもっての上洛である。それで行列も大がかりで、供の人数も大そう夥《おびただ》しい。

遠州掛川の城主青山大蔵大輔《たいふ》幸成に、将軍宿泊の予定の通告があったのは、ふた月前であった。幸成は急いで城内に将軍お成りの殿舎を造った。隣国からも大工を蒐《あつ》め、結構な建物が出来た。それはよい。

が、困ったのはお供の人々の宿舎である。元来なれば、城内に仮屋を建てて藩士の家族を収容し、空いた屋敷に供の人達を泊めるのがしきたりである。

ところが今回は供の人数が夥しいから、藩士の屋敷では足りない。掛川は五万石の小さな城下であるから、町家にもさしたる大きな家もない。

それで、城内の仮屋にも、供人を泊めることにし、藩士の屋敷では家族の多いものは町家を借りる、少ない家族はそのまま居って差支えなし、但《ただ》し、出来るだけ一室に籠《こも》り、将軍家お供の方々に窮屈な思いをさせぬよう、との達しがあった。

島倉利介は掛川藩で百五十石馬廻役であった。今年三十二歳になる。数年前、妻を喪《うしな》い、去年、後妻を娶《めと》った。多美といって二十になる。細面で色が白く、容色に秀《ひい》でている。利介は、年若い美しい妻を貰《もら》ったと、だいぶん人から羨《うらや》ましがられた。まだ子供はなく、七十歳になる利介の老母と三人暮らしであった。

この利介の屋敷に泊まることになったのは、大番組頭六百石岡田久馬という旗本である。このことは前日、将軍従士の人別が分かると共に、藩の用人から割当てられて判《わか》った。

利介はその日の夕刻、下城するとき、大手のところで同僚の平井武兵衛と一緒になった。その時、武兵衛は、

「貴公の家は、どういう人がお泊まりか」

ときいた。

利介は、これこれの人だと答えた。すると武兵衛は、

「拙者の家は三百石の大番組の人が二人泊まる。貴公の家は、たった一人、しかも格

式はずっと上の人だな。これは貴公にくらべて拙者はだいぶん分が悪い」

と笑った。

が、その笑いは無邪気なものではなかった。武兵衛は一体に競争心が強い。日常些《さ》細《さい》なことでも、他人が己れよりよいことがあると、何となく妬《ねた》み心を起こす。今、利介の話をきいて、何となく自分の方が軽くみられたような心地になった。笑い声には嫉妬《しっと》が粘っていた。

そういうことに利介は気がつかない。家に帰ると、多美に、

「明日の晩は、こういうお方をお泊め申すことになった。粗忽《そそう》のないようにして欲しい。わしは明日の朝から一日一晩、お城の警固で帰れないからな」

と言った。

妻は、いつも何かを言い付けられた時と同じように、

「かしこまりました」

と、しとやかに手を突いて応《こた》えた。

翌る朝、利介は母にも言った。耳が少し遠いので、耳もとに口を寄せて言わねばならない。

「万事は多美が計らいますが、母上にもよろしくお願いします」

老母は分かったというしるしに、皺《しわ》の多い首を大きく何度も振った。

二

家光は二十三日申《さる》の刻ごろ到着し、すぐ城内に入った。しかし先駆の伊達《だて》、佐竹、加藤、上杉などの東北の大名達の人数は岡崎あたりまで届き、後続は藤枝、岡部辺に充満している。この人馬で海道の混雑は一通りではない。

この日将軍に従って、掛川領内に入ったもの、馬廻三組、小姓組三組、大番四組の旗本である。それぞれ指定の宿舎に案内された。

城内の新しい殿舎からは能楽が夜遅くまで聞こえた。城の内外は篝火《かがりび》をたいて掛川藩士が徹宵《てつしよう》警戒した。この夜は晴れていて星が多い。その星空の下に、将軍の泊まる夜というので城下が静粛に沈んでいる。火の用心を殊《こと》にきびしく言い渡してあるのだ。このような夜を島倉利介も平井武兵衛も徹宵警固につとめた。

その夜は無事にすんだ。

翌朝、家光は夏の朝の陽がまだ強くならない辰《たつ》の刻過ぎに出発した。城主青山主殿《とのもの》頭《かみ》はじめ家臣一同は城外まで見送った。

島倉利介がわが家に帰ったのは午《ひる》近い時分である。

「お帰り遊ばせ」

と多美が出迎えた。すぐに井戸から盥《たらい》に冷たい水を汲《く》んできた。

利介は裸になって身体を水で拭《ふ》きながら、

「お客人は恙《つつが》のうお発《た》ちになったか」

ときいた。

「はい。今朝早くお出かけでありました」

「手落ちなくお世話したであろうな」

「はい。御機嫌よく御出立《しゅったつ》になりました」

利介はうなずいた。気がかりなことが一つ安心出来たのである。

客を泊めた部屋に入ってみると、床の間にはこの家で大切な軸物がかかり、清楚《せいそ》な花が投げ入れられ、香が焚《た》かれた匂《にお》いが残っている。この分ならば遺漏はなかったであろうと更に安堵《あんど》した。

利介は、客はどのような人であったか、ときいた。岡田久馬という人は、三十前位の年輩で背が高い。酒を出したが、これはあまり飲まなかった。気性は気さくな人で、江戸の話など面白く聞かせてくれた、と多美は答えた。利介はまたうなずいた。

彼は昨日の朝から城中に出て一睡もしていない。無事に城でも家でも大事な勤めを終わったという安心で心がゆるみ眠気がさした。

「暫《しば》らく睡《ねむ》るぞ」

と利介は涼しい場所をえらんで横になった。そのまま夕餉《ゆうげ》まで睡った。

利介は翌日登城した。殿の幸成から藩士一同に、「大儀であった」といたわりの言葉があった。尚《なお》、将軍家には来月末、京都から帰東する。その途中、再び掛川にお泊まりがあろう、その心得でいるように、との達しがあった。

下城のとき、利介は平井武兵衛に会った。武兵衛は利介の顔を見ると、

「拙者のところに泊まった客は二人とも大酒家で夜おそくまで騒ぎ、家内が迷惑したらしい」

と言った。それから、

「貴殿のところでは、お内儀がなかなかにおもてなしなされたそうな。泊まられた客が大そうご満足げに朋輩衆に話されたと聞いた。まず結構じゃ」

と言い添えた。

利介は嫌な気がしてそれを聞いた。その言葉自体には何ら抗議するところはない。が、この普通の言葉を別の意味にとろうと思えばとれなくもない。

利介は、よほどそれを質《ただ》そうか、と思った。が、そうすることは、彼の心がそれに

捉《とら》われることになる。卑《いや》しいことだという考えが先にきた。彼はそれを聞き流して、何気なく武兵衛と別れた。

三

暫《しば》らくすると妙な噂《うわさ》が家中に立った。

「島倉利介の女房が宿を貸した旗本と懇《ねんごろ》にしたそうな」

というのである。

そんなことはあるまい、一緒に姑《しゅうとめ》も居たことだから、と言う者があると、利介の母親は七十でしかも耳が遠い、どんなことがあっても知るまい、と説明する方は言った。

誰から言い出した事か分からない。噂は本人の利介の知らぬ間にひろがった。

が、いつまでも知らぬのではなかった。彼にその話を言い聞かせた者があった。

利介はすぐに武兵衛が言った言葉を思い出した。怪《け》しからぬ噂は武兵衛が言い出したかも知れぬ、と不図思った。しかし確証がある訳ではない。

利介はこの噂のことは妻には黙っていた。多美を信じている彼は、あまりの馬鹿《ばか》らしさに話も出来なかった。

が、困ったことに家中の者が利介を見る眼が異ってきたように思える。何となく蔑《さげす》んだような、好奇な、よそよそしい眼付である。或《ある》いは、そう思うのは自分の思い違いかも知れない。が、そういう思いに拘泥《こうでい》するところから、彼の心が知らずにやはり惑乱していたのである。

多美は容色にすぐれている。利介より十二三も若い。噂の発生はこういうところにも誘因があった。多美が利介のところに嫁にくる前に彼女に心を寄せる家中の者も多かったのだ。

利介は武兵衛とその後もよく出会った。もしもこ奴《やつ》があらぬ噂を撒《ま》いたのではないか、と思う気持が利介に働いて武兵衛の顔を見ると、武兵衛も妙に彼が眩《まぶ》しい眼付をする。今までになかった彼のこの表情をみて、利介は噂を立てたのが武兵衛であることに、十に八つは間違いない、と思った。

ある夜、多美の兄の津田頼母が訪ねてきた。兄とは言っても利介より五つの年下である。同じ家中であるが、近頃、病気をしていて引き籠《こも》っていた。

「もう癒《なお》ったのか」

と利介はきいた。

「これ、多美。酒でも出さぬか」

「酒はあとでもよい」

と頼母はいった。

「兄上、まだ御酒はお身体《からだ》に早《はよ》うございませぬか？」

と多美が傍から言うと、

「お前は黙って居《お》れ。少し利介と話したいから、あっちで支度でもして居れ」

と頼母は利介の前に坐《すわ》った。

「話というのは他でもない」

と頼母は多美が部屋を出てゆくのを待って言い出した。

「俺は昨日しばらく振りに出仕したが、思いもよらぬ噂をきいた。これだけ言えばおぬしにも分かっているだろう。まさか聞かぬではなかろうな」

「うむ、聞いている」

と利介はうなずいた。

「実に心外千万だ。他のことではない。俺は聞き捨てならぬ。おぬしと一度会った上、妹を糾明しようと思ってきた」

「待て。お前も多美を疑っているのか」

「俺の妹だ」

と頼母は叫んだ。

「そうだろう。お前が多美を糾明するのは噂の方を信じるようなものだ。多美に罪はない。糾明しなければならぬのは、噂の出所だ」

頼母は利介の顔を見た。

「有難い。多美の兄として礼を言う」

「お前から礼を言われんでもよい。俺は多美の亭主じゃ」

と利介は笑った。

「多美には噂のことは何にも言って居らぬ。含んでくれ」

「よし」

と頼母は涙ぐみそうになる眼を伏せて、たてに首を振った。

「噂を立てた男は分かっているのか」

「およその見当はついている」

「誰だ？」

「言えぬ。確かなことではない。が、そんなことは、もうどうでもよい。責任のない噂などに俺は負けはせぬ」

多美が座敷に戻る足音がしたので、男たちの話は途切れた。

四

家光は七月五日、二条城を発して東海道を下る。再び掛川に泊するのは十二、三日頃の予定である、と京都に滞在中の老中土井利勝から幸成のもとへ使いがあった。

その供人を泊めるに、家中の宿舎の割当てがあった。

ところが今回は、どういう訳か、島倉利介の家には一人の割当てがない。他の藩士の家はいずれも二名三名の人数が泊まる。利介は、さては、と胸にくる不審があった。

割当ては用人がする。利介は用人に問い質《ただ》した。

「それはご家老からお言葉があったからだ。ご家老にお訊《たず》ねなさい」

と用人は利介に無愛想に答えた。ご家老は誰方かときくと、金森与衛門殿だといった。

金森与衛門は城中で忙しげに書類をみていたが、利介が部屋の入口に低頭すると、不機嫌に顔を上げた。

「何用じゃ」

利介はそれににじり寄ってきいた。今回、自分の屋敷に限ってお供人の宿泊割当てがないのは、何か子細あっての理由であろうか、それをおきかせ願いたい。

そう言いながら金森の顔を見上げた。

「何を申す、指図のこと一々説明はつけぬぞ」

と金森は冷たい眼を向けた。

「しかし拙者だけ除外されるという御処置は腑《ふ》に落ちませぬ。恐れながら、お申し聞かせの程を」

と利介は言った。

「何。腑に落ちぬと申すか」

と金森の声は少し尖《とが》った。

「なら申し聞かす。わしの耳に気にかかる噂《うわさ》が入った。理由はそれじゃ。それ以上申すことはない」

利介は眼を怒らした。

「噂と仰《おお》せられますか」

「噂、ま、噂じゃ。真偽は別だがの。それは知らん。が、たとえ噂にしても、李下《りか》に再び冠を直すことになっては——」

「金森殿」

「そう血相変えて俺を詰めるな。殿の思召《おぼしめし》もあることじゃ」

「殿の――」

と利介は言葉が詰まって、真蒼《まつさお》になった。

「金森殿。殿の思召とは、まことでございますな？」

「うむ。気の毒じゃが、気にせんでくれ。詰まらぬ噂を立てられたその方の不運じゃ」

利介は家に帰った。ただならぬ顔色で一室に籠《こも》ったので多美が心配した。夫婦になって一度もなかったことである。

それでも、一応は、

「お顔色が大そう悪うございます。ご加減でも悪うございませぬか」

ときいた。夫は、

「大事ない。少し考えごとがあるから来ぬように」

と言った。さてはお役向きのことかと女房はそれ以上に尋ねなかった。

利介は一人になって考えた。今までは噂だと思って取り合わなかった。根も葉もない悪口が言いたくば何とでも言うがよい。相手になるのが馬鹿々々《ばかばか》しいと思っていた。

それが今は異《ちが》う。

主君の耳にその噂が入っている。家老には利介の屋敷には誰も泊めさすなと取り計らわせた。こうなれば噂は噂でなくなる。公《おおやけ》に主君自ら「事実」を認めたと同じである。世間も朋輩も、矢張り噂だけではなかったか、と思うに違いない。一体、俺はどうしたらよいか。

永い夏の日も暮れなずみ、部屋は暗くなりかかった。蚊が出てきて耳もとで騒ぐ。妻はさきほどから、夕餉《ゆうげ》の膳《ぜん》が出来ているのだが、呼びもならずに気を揉《も》んで別間に坐《すわ》っている。

五

利介は翌朝、津田頼母を訪ねた。頼母には二人の子がある。利介がゆくと、

「おじ様。おじ様」

とまつわりついた。

「これこれ」

と頼母は子供を叱《しか》って部屋の外に追うと、

「朝から何だ？」

と訊《き》いた。

利介は昨日家老と会った次第を話した。頼母は腕を組んで聞いた。それから眼を上げた。

「それで、おぬしはどうする？」

「俺の家に泊まったお旗本の岡田久馬殿に会って見たい。今度もお供の中にいる筈だ」

頼母は、利介を睨《にら》むように見て、

「それで？」

と言った。

「いや早合点《はやがてん》しては困る。俺が岡田殿に会うのは、不埒《ふらち》な噂《うわさ》を立てた者をはっきり知りたいからだ」

「分かるのか」

「分かると思う」

「分かったらどうする？」

「それから先は俺もまだ思案がつかぬ。ただ今はその奴《やつ》が知りたいだけだ」

頼母は頷《うなず》いた。

「それで、おぬしに頼みというのは、岡田久馬殿が今度の割り当てで誰の家に泊まるのかを用人から聞いて貰《もら》いたい。俺がきき出すのでは拙《まず》くなったでの」

「よい。将軍家お供のお旗本は何千人だが、その中でも大番組頭なら、容易く知れよう」

と頼母は請け合った。それから低い声で、

「利介、おぬし、妙な考えをもったではあるまいの？」

と言うと、利介は微笑して首を振った。


七月十二日、まだ陽の高い頃に家光は到着した。掛川城の内も外も二十日前の混雑がくり返された。

前と同じでないのは、警固をつとめる利介の持場が今度は異《ちが》う。前には、本丸の将軍殿舎に近い付近であった。

今回は組替えさせられて二の丸の近くである。警固するのに持場の優劣はあるまいが、それでも本丸だとか大手の御門内だとかは晴れがましい。

利介は己れが上から憎まれて持場まで変わったように思って唇をかんだ。日中はむし暑かったが夜に入ると雨が降り出した。城中、ここかしこに篝火《かがりび》が雨の中に燃えている。

利介は黙って持場をはなれた。二の丸の御門番には上役から言いつかった所用があるといつわって外に出た。昼間、頼母から大番組頭岡田久馬の宿舎を知らせてくれていた。同藩士だから、かねて見知っている家である。利介はその屋敷に足をいそがせた。

案内を乞《こ》うと、この家の者も利介の顔を知っている。それで訳なく今夜の客、岡田久馬にとりついでくれた。

岡田久馬は小肥《こぶと》りの、丈の高い男であった。利介が名乗り、先日貴殿をお泊め申したが、留守中行き届かぬことで失礼であったというと、久馬は、

「それはそれは、その節はまことに御造作をおかけして千万忝《かたじけ》のうござる」

と鄭重《ていちょう》に礼を言った。が、その顔は、何故利介が訪ねてきたかと訝《いぶか》る当然な不審の表情があらわれていた。

利介は、この家の者が傍に居ないのをみた上、噂の事情を率直に言った。久馬の顔は見る見る驚愕《きょうがく》の色があらわれた。

「奇怪なお話を承わる」

と久馬は低く叫んだ。

「何と申してよいか。あまりのことに言う言葉がござらぬ」

彼は呆《あき》れたように言った。怒気と当惑がその声の裏にあった。

六

利介は、押してきいた。

「そこでお訊《たず》ねしますが、ご貴殿がお泊まりになった翌《あく》る日、誰ぞご朋輩衆に拙者方のことをお話しになりましたか」

久馬は、

「一向に」

と一度は首を振ったが、やがて思い当たった風に言った。そう言えば、さることなしともいい切れない。ただし、これは自分が朋輩に話したのではない。貴藩の家中の方だと思われるが、あの翌朝、突然にその人に話しかけられた。お手前は岡田久馬どのか、ときくから、そうだ、というと、昨夜は島倉利介の家にお泊まりになって何かご不快はございませなんだか、あの家は年老いた姑《しゅうとめ》がいて、女房がそれに手がかかるからさぞ充分にお構い申せなかったことと思う、自分は利介の朋友《ほうゆう》だが利介に代わってお伺いやらお詫《わ》びをする、と申されるから、ご丁寧なご挨拶《あいさつ》で痛み入る、不快どころか御内儀には一通りでないおもてなしをうけ、まことに快い一夜でござった、と答えたことがある。ご貴殿のおたずねに、心当たりといえば、それ位だ、と久馬は話した。

「その男の人相に特徴はございませんか」

と利介が尋ねると、久馬は少し考えてから言った。

「齢は三十一二であろうか、丸顔で、背はさほど高くない。そうそう、少し反歯で、前歯が一本無かったと記憶している」

利介は心の中で、矢張り武兵衛に違いないと思った。武兵衛は半年前に、主君の鷹《たか》野《の》に供をした。

その時乗った馬が不意に暴れて落馬し、前歯を折った。そのことと言い、他の特徴と言い、まさしく武兵衛であった。

「ご貴殿ご夫婦には拙者の不徳で思わぬ御迷惑をお掛け申した」

と岡田久馬は利介に詫びた。

二の丸御門の門番衆は島倉利介が戌《いぬ》の刻に雨の中を外から城内に帰ったのを通した。

それから一刻《とき》ばかりたって亥《い》の刻すぎ、本丸から隔たった辰巳《たつみ》の方角に、人の罵《のの し》る声を警固の者が微《かす》かにきいた。聞き耳を立てたけれど、二度と声は聞こえてこなかった。或《ある》いは空耳であったか。

警固の者は念のためにその方角に行ってみた。松林となっており、庭とも山ともつかぬような場所である。暗い夜陰のことで様子が知れない。黒い松林のかたまりに雨の音が濺《そそ》いでいるだけである。夜が明けた。

気にかかった警固の者は昨夜の場所に行ってみた。雨は小止《こや》みながら矢張り降っている。乳色に昏《くら》い朝の曇った光線でも、黒い人影が地面に横たわっているのは容易に分かった。

目付が検死に来た。雨で流したか、血は少ない。右肩から左乳下にかけて斬《き》り下げられている。美事《みごと》な腕だと目付はほめた。

馬廻役百六十石平井武兵衛の死骸《しがい》と知れた。武兵衛も右手に確と刀を掴《つか》んでいるから不意に斬られたのではない。

将軍家の出立《しゆつたつ》までは騒いではならなかった。死骸は松林の奥に運び、土を運んで地面を埋め何事もなかったようにした。

家光の一行は巳《み》の刻に掛川城を発《た》った。江戸に向かう行列の最後が城下を離れたのは一刻も後であった。将軍家お泊まりの夜の不祥事が知れずに済んで、家老達は生色を戻した。

さて、それからの詮議《せんぎ》が厳しい。

まる半日かかって次のことが分かった。

島倉利介がその夜、二の丸御門から上役の用達《ようた》しだと言って外に出て、戌の刻に戻った。調べてみても、そういう用事を言いつけた者はない。利介は、その晩、警固の持場を度々はなれている。

そういう不審が利介の上にかかった時、使をもって当の利介から金森の私宅に上書が出されたというので、それが回ってきた。

家老共が立ち会って書状を披《ひら》いてみた。

「平井武兵衛を果たしたのは自分である事、その子細は武兵衛が不埒《ふらち》なる噂《うわさ》を立て、武士として面目を傷つけられたるによる事、以上は明白に申し立てるが、さき頃から重役方に根も葉もなき噂をとり上げて腑《ふ》に落ちぬ御処置があったのは不服である事、よって自訴はしない事」などの意味が書かれてあった。

家老は大蔵大輔《たいふ》幸成に見せた。

「狭量者めが。将軍家お成りの夜という場所柄をわきまえず不届きな。搦《から》めて縛り首にしてしまえ」と幸成は命じた。

七

その朝、利介は家に帰った。多美が迎えると、疲れてはいるが、ふだんの顔色と異《ちが》わない。冷たい水で顔を洗い、身体を拭《ふ》いた。

湯漬を三杯食べると、一間に入って何やら書状を書き出した。これが半刻《はんとき》もかかった。

仲間をよんで、それを家老金森与衛門の家に持たせてやった。そうした上で、多美を呼んだ。

「これから申し聞かすことは、お前がたったの今まで夢にも思わなんだ事だ。しかし武士の家では、何時《いつ》いかなる時に大事が起こらぬとも限らぬ。士の娘に生まれた其汝《そち》には、かねて親御からその覚悟の教えがあったであろう」

と利介は正坐《せいざ》して言った。

思わぬことをきいて多美の眼に愕《おどろ》きが走った。しかし、そのまま眼を伏せて、

「はい」とうつ向いた。両の肩は、今から何を言いきかされるか知れぬ不安を、必死でうけ止めている。

「過日、将軍様がお城にお成りの時、お旗本で岡田久馬殿というお仁をお泊めしたな。

それについて、その夜、其汝と岡田殿の間に不義があったと噂《うわさ》を立てた者がいる」

多美は突いた手を慄《ふる》わせた。

「不埒《ふらち》じゃが、根も葉もない噂故《ゆえ》、黙って捨て置いた。しかるに、ご家老はその噂を気にかけて、二度の将軍家お成りの昨夜には、この家には、お供人のお割当てがなかった。きけば、殿からもお言葉があったという。俺はそれを聞いた時、覚悟を決めた。余の事ではない。主君自らその噂をお取り上げになったと同じじゃ。俺はそれが情けない」

多美は泣いて、

「わたくしの不束《ふつつか》ゆえ――」とうつ伏せた。

「そちの罪ではない。噂を立てた者は平井武兵衛だと突き止めた。俺は昨夜、ご城中で武兵衛を斬《き》った」

多美は、微《かす》かな声を洩《も》らした。

「腑《ふ》に落ちぬは武兵衛だ。何故に左様な噂を立てるか。そちに心当たりはないか」

多美は、泣いていたが、小さな声で、

「平井様は、わたくしがこちらに嫁ぎまする前に、わたくしに何かと――」と言った。

「うむ。それで子細は分かった。その恨みが奴《やつ》の性根にあったのか。もともと奴は朋噂にも妬《ねた》み心の強い奴じゃ。ありそうな事よ。――人は噂には興がるものじゃ。その噂に、噂に、この俺が殺されるかと思うと、俺はいよいよ情けない」多美が弾《はじ》かれたようにとび起きると、利介の膝に抱きついた。

「お供に、わたくしも、ぜひ、ぜひ」

と泪《なみだ》が頬を流れ、唇から声が喘《あえ》ぎ出た。

「うむ。よい夫婦の死ざまじゃの」

と利介は声を上げて笑った。それから、

「母上は？」ときいて、今、お寝《やす》みになっている、という多美の返事を受けとると、

「お気の毒じゃが、後にお残し申すことは出来ぬ」と言った。多美が哀《かな》しそうに、首をうなだれた。家の裏庭にある桐《きり》の木に油蟬《あぶらぜみ》がきて、しきりとなき出した。

「暑いのう。この暑さじゃが、門は閉めて閂《かんぬき》をかけろ。雨戸は皆しめてな。枢《とぼそ》を下ろせ。いやこれはとんと蒸風呂《むしぶろ》になる。が、程のう城から人数が来る筈《はず》じゃ。それまでに夫婦の今生の名残りを惜しもうぞ」

「はい。うれしゅう存じます」

城から捕縛に横目など三四人が、利介の屋敷にきたが、門は閉じ、雨戸が閉じてある。それも逐電した様子は見えぬ。

　さては、と心づいて横目は城に帰って報告した。搦《から》めとれとは命ぜられたが、斬ってもよいとは言いつけられなかったからである。

　幸成は、聞くと、

「憎い所行じゃ。手に余らば斬れ」

　と怒鳴った。二十人が差し向けられた。表から十人、裏から十人、同時に踏み込んだ。うす明かりの残っている薄暮である。

　雨戸を蹴破《けやぶ》って入った最初の一人が腿《もも》を斬られて倒れた。次のが顔を抑えて、うずくまった。次には四五人がかたまって踏み込んだ。同時に裏口からきた十人が殺到した。

「利介。上意じゃ」と誰かが叫んだ。

　十数本の白刃の下で、一人の男が伏せた。

白梅の香

一

享保《きようほう》十六年三月、亀井隠岐守茲久《おきのかみしげひさ》が一年の在国を了《お》えて、参勤のために江戸に向かうことになった。

亀井の領国は石州鹿足郡《せきしゆうかのあしぐん》津和野である。中国山脈が西に果てるところの山に囲まれた盆地で、四万三千石という禄高も小さければ城下町も小さい。

隔年、殿さまが出府なさるについて、お供の顔ぶれが少しずつ異ってくる。各藩の家来には定府《じようふ》（江戸詰め）の者と国詰めのものとがあるが、国詰めの家来には江戸を知らない者が多い。定府の者も己れの本国の様子を知らない。それで殿さまが参勤のたびに、国詰めの家来から選抜して江戸へのお供の中に加えることが慣例《ならわし》となっている。この者は主君の一年の在府がすんだら、またお供をして国もとへ帰ってくるのである。つまり、半分は江戸見物をさせるための慰労であった。

さて、このたびの亀井隠岐守の出府の供の中には、白石兵馬という若侍がひとり加わった。兵馬は二百五十石馬廻役で二十一歳である。

「兵馬がお供して江戸に行くそうな。あれで一年江戸の水で磨いたら、男振りもずんと上がって帰ってくるであろうのう」

「されば、今からそのときの女子どもの騒ぎが思いやられるわい」

と津和野の藩中では嫉《ねた》みもまじえて噂しあった。

兵馬は眉目《びもく》すぐれた若者である。色白の細面で、眉《まゆ》が濃く眼もとが涼しい。唇はひきしまったようで優しく、頰から顎《あご》にかけての輪郭に稚《おさな》い線が残って魅力がある。津和野の城下では、藩中といわず町家といわず、女どもで兵馬の存在を知らぬ者はいない。

兵馬が通りかかると、その姿に娘たちは羞恥《しゅうち》の眼をむけた。女房は熱っぽい眼を走らせ、後家は粘っこい視線をからませた。

しかるに、兵馬には、これまで浮いた噂《うわさ》がなかった。彼とても木石ではないから、女たちの己れに向ける媚《こ》びた眼を意識しないわけではない。が、そうした女たちに限って心を動かすような相手ではなかった。別に自分の容貌《ようぼう》を自負して高望みしているわけではないが、どうもその女どもを見ては誘惑に乗っていこうという気になれなかったのである。

女に素気ないという評判が、また兵馬の人気を高めて、津和野の町で兵馬の顔を見たがらぬ女はいなかった。

隠岐守の参勤の一行が出発したのは、山桜が咲きそろう三月半ばであったが、城下の沿道に行列を見送るためうずくまっていた女たちは、殿さまのお駕籠《かご》が過ぎたあと、そっと顔を上げて、

「兵馬さまはどこに、どんなご様子で」

と、上眼でしきりとお供の中から兵馬の姿を捜していた。

一行は周防《すおう》に出て中ノ関から船に乗る。瀬戸内海を紺地に四ツ菱《よびし》の家紋を白抜きにした帆をはらませ、海上百七十里を走って大阪の川口につく。伏見までは川舟、ここから京都、大津、土山と東海道を下った。気候は良し、幸いの天気つづき、白石兵馬は初めての供で、途中の風光が夢見心地であった。

江戸外桜田の藩邸にはいったのは四月はじめである。出府早々殿さまも忙しい。将軍家への目通り、老中への挨拶《あいさつ》、献上品の手つづき。それも無事にすんで殿の隠岐守が奥方の待っている麻布《あざぶ》南部坂の下屋敷に移ったのは四月の中旬であった。多忙であった家来も、それからのんびりとできる。

国もとからお供で上がってきた家来は、先輩の経験者の案内で、江戸見物に初めて出るのである。定府の家来と国元の家来とは何となくソリが合わないから、市中に出

るときは国侍同士で出た。彼らは市内の一通りの見物がすむと、それから先はたいてい吉原《よしわら》とか浅草の奥山とかの享楽《きようらく》場所に足をむけた。

しかし、こういう国侍たちは、こんな場所の女たちからは、〝勤番侍〟だとか〝浅黄裏〟だとか言われて、野暮の標本のように嘲笑《ちようしよう》されたものであった。

が、白石兵馬をふと見たときの、こういう岡場所の海千の女たちの眼が異っていた。

「おや、あの侍は勤番者かえ。とんと役者のようだわな。背も意気に程よし、顔も色白で――」

と、格子《こうし》の中から鼠啼《ねずみな》きして呼んだ。

二

兵馬は木挽《こびき》町の中村座をこれで四回覗《のぞ》いた。初めは連れていってもらったのだが、一度見物すると病みつきとなって、道順を覚えるとひとりで来た。石州の山国に暮らしていた兵馬にとっては、こんな華やかな舞台は夢幻の世界である。

芝居見物も大びらには許されない。ことに支配頭からは、

「とにかく、江戸に慣れぬ国侍は事故を起こしやすいでの、くれぐれも身をつつしむように」

と注意があった。それで兵馬は大小は芝居茶屋に預け、桟敷《さじき》の隅で小さくなって舞台を見物していた。役者の名も芝居の外題もいっこうに案内がない。ただ、見物しているだけで面白くて満足だった。

それも閉場《はね》まで見ていては遅くなるので、切狂言は見残していつも帰ってくる。

その日も、心残りしながら早目に桟敷を立って芝居茶屋から出ようとすると、

「もし、お武家さま」

と後ろから呼びとめられた。

三十すぎの大年増《おおどしま》がかねをつけた烏《からす》のように真っ黒い歯をこぼして愛嬌《あいきょう》笑いをしながら腰を折っていた。これは意外だったので、

「わしに用か」

と少し愕《おどろ》いて向き直ると、

「お呼びとめして申しわけありません。わたくしはこの茶屋の主《あるじ》でございます。毎度お越しくださいましてありがとうぞんじます」

と女は礼を言った。

「ほう、女将か」

と兵馬は言ったが、やっぱり商売だ、おれがこの間から来ていたことを知っている、

と思うと、ちょっと鼻白んだ。

「で、何か——」

「はい、はい」

と女将は二三度、嬌態《しな》をつくったお辞儀をすると、近づいてきて、

「こう申しあげてはたいへん無躾《ぶしつけ》でございますが、ぜひとも旦那《だんな》さまにお目にかかりたいと申している者がございます。お手間はおとらせ申しません、ちょっとばかり奥までお越し願いとうぞんじます」

「わしに会いたいと?」

誰か知らぬが、こんな場所で迷惑な、と言おうとすると、その顔色を素早く読みとったように、

「いいえ、決してご迷惑になることではございません。その辺はどうぞご安心あそばして。さ、どうぞ。ちょっとばかり。さ、こちらへどうぞ」

と今にも手をとって後から押さんばかりにして誘った。兵馬はそれに乗って思わず足が動いた。

奥まった部屋の前にきて、

「お連れ申しましたよ」

と女将が言うと、

「おう、それは」

と太い声が内部《なか》から聞こえた。女将は襖《ふすま》をあける。

小ぎれいな座敷で、猪首《いくび》の、でっぷり太った四十三四の男がいて、突ったっている兵馬に、

「これは、これは。さ、ようこそ」

と部屋のなかに請《しょう》じ入れた。

兵馬がすわらされると、男は女将の亭主だと名乗った。何度もお辞儀した上、夫婦でしきりともてなす、酒が出る、肴《さかな》が出る。兵馬は呆気《あっけ》にとられた。

「これはたいそう失礼いたしました。だしぬけで、さぞ、びっくりなすっていらっしゃるでしょう。さあ、もうおひとつ」

と、猪首の亭主は杯をすすめながら言う。

「どういうのだ、いったい、これは」

「ごもっともでございます。それをお話申しあげます。旦那さまはこの間からたびたびお越しくださっていますが、お芝居がお好きと見えますな」

「いや、そう言われると面目ない」

と兵馬は少し赤くなって言った。

「わしのは好きではない。珍しいのだ。恥を言うと、わしの国もとは山の中でな、このたびお供ではじめて江戸に参ったが、見るもの聞くもの珍しいことだらけ。わけて、芝居はとうてい国もとでは思いもおよばなかった夢のような舞台じゃ。それで、つい先ごろから同じ芝居ながら四度ばかり足を運んだしだいだ」

「それではお役者衆にごひいきはござりませなんだか」

「ひいきどころか役者の名も不案内じゃ」

芝居茶屋の夫婦は少し呆れたように眼を見合わせた。亭主は笑って、

「それで、道成寺《どうじょうじ》を踊っている役者をご存じでござりませぬか」

「うむ、あれは一段と美しい役者だな」

「あの役者は今度、大阪から初下りしました瀬川菊之丞と申します。江戸ではたいへんな人気でございます」

「そういえば、女どもの見物が多かった」

「さようでございます。お女中衆は一生懸命でございます。道成寺、無間鐘《むげんのかね》、石橋《しやっきょう》、浅間《せんげん》、何の所作事でも今、菊之丞に及ぶものはおりません。それに、あのきれいな顔にお女中衆が狂い死にするくらい恋いこがれますので」

「それほど女どもに人気のある役者なら、菊之丞は忙しいであろうの」

「ところが菊之丞は女の客のところには参りません。舞台の上では、あのように若《わこ》うは見えますが、もう四十を越しております。お女中衆のごひいきは舞台姿に惚《ほ》れますでな、菊之丞も舞台の外での客席を嫌っております。それを知らぬお女中衆が、よけいにのぼせて、菊之丞、菊之丞と騒ぎまする」

「なるほど、そんなものか。――待ってくれ、これは何の話をしているのだ、拙者《わし》をここに呼んだのと、菊之丞の話と何の関係《かかわり》があるのじゃ？」

と兵馬が言うと、今まで横に黙ってすわっていた女将が嫣《えん》をつくった含み笑いをしながら膝《ひざ》をすすめた。

「それが、旦那さま、たいそう関係がございます。手前のほうがいつもごひいきになっているさるお屋敷のお身分のあるお女中がございますが、この方がまた大の菊之丞党でございます。その方が先日、二階からご見物中に、ふと旦那さまをお見かけ申しあげたそうで。菊之丞がもう一人いるかと思われたそうでございます」

「なに」

「まあ、お聞きくださいまし。それ以来、旦那さまが見えたらぜひお願い申しあげて、お話がしたいから会わせていただけるよう計らってくれと、それは強《きつ》いご執心でございます。私もそれ以来、旦那さまのお見えになるのを今日までお待ちしていました。ほんとに、失礼ですが旦那さまは菊之丞にそっくりでございます」

兵馬が言葉を失っていると、亭主が、

「旦那さま。江戸というところは面白い所でございます」

と意味を含めた笑い方をした。

三

兵馬は駕籠《かご》に揺られていた。雨が少し降って、駕籠かきの人足の踏む草鞋《わらじ》の音がぬれてぴたぴた聞こえる。前の駕籠には茶屋の亭主が乗っていた。

土地の様子はさっぱりわからない。どこに連れていかれるのか皆目見当がつかなかった。

わかっているのは、これから或る冒険がはじまるということである。全く知らない土地での、未知の冒険である。兵馬のような若者にとっては魅力はこの未知ということにあった。

何が起こるか。これである。

「旦那《だんな》さま。決して案じなさることはございません。まあ、手前どもにお任せくださいまし」

と芝居茶屋の女将《おかみ》も亭主も熱心に言った。

「妙なことになった」

と兵馬は腕をくんだ。

「詳しいことは申しあげられません。失礼ですが、手前どもも旦那さまのご身分を存じあげません。それでよろしゅうございます。お二方ともお互いのお身分をご存じなく——ただ、お話をなさるだけ。結構ではございませんか。先さまは、それは美しいお方でございます」

と、女将は言った。

（うっかり承知してしまったが、もう、今となっては仕方がない）

と思った。兵馬がそれに心が動いたのは、江戸という都会の知らない奥も覗《のぞ》き見たい衝動でもある。

（その女の人と、ただ話をするというだけなら、なんでもないことだ）

強いて心を平静にしようと思った。が、反対に心臓の動きは早くなるばかりだった。

そんな兵馬の思惑に関係なく、二挺《ちょう》の駕籠はずんずん進んだ。外はすっかり闇《やみ》だった。

かなり長い時間を揺られたが、やがて駕籠が地におりた。

「旦那さま。ここでございます」

と茶屋の亭主が前の駕籠から出てきて、ささやくように言う。

兵馬は地面に立ったが、こまかな雨が霧のように降っていて、真っ黒な布を頭からかぶらされたような暗闇であたりの様子が少しもわからない。しかし、眼が慣れると、長い垣根のようなものがあり、その下に、ほの白く点々と空に滲《にじ》んで見えるのは木蓮《もくれん》の花であろう。

急に灯が見えて動いてくる。これは亭主がこの屋敷の者に来着を告げたから、誰か出てきたに違いない。

男かと思っていたら、女であった。灯は古風な雪洞《ぼんぼり》の手燭《てしよく》である。気がつかなかったが二人いて、一人は傘をさしかけてくれた。

「どうぞ」

と一人が微《かす》かな声で誘う。門をはいっても、しばらく飛び石のある狭い小径がつづいた。かなり広い邸《やしき》らしいと思ったが、厳《いか》めしい構えでないことはわかった。

玄関にも雪洞を持った女がすわって待っていた。どういう種類の邸か、兵馬には見当がつかない。茶屋の亭主はどこへいったか姿がなかった。

誘われるまま瀟洒《しようしや》な玄関の式台に上がった。

それから廊下を曲がって奥深い一部屋に通されて長く待たされた。

女が茶を運んできて引っこんだまま誰も現われない。森閑として物音一つ聞こえない静寂が、この美しい部屋を占めている。

これは書院造りのような武張ったものでなく、網代《あじろ》天井も、黒檀《こくたん》の床柱も、華奢《きやしや》な違棚も、どことなく艶《なまめ》いた〝女の住居〟だ。

この部屋にはいったとき、何とも言えぬ芳香が鼻をついた。こうして長くすわってその匂《にお》いに慣れても、その薫香《くんこう》は夢見心地になるくらい、兵馬を酔わせる。

床には芙蓉《ふよう》を彩色で描いた一幅が懸けてある。その軸の前に、一条の細い煙が青磁色の香炉からのぼっている。この部屋を籠《こ》めている芳香はこれであった。

微かに衣《きぬ》ずれの音が聞こえて、人がはいってくる気配がした。

兵馬は緊張した。絹行燈《きぬあんどん》の光はそこまで届かない。何やら白いものが動いてきたようであった。

しかし、行燈の中の灯が、紗《しや》を濾《こ》して、すわった女の顔と姿を明るくうつしだしたとき、兵馬は自分の眼を疑った。

床の懸軸の芙蓉が生きた人間に化けたかと思った。

兵馬は身ぶるいした。女は、そうした兵馬の顔を、しばらく、露に濡《ぬ》れたような潤《うる》んだ黒瞳《くろめ》で、じっと見つめた。何も言葉を出さなかった。それから花弁が一片、風にもがれて舞うように身を動かすと、兵馬の傍にすりよってきた。そのまま、荒々しい動作で男の手をとって自分の膝《ひざ》におき、両手でしっかり上から押えつけて、相手の赤くなった顔を微笑して見た。

「よく――よくみえました。ほんに菊之丞に生写し」

と女は熱い息を吐いてささやく。声は息苦しそうに少し嗄《か》れていた。

さあ、と言って女は握った手を引き、兵馬を抱くようにして立ちあがった。それから隣りの襖をあけた。

そこは行燈に薄い紅色の絹が貼《は》ってある。部屋中が桜色に仄《ほの》あかく染まっていた。その紗のような淡い光のなかに、緋《ひ》の夜具が眼にはいったとき、兵馬はまた慄《ふる》えた。

女は兵馬の身体にすがって、すべり落ちるように膝をつくと、男の袴《はかま》の紐《ひも》を黙って解きはじめた。その女の指もかすかに慄えていた。

――一晩中、枕元《まくらもと》で異香が匂った。床に置いてあった香炉が、いつのまにかここに移してあったのである。

四

翌朝、お長屋に帰ると、

「昨夜はどうした？」

と朋輩が二三人、兵馬をとりまいた。

「いや、知人と出会い、その家に引きとめられて――」

と言いかけると、

「何をぬかす。どこの岡場所でうつつを抜かしたか知らぬが、おかげで支配頭の手前をつくろってやるのに大汗かいたぞ」

「いや、まことにすまぬ。いずれ礼はする」

「当たりまえだ。とにかく、適当に言ってやったから支配頭のところへ挨拶《あいさつ》にいってまいれ」

と背中を叩《たた》いた。

支配頭は上屋敷に出ている。兵馬は支配頭の部屋に行って、昨夜は立寄り先で腹痛を起こし門限に間に合わなかったことを言いわけし、あやまった。

「出先で病気になるとは貴殿の不調法じゃ。以後、気をつけるがよい」

と支配頭はたしなめた。

（昨夜は夢のようだった。あんな思いもよらぬことがこの世にあるとは。なるほど江戸は面白い。あの女にもう一度会いたい。何とか口実をつくって外泊の許しを得たいものだが）

と、兵馬はもう支配頭の部屋を出ながら考えた。

廊下を退っていると、向こうからむずかしい顔をした老人が歩いてきていた。

「あ。ご家老」

片一方に寄って、小腰をかがめて兵馬は先方の行き違うのを待った。

江戸家老柿坂頼母は若侍の会釈《えしやく》している前を二三歩行きすぎて、はっと足を止めた。六十近い齢だったが顔色は艶々《つやつや》としている。突然眼が光ったと思うと、行きすぎようとした若者の背中に、

「あ、これ」

と呼びとめた。

江戸家老である頼母は今度はじめてお供に出府してきた兵馬の顔も名前も馴染薄《なじみうす》である。

兵馬が呼ばれて、その場にうずくまると、頼母はその傍によってきた。近々と兵馬

に顔をよせて、

「この間から見た顔じゃが、名は何と申されたかの」

と覗《のぞ》きこむようにしてきいた。

「はい。馬廻役白石兵馬にございまする」

「おお、そうであった、白石兵馬であったのう。うむ、うむ」

と二三度うなずき、鼻をふん、ふんと鳴らしながら、

「どうじゃ、お国元と違い、江戸は繁華であろうが。少しは町に出るのにも慣れたかの」

「は。少々」

「うむ、うむ。それはよい。江戸は遊ぶ所が多いでの。お手前のような若い方はおもしろうてならぬ時じゃ。はははは」

笑いながら頼母は自分の部屋に歩いた。らいらくな調子だし、明るい声だったので、兵馬は何の懸念《けねん》も起こさなかった。

が、部屋に戻った老人は、きびしい顔つきになっていた。すぐ兵馬の支配頭を呼びつけて昨夜兵馬が外に泊まったことを聞くと、さらに顔色は悪くなった。

その日は、麻布《あざぶ》の下屋敷の主君に会うことになっている。そわそわとその支度にか

かった。

隠岐守《おきのかみ》茲久《しげひさ》は夫人と一緒に茶室で頼母と会った。自らの手で頼母に茶をくれた。

頼母は押しいただくと、

「殿。久々に〝白梅〟を焚《た》いてくださりませ」

と言った。

「珍しいの。頼母がああ申しておる」

と茲久は夫人をかえりみた。夫人は微笑して床の香炉にすすむ。

しばらくすると、香炉から細い煙が上がり、馥郁《ふくいく》とした匂《にお》いが漂いはじめた。茲久が愛好する香木〝白梅〟の香であった。

頼母は無遠慮に鼻をひくひくさせて、眼を据えていたが、しばらくすると、

「殿」

と呼びかけた。

「伽羅《きやら》の香気はそれぞれ異なるものと承りましたが」

「うむ」

茲久はうなずいて、

「伽羅、沈香《じんこう》、白檀《びやくだん》、すべて香木は一木一銘と申して、二つと同じ香気はないとされ

ている」

と言った。

「それでは、この〝白梅〟の香は他には無いはずでございますな」

「無い」

「はて――」

と頼母は首を傾けて言った。

「手前は先刻これと同じ匂いを嗅《か》ぎました」

茲久が笑って、

「老人、鼻が悪いと見えるの。そんなはずはあるまいぞ」

「いいえ、たしかにこれと同じ匂いでございます。それを確かめまするために、わざわざ〝白梅〟を焚いていただくことをお願いいたしましたのでございます」

「どこで嗅いできたのじゃ？」

「或《あ》る男の身体について匂っておりました。ふとその男の傍を通るときに、手前の鼻にその香がぷんと来ましたので。いつも殿から嗅がせていただいておりますので、あ、〝白梅〟だな、とすぐ覚りました」

「その男の身体に香気がついていたと申すか」

「御意」

「では、昨夜か、今朝か、その男の衣服に香がしみこんだということになるの。世には似た香があろう、〝白梅〟ではあるまいぞ」

「こんりんざい、間違いはございませぬ」

「はは、老人、意地を出したな――うむ、〝白梅〟は他家にはいま一つなくもないが、それは江戸には無いはずじゃ」

「と、仰《おお》せられますと？」

「されば先年、久世大和守《くぜやまとのかみ》殿、老中職をお退きなされ、総州関宿に引揚げに際して、当家は格別の昵懇《じっこん》を願っていたから、〝白梅〟の末木《うらき》を截って他の品と一緒に贈ったが」

「おお、そうでござりましたな。思いだしました。しかし、久世家の〝白梅〟の香が白石兵馬の衣服に焚きこもるはずはないし――」

「なに、白石兵馬とな？」

「御意。今度はじめてお国元からお供して出府しました馬廻役白石兵馬の身体から〝白梅〟が匂っておりました」

五

それからやや日がたった。

亀井《かめい》藩の留守居役で堤藤兵衛というものが、とつぜん詰腹を切らされて果てたので、藩中のものはいずれも驚いた。

留守居役は江戸家老の下にいて、他藩との交際、折衝、幕府要路者への進物、付け届けなどをつかさどる一種の外交官である。職掌柄、交際が派手だし、機密費もあった。各藩の留守居役のなかには端唄《はうた》、三味線をよくする芸人が多かったのは、仕事の上から自然と酒席の機会が頻繁であったからだ。

さて、堤藤兵衛の処罰については、「身持ちよろしからず」という理由であった。これだけでは何のことかわからない。はじめは秘匿《ひとく》されていた事情がしだいに洩《も》れてきた。

享保《きようほう》五年に久世大和守重之《しげゆき》が老中を退いた。亀井家では茲久の意で数種の記念品を贈った。一つは大和守が遠からずまた幕閣にはいる様子が強かったので、その時の含みでもあった。その贈った品物の中に香木〝白梅〟の末を切って添えた。それがどうも久世家に渡っているかどうかわからない事態が起こった。〝白梅〟の元木は亀井家にある。末木のほうは久世家にあるはずである。一木一銘とされている香木だから、この両家以外に〝白梅〟の香気を嗅《か》ぐことができない。それなのに同じ香気を身体《からだ》中につけている家中の若い者を家老の柿坂頼母が発見した。

大事をとって頼母は直接にその男を尋問しなかった。どこでその男は〝白梅〟に触れたのであろう。当然、怪しくなってくるのは、久世家に贈ったはずの〝白梅〟の末木である。

頼母は内々に人をやって、久世家の内部にききあわせた。〝白梅〟の香木がはたして渡っているかどうかである。こんなことは正面切って問いあわせることではない。別段、目録を添えたり、受取りをとったりしたほど公然とした贈り物ではなかった。久世家でも内々に返事した。当家では他のものは頂戴《ちようだい》したがその香木とやらはいただいた覚えがない、とはっきり言ってきた。

その音物《いんもつ》を扱ったのは留守居役の堤藤兵衛である。そこで藤兵衛の身辺を探ってみると公金を私費に随分と流用して豪奢《ごうしや》な生活をしている。柳橋あたりでも相当な遊びであった。遊ぶだけではなく、芸者を請けだして妾《めかけ》として根岸あたりに囲っていた。これになかなか贅沢《ぜいたく》な暮らしをさせていた。

傍証を固めて置いて、頼母は藤兵衛を吟味した。いちいち調べてあるから藤兵衛も言いのがれができない、恐れ入ってしまった。

「久世家に贈り物の〝白梅〟の香木はどうした?」

と尋問すると、藤兵衛は苦しそうに、

「妾につかわしました」

と白状した。藤兵衛はその妾が白石兵馬に浮気して、ふんだんにその夜〝白梅〟を焚《た》いたことや、その香気が兵馬の身体に残って事の露顕のきっかけとなったことは知らずに、腹を切って死んだ。

とつぜんに兵馬の帰国沙汰《さた》が出た。殿の在府はあと半年のこっているが、兵馬だけは急に役替えとなって国詰めとなった。理由も事情も本人にはわからなかった。

いざ帰国となると江戸は見残した所だらけで心が残る。ことに、いつかの夜経験した、あの夢のような匂《にお》いに包まれた女にもう一度会いたい。帰国してしまえばそれきりである。それなら一生の思い出に、顔だけでももう一度見たいという欲が出た。兵馬は木挽《こびき》町の例の芝居小屋にとんでいった。

女将《おかみ》を呼びだしたが、これは兵馬を見て顔色を変えて奥へはいった。入れ替わりに見覚えの猪首《いくび》の亭主が出てきた。

「おう、亭主。このあいだの女に会わせてくれぬか?」

と兵馬が言うと、亭主はみなまで聞かずに手を横にあわてて振った。

「滅相もない、旦那《だんな》。とんだことになりましたよ。あれから女の旦ツクは詰腹切って死ぬるし、あの女はそれを苦にして行方がわからなくなるし、どうも、旦那といいことしたのが祟《たた》ったようですよ。悪いことはできねえものですな」

今度は兵馬が顔色を変えた。留守居役の詰腹のことが頭を走ったのである。

数日後、石州津和野の山の中にひとりで帰る道中で、白石兵馬は、江戸という所は面白い所のようでつまらなく、広いようで狭い所だと思った。

解説

平野謙

著者が「或《あ》る『小倉日記』伝」によって芥川《あくたがわ》賞を受賞したのは、昭和二十七年の下半期のことだった。それよりさき、著者は昭和二十六年の「週刊朝日」春季増刊号に「西郷札」を発表しているが、これは同誌募集の懸賞小説の入選作だった。そのときの選者木々高太郎のすすめによって「三田文学」に発表した「或る『小倉日記』伝」が、はからずも芥川賞受賞作となったのである。当時著者は小倉の朝日新聞西部本社に勤務していた。もしそういう偶然がなかったなら、すでに不惑の年をこえていた著者は、地方の新聞社員としてそのまま一生をすごしたかもしれない。その意味で、「西郷札」は「或る『小倉日記』伝」とともに、著者の生涯に重大な転機をもたらした記念すべき作品である。

本巻にはその「西郷札」を巻頭に、十二篇の歴史小説が収められてあるが、これを題材別にすれば、幕末から明治維新にかけての時代を背景とした作品六篇、徳川時代の初期を背景とした作品六篇ということになる。だいたい芥川賞受賞後、二・三年のあいだに書かれたものが多い。

私は著者の処女作ともいうべき「西郷札」をすでに三・四回読みなおしているが、何度読みかえしてもおもしろい。明治十年の西南戦争のとき薩軍《さつぐん》が軍票を発行して、それを世人が西郷札と呼んだのは、たしかな史実に相異ない。しかし、その不換紙幣を軸として、そこに一篇の物語を構成したのは、すべて著者の想像力によるものか、あるいは物語に近似する史料そのものも現実に存在したものか、は私にはよくわからない。ただ主人公が人力車の車夫となったとき、戦禍で行方不明となった義妹とめぐりあう筋立てを中心とし、義妹の良人たる高級官吏のために謀《はか》られ、知人、恩人ともども破滅させられるという物語のタテ糸は、著者の想像力の所産にちがいあるまい、と思われる。坪内逍遥《しょうよう》の「当世書生気質《かたぎ》」の冒頭にも明らかなように、東京における明治の新風俗は、人力車夫と書生との存在だった。明治維新というような社会秩序の大崩壊に際して、かつて武士の子弟と呼ばれた青年が、車夫に身をおとすことは大いに有り得る事実である。笈《おい》を負うて上京し、大学生となって新しい時代の新しい特権階級にはいあがろうとした士族の子弟が多かったのと同じように。のちに車夫馬丁と蔑《さげす》まれる階層におちこむか、末は博士か大臣かと夢みる階層になりあがるか、は紙一重の差といってよかろう。しかし、車夫となった主人公が高級官吏の妻となった義妹とめぐりあうというロマネスクな筋立て、それにつづく西郷札にからまる思惑にひっかけられるという筋立ては、純然たる著者の想像力によるものだろう。ここには社会秩序の大変動に際会して、大蔵省なら大蔵省という権力機構のなかに棲《す》む一官僚が、その権力を背景とするひとつの謀略を演出し、一カク千金を夢みる庶民がうまうまとその謀略におどらされる時代的な事件が描かれている。つまり、時代の動乱を背景として、一種の悲恋物語と謀略物語とをないあわせたところが、すでに後年の著者の文学的志向をうかがわせるにたるこの作品の手柄だろう。

この処女作を読むと、著者が史料をよく勉強し、マスターしていると同時に、すでにその構成力、描写力においてもほぼ完成したものを持っていたことがわかる。これだけの筆力を所有する作者なら、入賞とか受賞という偶然事がなくとも、そのまま世に埋もれるということはあるまい、ともいえる。事実、芥川賞を受賞した著者は、第一巻に収録された独特の現代小説を書くと同時に、本巻所収の歴史小説を平行して書いていったのである。当時の芥川賞はまだ今日のような花々しいマスコミの照明にさらされることもなく、著者は着実に第一巻と本巻に収められた諸短篇を書きあげて、その地力を養っていったのである。そこには当然のことながら、文学青年じみた青くささなどは微塵《みじん》もみられない。いわば大人の翫賞《がんしょう》にたえる文学上のポピュラリティを、著者は身につけていったのである。

「西郷札」を発表した著者は、おなじく社会的変動に際会して、一介の人力車夫に身をおとす旧幕臣の運命を「くるま宿」一篇に描いたが、芥川賞受賞後は、「梟示抄《きょうじしょう》」「啾々吟《しゅうしゅうぎん》」などの力作を書くこととなる。前者は江藤新平の末路を実録的に描いて、おなじ権力機構内にいるものの軋轢《あつれき》、その対照的な勝敗をうかびあがらせている。後者はおそらく史実によらない著者の想像力の所産と思われるが、「西郷札」につづく注目すべき作品となっている。ここには幕末に大名の子、家老の子、軽輩の子として、たまたま同じ月日に生を享《う》けた三人の子が、明治維新の大動乱をかいくぐって、いかなる運命を辿らざるを得なかったか、が追及されている。力点は軽輩の子の運命にあって、それを家老の子の視点から描かれている。同じ日に生れた子は、もし天上の絶対者というものの目からみたならば、平等にその誕生を祝福されるべきはずなのに、地上の現実にあっては、そういう天上的な一視同仁は許さるべくもなく、家老の子は家老の子、軽輩の子は軽輩の子という生れながらの苛酷《かこく》なハンディキャップを背負って、みずからの人生をスタートしなければならなかった。ことに封建社会のような階層序列のきびしい社会にあっては、そのハンディキャップは決定的だった。しかし、明治維新のような社会変動期にあっては、その階層序列も流動的になり、顚覆《てんぷく》の可能性も大いにあった。事実、維新の元勲と称せられる人々はおおむね下級武士階級の子弟たちだった。しかるに、本篇の主人公はそういう変動期にあっても、ますますその負い目のために、優秀な資質を持っていたにもかかわらず、みずからの運命をねじくり、ゆがめて、ついに恥ずべき密偵として落命しなければならぬ非運をになっていたのである。環境と性格の悪循環のためか、あたら秀抜な才質をいだきながら、汚辱のうちに死ななければならなかったのである。著者はそういう運命の子の生涯に一掬《いっきく》の涙をそそぎながら、しかも一糸乱れぬ構成のうちに、敗亡の生涯をうかばせている。そこには「或る『小倉日記』伝」の主人公を描く著者のモティーフとかよいあうものがある。

その他、「権妻《ごんさい》」にしても「恋情」にしても、みな変革期の社会の波にうまく乗りながら、栄達の道をすすむものとの対比において、みずから敗れさるような主人公ばかりをえらんで、物語を構成している。一般に近代日本文学の伝統には、いわゆるサクセス・ストーリィの根が乏しく、おおむね否定的な人間像を主人公にえらぶのが常道だが、著者の場合はネガティヴな人間像といっても、つねに陰に陽に権力者側と対峙して、そのあげく身を破ったり、世をのがれたりする異端の人々を主人公としているところに特徴がある。それは歴史小説たると現代小説たるとを問わぬ著者の大きな特徴だろう。

それにしても、明治維新というような大変動期には、さまざまな伝奇的な物語を構成する可能性にみちみちているはずであり、下層の社会から身を興《おこ》して、栄達や権力の座についた人々もすくなくないはずである。そういうポジティヴな人間像に着目して、その人間像のかげにかくれた栄達や権力の実相を、そのものとして描ききるような歴史小説が、この時期の作品にみいだしがたいのは、少々残念である。著者は高名な「日本の黒い霧」の連作と前後して、権力機構そのものの力学にふれた長篇「かげろう絵図」のような作品を書いてはいる。しかし、それは松川事件の時代小説的なパロディという限界をのがれきっていなかったようだ。たとえば伊藤博文《いとうひろぶみ》というような人物を、著者が正面から取りあげたら、従来のサクセス・ストーリィとは面目を異にする作品が出来あがるにちがいない気がする。つまり、ポジティヴなものとの対比におけるネガティヴなものの描出ではなくて、いわばポジティヴなもののなかにおける肯定的と否定的のコンプレックスを描いてみせてもらいたいのである。しかし、それはやはり短篇という枠のなかではムリな批評家の無いものねだりだろうか。

ほぼ似たことが、徳川時代を背景とした「戦国権謀」「酒井の刃傷《にんじょう》」「二代の殉死」

の作品を読みたい気がしないでもない。冗談をいえば、山岡荘八の専売特許みたいにで、それはそれとしておもしろいが、やはり徳川家康《いえやす》その人を主人公とした松本清張「面貌《めんぼう》」についてもいえそうである。みな敗亡するネガティヴな人間像を描いたもの

してておくテはないように思う。

その点で、「噂《うわさ》始末」「白梅の香」などは鮮やかな切り口をみせたテーマ小説ふうの好短篇ということができる。敗《ま》けることによって勝ったと信ずる「恋情」の主人公も、著者の歴史小説の主人公としては特異な存在と言えそうだが、それにもまして、「噂始末」や「白梅の香」の鮮やかなストーリィ構成に、改めて目をひかれた。

総じて、本巻は「西郷札」という好個の題材を存分に料理した著者の歴史小説家としての出発点を着実に発揮した集であって、優に大人の翫賞にたえる読みものとなってはいるが、まだ後年の超人的な作家的力量をみせる以前の初期作品集という名残りをとどめているように思う。ということは、「西郷札」や「啾々吟」のような作品はそれ自体として注目すべきとはいえ、その作者が十年のちに今日のような松本清張という作家にまで成長するとは、何人も予想しがたかったのではないか、ということでもある。おそらく今日の著者ならば、本巻のようなネガティヴな主人公にのみ偏執することもなかったように思われる。しかし、そこに著者のまぎれもない文学的出発点

があったことも事実である。

（昭和四十年十一月、文芸評論家）

西《さい》郷《ごう》札《さつ》 傑作短編集(三)

新潮文庫 ま-1-4

昭和四十年十一月二十五日 発行
平成十五年十月二十五日 四十三刷改版
令和五年七月二十五日 五十六刷

著者 松《まつ》本《もと》清《せい》張《ちょう》

発行者 佐藤隆信
発行所 株式会社 新潮社
郵便番号 一六二―八七一一
東京都新宿区矢来町七一
電話 編集部(〇三)三二六六―五四四〇
読者係(〇三)三二六六―五一一一
https://www.shinchosha.co.jp

価格はカバーに表示してあります。

乱丁・落丁本は、ご面倒ですが小社読者係宛ご送付ください。送料小社負担にてお取替えいたします。

印刷・錦明印刷株式会社 製本・錦明印刷株式会社

ISBN978-4-10-110904-6 C0193